Das hier geht an die Kaputten unter uns:
Ein makelloses Lächeln mag schön sein,
ein gebrochenes ist Kunst.
Es ist Geschichten schreiben.
Von Herzen, die andere kleben.
Und Herzenskleber sind fast immer kaputt.

»*Wir sind so frei wie hungernde Wölfe.*«
Attack on Titan (Shingeki no Kyojin)

Prolog

Lou

Ein Opfer zu werden, war nie der Plan.
Natürlich nicht, niemand beabsichtigt so etwas.
Es passiert einfach; bricht über dich herein wie ein Sturm.

Mein Spiegelbild starrt mich verstohlen aus seinen Rehaugen an.

Diese verdammten Scheinwerfer durchbohren mich und zeigen mir, dass hier etwas gewaltig schiefläuft. An meinen Lippen klaffen Bisswunden, an meiner Stirn ein tiefer Schnitt.

Mein sonst so weißer Körper ist von bläulichen Flecken übersät.
Bebend schieben sich meine Hände in mein Blickfeld.
Das Zittern meiner Finger erschwert es,
dennoch erkenne ich das Rot unter meinen Nägeln.
Es ist nicht mein Blut, das an mir klebt.

Hatte ich schon erwähnt, dass das nicht der beschissene Plan war?

Kapitel 1
Von schönen Fröschen und bösen Prinzen

Monate zuvor …

Lou

Mein Herz flattert schmerzhaft in meiner Brust. Wie ein Vögelchen, das panisch versucht, einer Pfote zu entkommen. Einer, deren Krallen sich in seinen Körper schlagen wollen. Ich habe geglaubt, dass sich die Aufregung nach dem x-ten Mal legen würde. Aber nein, das Stehlen ist wie ein Rausch. Das Adrenalin schießt durch meine Adern, pumpt die Angst von den Zehen bis zu den Haarspitzen. Schweiß läuft mir klebrig im Nacken zusammen, als ich zwischen den Regalen umherirre. Meine Finger verkrampfen, als ich über ein staubiges Brett streiche. Was ich brauche, sind Dosenvorräte. Essen, das länger als ein paar Tage hält, denn in einer Woche werde ich nicht mehr hier sein. Dann werde ich nicht mehr von einem Supermarkt zum anderen ziehen können, immer gehetzt, damit man mich ja nicht erwischt. Nein. Mein Herz rast schneller.

In einer Woche werde ich anfangen, diesem Elend ein Ende zu bereiten. Der Boden vibriert, als würde er meinen Zorn befürworten. Aber wahrscheinlich donnert nur wieder ein Militärfahrzeug über unsere Straßen. Ein Blick aus dem Fenster bestätigt meine düstere Ahnung. In mir wird alles taub. Wie ich sie verabscheue. Mein Bauch knurrt und zerrt mich zurück in die Wirklichkeit. Essen. Ich brauche Essen oder ich kippe auf der Stelle um. Selbst das Atmen ist mir eine Last, meine Finger beben und Schwindel hüllt mich ein. Vom Hunger. Er überwältigt mich und macht mich schummrig. Schubst mich auf meinen Stelzen, die irgendwann mal Füße waren, über das Parkett des Supermarkts. An dieses

Gefühl der völligen Ausgezehrtheit habe ich mich schon längst gewöhnt, angenehm ist es trotzdem nicht. Aber auch der Durst ist unerträglich, also greife ich nach einer Flasche Wasser und lasse sie so unauffällig wie möglich unter meiner ausgestellten Jacke verschwinden. Im Innenfutter habe ich vor einigen Monaten Taschen eingenäht, in denen ich alles leichter verstecken kann. Darin quetschen sich nun Mineralwasser, eine Packung Mais sowie zwei Dosen Bohneneintopf aneinander.

Ein trauriges Lächeln breitet sich auf meinem Gesicht aus. Mittlerweile bin ich gar nicht mehr so schlecht darin, anderen armen Seelen Dinge wegzunehmen. Beim ersten Mal haben mich die Schuldgefühle von innen heraus aufgefressen, aber als ich mich nach möglichen Ladenwächtern umsehe, merke ich, dass es mir herzlich egal geworden ist, dass ich andere beraube. Es ist mir natürlich nicht gleich, ob sie mich erwischen oder nicht, denn ich muss frei sein, um … na, sagen wir: eine Sache zu erledigen. *Die* Sache schlechthin.

Nicht zu schnell, aber dennoch zügig eile ich auf die Kasse zu. Der Trick besteht darin, eine Kleinigkeit *tatsächlich* zu kaufen. Niemand verdächtigt zahlende Kunden, oder? Ich knalle das Erstbeste, was mir zwischen die Finger kam – und dort auch blieb – auf die Kassenablage und warte, bis ich an der Reihe bin. Als mich Stan erblickt, strahlt mich der alte Mann freundlich an. Dieser Laden hatte zwei Vorteile, weswegen ich einmal im Monat hierher zurückkomme. Zum einen hat in diesem Laden das Klauen schon öfter funktioniert, zum anderen waren mein Vater und Stan gute Freunde. Er würde mich nie verdächtigen. Nicht die Tochter seines Kameraden. Jetzt nichts anmerken lassen, ich stecke die Hände tief in meine Taschen und drücke die Jacke enger an mich.

»Na, alles klar?«, fragt mich Stan mit einem leichten Funkeln in den warmen Augen, während er meinen Einkauf über das Band zieht.

»Bestens«, grinse ich.

Stan erstarrt und lässt die Schultern hängen. Die Falten schlagen tief um seine Augen, als er den Mund traurig verzieht.

»Oh nein«, seufzt er. »Nicht dieses Lächeln. Schenk mir nicht dein Selbstmordlächeln. So schlimm?«

»Schlimmer«, murmle ich und verziehe meine Lippen zu einem entschuldigenden Grinsen.

Denn nur Tage zuvor habe ich beschlossen zu morden, wenn es sein muss. Mehr als nur Dinge zu rauben. Ein Leben. Aber nicht irgendein beliebiges, sondern jenes, das mir meins gestohlen hat. Denn kaum etwas ist gefährlicher als Menschen, die nichts mehr zu verlieren haben.

Als ich ohne zurückzublicken aus dem Laden schreite, ziehe ich mir automatisch die Kapuze über den Kopf. Ich versuche immer tiefer in der Jacke zu verschwinden, niemand soll mich bemerken. Nicht, weil ich eine Diebin bin oder etwas verbrochen habe. Nein. Sondern weil ich ein Mensch *Typus A* bin. So einen sollte es in dieser verrottenden Gegend gar nicht geben.

Meine giftgrünen Augen strahlen in die anbrechende Dunkelheit, während sich mein blondes Haar in einem unordentlichen Dutt unter der Kapuze versteckt. Beides sind eindeutige Merkmale meines genetischen Status: Reinblüter. Typus A eben. Angewidert kicke ich Kieselsteine aus dem Weg, als ich über die Straße voller Dreck und Schlaglöcher hetze. An den Wänden prangen Parolen des Königshauses, teilweise von Graffiti überdeckt. Kalter Wind zieht auf, aber es sind vielmehr jene blutroten Wörter, die mich erschaudern lassen. Kopfschüttelnd bleibe ich stehen. Ich werde niemals an diesem Propagandamist einfach so vorbeigehen können. Nicht, ohne die gesprayten Wörter wütend anzustarren.

Rein wollen wir sein.
In Worten, Taten, Genen und immerfort
dem König Diener sein.

Als die Buchstaben über Nacht an der grauen Hauswand aufgetaucht waren, ist etwas mit mir geschehen. Die Tatsache, dass in dieser unscheinbaren Gegend Anhänger des Königsklans umherstreunen, hat meinen Bauch mit bleischwerem Entsetzen gefüllt. Jedes Mal, wenn ich mich auf den Weg zu meinem Nachtlager mache, werde ich wieder an das Grauen erinnert, welches über uns alle hereinbrach, als der jetzige König seine Macht erlangte.

Eine schwere Hand legt sich auf meine Schulter und völlig erschrocken ramme ich der Person hinter mir den Ellenbogen rein. Ein pfeifendes Geräusch, wie das Entweichen der Luft aus einem Ballon, ertönt – gefolgt von Ächzen und Stöhnen.

»Auuuu, Lou«, flucht der Unbekannte hinter mir und plötzliche Erleichterung legt sich über das Adrenalin in meinen Adern.

»Mensch, Adam«, rufe ich überrascht und drehe mich um. »Schleich dich verdammt noch mal nicht so an, wie oft soll ich dir das noch sagen?«

Er drückt sich eine Hand dort auf den Bauch, wo ihn mein Arm gerammt hat.

»Sorry«, füge ich eine Spur weicher hinzu.

Adam wehrt mit einer wegwerfenden Handbewegung ab.

»Schon gut«, stöhnt er und lächelt sanft.

Um sein Grinsen zerfließt ein Dreitagebart, der ihn viele Jahre älter aussehen lässt. Vielleicht sind es aber auch nur die Sorgen um mich, die ihn zu schnell altern lassen. Als er wieder einigermaßen Luft bekommt, richtet er sich zu seiner vollen Größe auf und blickt etwas besorgt zu mir herab.

»Schwesterherz«, seufzt er mit hörbarer Verzweiflung. »Hast du es etwa schon wieder angestarrt?«

Meine Hand legt sich an seine Wange. Sanft und warm. Es ist eine Geste des Beschützens. Der Vertrautheit. Kein Mensch kennt mich so gut wie mein Bruder. Trauer verwebt unsere Blicke. Er umklammert meine Hand, als ihm Tränen in die Augen schießen. Meinem großen Bruder, der immer stark und gesund schien. Der so viel tapferer war, als ich es je sein werde.

»Nicht«, raunt er leicht schluchzend. »Du darfst das nicht durchziehen. Bleib bei mir, mein kleiner *Vulkan.*«

Beim Klang meines Spitznamens zieht in meiner Brust ein Sturm auf. Fast bereue ich meinen Entschluss. Aber eben nur *fast.*

»Es tut mir leid«, raune ich beinahe tonlos vor Bedauern, streiche ihm sanft übers Gesicht. »Aber so kann es nicht weitergehen, Adam. Für keinen von uns. Und wer weiß, wann sie wieder einen neuen Diener einstellen.«

Er drückt meine Hand.

»Versprich mir nur, dass du zurückkommen wirst«, bittet Adam mich und ich sehe die aufblitzende Panik in seinen Augen.

Mein Blick reißt ab, landet auf der Straße voller Schutt. Staub wirbelt durch die Luft, kitzelt mir in der Nase. Adam krallt seine

Fingerkuppen in meine Hand. In meinen Ohren rauscht es, gleich einer toten Telefonleitung. Mit einem tiefen Seufzer schüttle ich den Kopf.

»Das kann ich nicht.«

Solange ich denken kann, haben wir uns immer die Wahrheit gesagt. Egal, wie viel Schmerz das mit sich brachte. Ich fürchte, es gibt niemand anderen auf diesem Planeten, der mit all meinen dunklen und hellen Lichtern so gut umzugehen weiß wie Adam. Immer wieder schafft er es, mit ihnen zu tanzen oder sich mit Schwertern auf sie zu stürzen. Eine Weile stehen wir nur erstarrt da und keiner von uns beiden wagt es, das dröhnende Schweigen zu brechen. Bis Adam sich räuspert. »Wenn du kämpfst, bleibt mir wohl auch keine andere Wahl.«

Überrascht starre ich ihn wieder an. »Was meinst du denn damit?«

Ein Ausdruck tiefster Trauer huscht über sein Gesicht. »Ich werde Papa finden und ihm helfen.«

Mit manischem Glitzern fixieren seine bärenbraunen Augen meine. Die Gene waren nie ein Thema zwischen uns. Anfangs war Adam natürlich geschockt wie alle anderen, dass aus unserer Familie ein Typus A hervorgeht, wo doch der ganze Rest – nicht zuletzt Adam – damit gestraft war, sich zu einem Typus B zu entwickeln. Zu Beginn sind wir alle gleich, doch dann verändert sich die Genstruktur und mit ihr unser ganzes Leben. Für mich war Adam immer mein Bruder und kein anderer Typ Mensch, nur weil ich nach der *Mutatio* plötzlich blond war. Und jep, *Mutatio* wie mutieren. So nennen wir es, wenn unsere wahren Gene durchbrechen und wir uns verwandeln. Die Bezeichnung scheint passend, denn seit einer Ewigkeit sind wir mehr Monster als Menschen. Ich habe Adam seine Klugheit nie abgesprochen, habe keinen Funken Zweifel, was ihn betrifft. Auch wenn man mir das noch so oft einreden wollte. Er ist einfach Adam. Gene hin oder her. Aber nun muss er den Verstand verloren haben.

»Das kannst du dir sofort wieder aus dem Kopf schlagen«, knurre ich böse und entreiße ihm meine Hand.

Plötzlich fühle ich mich, als hätte ich mich an seiner Haut verbrannt. Als wäre er Gift, das mich lähmt.

»Wenn du dich ins Königshaus einschleichst, kann ich genauso gut …«

»Nein, kannst du *nicht*«, unterbreche ich ihn schrill.

Kann er nicht. Kann er nicht. Kann er nicht. Denn unser Vater ist tot. Und das schon eine ganze Weile. Wieder erkenne ich diese Trauer, als seine Mundwinkel sanft zucken.

»Dann machen wir uns eben beide auf zu einem Himmelfahrtskommando, *Vulkanchen.*«

In mir mischt sich Verwirrung mit dumpfer, pochender Angst. Adam beugt sich zu mir und verabschiedet sich mit einem Kuss auf meine Stirn. Und ehe ich weiß, was gerade geschieht, verschwindet er. So zart, er könnte einer Frühlingsbrise nicht ähnlicher sein. Eigentlich will ich schreien, ihn aufhalten, aber der Schmerz über sein plötzliches Verschwinden lässt mich verstummen. Mit einer Endgültigkeit, die mich schaudert. Wie lange hat er sich schon mit dieser Entscheidung rumgeschlagen? Ich war stets froh, dass er nie versucht hat, mich in unser altes Zuhause zurückzuzerren. Zu Mutter und ihrem neuen Kerl. Nachdem ich weggelaufen bin, hat Adam alles dafür getan, mir das Leben auf der Straße so angenehm wie möglich zu machen. Anfangs, solange mein Vater noch bei uns wohnte, war es gar nicht so schrecklich. Ich erinnere mich an Jahre, die glücklich dahinplätscherten. Doch nun kratzt der Gedanke in meiner Brust, dass Adam meine ohnehin aussichtslose Lage noch schlimmer macht. Wenn er von nun an durch den Sumpf der Bürgerkriege in unserem Land stapft, bin ich endgültig gezwungen, das Regime zu stürzen. Einzudringen und von innen heraus zerfallen zu lassen. Wie kann ich tatenlos rumsitzen, wenn Adam sein Leben riskiert, um unser Land zu retten? Bin ich dann nicht automatisch verpflichtet, ebenfalls zu handeln? Selbst wenn ich auf mich allein gestellt bin. Aber wen sollte ich schon um Hilfe bitten? Mein einziger Vertrauter hatte sich soeben in den sicheren Tod gestürzt.

Alle machen Fehler. Ohne Ausnahme. Egal, ob Königs- oder Köterblut. Und ich werde dieses menschliche Naturgesetz ausnutzen und dem Volk zeigen, wer ihr Herrscher wirklich ist. Sobald ich beweisen kann, wie verschroben, korrupt und unmenschlich unser System der Gene ist, werden die Menschen ihre Blindheit ablegen und das Schloss stürmen. Natürlich bin ich nicht die Erste, die all die Fehler des Systems bemerkt. Aber Angst ist eine mächtige Droge und verbiegt die Wirklichkeit. Ein Trip, von dem man nicht so leicht runterkommt.

Am Horizont schiebt sich der Mond flackernd über die Welt, stürzt alles in Tintennebel. So nenne ich gerne all die Nächte voll Staub und Nebel. Das Militär verdreckt mit den ständigen Patrouillen nicht nur Herzen, sondern auch die Luft. Seufzend beschließe ich, meine übliche Route zum Lager einzuschlagen, ehe die Soldaten der Nachtschicht ihre Runde antreten. Mittlerweile kenne ich diese Region richtig gut, weswegen ich nach rechts in die Seitengasse einbiege statt nach links, wo ich zwei Querstraßen weiter der Patrouille in die Arme laufen würde. Ich ziehe an eingeschlagenen Fenstern und verbrannten Ruinen vorbei. Nur noch wenige Häuser sind wirklich intakt und je weiter man sich vom Zentrum entfernt, desto verkommener werden Behausungen und Menschen. Nach kurzer Zeit muss ich mich an eine Wand lehnen und schwer atmend rasten. Eine Hand an die Stirn gepresst, versuche ich den Schwindel zu vertreiben. Ich fische nach der Wasserflasche und schraube sie hastig auf. Gierig trinke ich. So schnell, dass meine Brust verkrampft. Hustend verschließe ich die Flasche wieder. Doch bevor ich sie verstauen kann, zieht plötzlich jemand oder etwas an meiner Jacke. Fast schreie ich los, aber als ich herumwirble, steht mir kein Soldat, sondern ein kleines Mädchen gegenüber.

»Hast du mich vielleicht erschreckt«, keuche ich.

Die türkisen Haare fallen ihm ins Gesicht, es wirkt verschüchtert und schmutzig. Ihre Kleider sind voller Flecken und Löcher. Obwohl es auf den Herbst zugeht, hat sie lediglich zerrissene Shorts und ein Shirt an.

»Entschuldige«, piepst sie. »Aber ich bin so durstig.«

Ein Lächeln huscht über meine Lippen. Ohne zu zögern, hocke ich mich auf die Knie und drücke dem Mädchen die Wasserflasche in die Hände.

»Darf ich?«, krächzt es heiser.

Ich nicke und sie fingert noch ein wenig am Verschluss herum, ehe sie genauso eifrig trinkt wie ich. Mit einem kurzen Stich im Magen registriere ich, dass die Flasche leer ist.

»Entschuldige«, flüstert sie mit brüchiger Stimme.

»Keine Sorge, ich kann mir Wasser abkochen, wenn ich die Flasche zurückhaben darf.«

Ihre winzigen Hände – sie kann kaum älter als sechs oder sieben sein – strecken mir die Flasche entgegen.

»Danke«, antworte ich freundlich und verstaue mein Diebesgut wieder.

»Wie heißt du und wo sind deine Mum und dein Dad?«, will ich mit einem unbehaglichen Gefühl wissen.

»Ich bin Ruby«, die Kleine zeigt auf ihre Nase, »und meine Eltern schlafen schon. Aber ich nicht.«

Aus Rubys Magen dringt ein unbeholfenes Murren, es gibt nur eine logische Erklärung, warum sie nicht in ihrem Bett liegt.

»Weil du hungrig bist, oder?«

Rubys eifriges Nicken ist alles, was ich brauche. Wieder angeln meine Finger in meinen Jackentaschen herum, bis ich den Bohnenauflauf schließlich zu fassen bekomme und die Dose an Ruby weiterreiche. Schlotternd umklammert sie die Dose mit beiden Armen, drückt sie fest an sich.

»Für mich?«

So etwas wie Schock blitzt über ihr zartes Gesicht.

»Aber ... aber«, stottert das Mädchen.

»Kein Aber«, erkläre ich, ehe ich es sanft am Arm stupse.

»Das ist wirklich für mich? Obwohl ... obwohl du ...«

»Obwohl ich grüne Augen habe, bin ich kein schlechter Mensch«, unterbreche ich Ruby, sodass sie den Satz nicht selbst über die Lippen bringen muss. »Und natürlich ist das Essen für dich und jetzt ab nach Hause mit dir.«

Rubys Augen weiten sich vor Freude und sie stürmt mit einem *Danke* davon, ehe ich es mir noch anders überlegen kann. Mühsam stemme ich mich wieder hoch und mache mich zügig auf, nach Hause zu kommen. Wenn man die verlassene Lagerhalle, in der ich zurzeit hause, überhaupt so nennen kann.

Wenige Minuten später drücke ich die schwere Eisentür auf und ihr vertrautes Quietschen begrüßt mich. Außer einem zerschlissenen Schlafsack, ein paar Decken und Klamotten sowie einer kleinen Feuerstelle zeugt hier nichts von meiner Anwesenheit. Einzig ein Stoffbeutel liegt noch achtlos herum. Er ist meine Notfallabsicherung, falls ich schnell abhauen muss. Die Halle ist nicht besonders groß, einige Fenster sind bereits eingeschlagen, weshalb es zieht und überall Scherben verstreut liegen. Gemütlich, nicht? Aber immerhin bin ich einigermaßen vor dem Wetter geschützt. Ausgelaugt trotte ich auf meinen Schlafplatz zu, der in eine Ecke gezwängt möglichst weit weg von den Fenstern liegt. Müde lasse ich mich auf eine Decke sinken und ziehe mir eine andere, besonders warme, bis zum Bauch. Innerhalb der nächsten Sekunden zieht mich der Schlaf in seinen Sog. Dunkelheit legt sich über mich. *Hoffentlich überlebe ich eine weitere Nacht,* schießt es mir durch den Kopf, während ich aus weiter Ferne das Donnern und Kreischen von Schüssen höre.

Der nächste Morgen bricht trotz Sonne recht kühl an. Obwohl ich mich schon seit einigen Wochen hier verstecke, bin ich beim Aufwachen trotzdem ein bisschen orientierungslos. So fällt mir erst nachdem ich die Müdigkeit weggeblinzelt habe, ein, wo ich bin. Unwillkürlich frage ich mich, was Adam gerade anstellt. Ob es ihm gut geht. Kopfschüttelnd vertreibe ich den Gedanken an ihn. Wenn ich seinen ungnädigen Arsch retten will, dann sicher nicht mit Trübsal blasen. Schließlich habe ich einen Plan. Einen dämlichen zwar, aber immerhin. Im Prinzip weiß ich nicht genau, nach was ich im Schloss suchen soll. Aber es muss Aufzeichnungen geben. Uns hat man von klein auf nicht viel wissen lassen. Trotzdem wurde uns recht früh eingetrichtert, was umfangreiche Experimente ergeben hatten: Typus-A Menschen seien viel klüger, gesünder und widerstandsfähiger als Typ B. Man zwang schon die kleinste unserer Gesellschaft, in blond und braun zu trennen. Stark und schwach. Brauchbar und unbrauchbar. Ich jedoch hatte nicht eine Sekunde lang daran geglaubt und hielt die Unterlagen, die das beweisen sollen, für gefälscht. Ergo mussten irgendwo die *echten* Ergebnisse aufbewahrt werden. Und wo sollten sie solch prekäre Forschungsunterlagen verstecken, wenn nicht im Schloss selbst? Das heißt, wenn es solche Tests überhaupt jemals gegeben hat. Ich musste nur Beweise auftreiben, dann konnte ich diese an die Nachrichtensender verkaufen. Danach würde niemand mehr den Stuss des Königshauses glauben.

Nachdem ich eine Kleinigkeit gegessen und den Rest meiner Vorräte verstaut habe, wird es Zeit, erneut aufzubrechen. Aufregung durchströmt mich. In meinem Schlafsack habe ich mein letztes Geld versteckt, welches ich mühsam hervorziehe und in eine Seitentasche meiner Jacke stopfe. Normalerweise trage ich es nicht bei mir. Zu groß ist das Risiko, überfallen zu werden. Aber um überhaupt als Diener aufgenommen zu werden und somit den ersten Punkt meines Plans umzusetzen, muss ich mich verkleiden und dafür fehlt mir noch das Wichtigste. Dabei ich rede nicht von Männerklamotten. Meine Haare, meine Augen. Sie müssen die Farben wechseln. Nur B-Menschen werden als Diener eingestellt. Man kann sich vielleicht denken, dass es landauf, landab fast unmöglich ist, Kontaktlinsen und Haarfarben zu besorgen. Die regierende Königsfamilie hatte diese Dinge schon kurz nach meiner Geburt auf die schwarze Liste gesetzt. Was auf eben dieser Liste geführt wird, darf weder verkauft noch besessen werden. Wer trotzdem so dumm ist, sich auch noch dabei erwischen zu lassen, wird *bestenfalls* mit Folter bestraft. Ein Schaudern schüttelt mich bei der Vorstellung, man könnte mich ertappen. Ich beiße die Zähne zusammen, um mir selbst Mut zu machen. Manchmal erdrückt dich das Leben mit seiner Schönheit, manchmal mit seiner Hässlichkeit. Und manchmal muss man eben springen, um zu fliegen. Alles zu riskieren, mag sich leichtsinnig anhören, aber viel schwerer wäre es für mich, weiter kopflos zu gehorchen.

Es ist wie ein Reißen und Zerren an meinem Innersten, ich habe das Nichtstun satt! So bleibt mir nichts anderes übrig, als dem gleißenden Sonnenlicht entgegenzutreten und mir zu holen, was ich brauche. Selbst wenn ich auf dem Weg dahin verliere, was mir am kostbarsten ist: die Chance, etwas zu bewegen. Zu verändern. Für Adam. Für all die Hungernden. Ruby. Nicht zuletzt für mich. Vielleicht mache ich diesmal das Falsche aus all den richtigen Gründen. Entschlossen, alles zu ändern, das Ende einzuleiten, mache ich mich auf zum Schwarzmarkt am äußeren Stadtrand. Tage im Elend neigen dazu, zu verschwimmen, weshalb ich nicht mehr genau sagen kann, wann ich vom Schwarzmarkt erfahren habe. Es muss wohl ein paar Wochen nach dem Auftauchen der ersten Parolen gewesen sein. Der Weg war weit, aber an das viele Laufen habe ich mich gewöhnt, seitdem die Busfahrten so teuer sind, dass sie sich nur noch die Reichen leisten können.

Ob es damals Zufall oder Schicksal war, dass ich ausgerechnet diese Bengel belauschte, kann ich nicht sagen. Aufgekratzt, als hätten sie Hummeln im Arsch, drängten sie sich alle um den größten Jungen unter ihnen. Er konnte trotzdem nicht älter als elf oder zwölf sein, denn die *Mutatio* war noch nicht ausgebrochen. Irgendetwas an der Art, wie er sich triumphierend lächelnd gegen eine Wand lehnte und seinen Ruhm genoss, machte mich stutzig. Das Kerlchen hatte offenbar große Neuigkeiten. Zu große, um nicht zu lauschen. Also verlangsamte ich meine Schritte und trödelte unnötigerweise herum.

»Schon gut, schon gut«, säuselte er großkotzig. »Ich verrat euch, wo die das Zeug herbekommen.«

Ein flüsterndes Schaudern zog durch das türkise Meer aus Menschenkindern. Eigentlich eine Verschwendung, dass alle Typen gleich aussahen. Auf der Erde sollte es mehr Vielfalt als Türkise, Blonde und Braune geben. Aber seit wir die genetischen Änderungen durchmachen müssen, sehen die jeweiligen Gruppen alle gleich aus. Kinder haben türkisfarbene Haare und Stachelbeeraugen. Aus ihnen mutiert entweder Typ A oder B. Entwickelt sich Typ B, sind die Augen und Haare braun. Typ A Menschen haben einen blonden Schopf und sind grünäugig.

»Aber das ... das ist doch verboten!«, rief ein Mädchen aufgeregt dazwischen.

»Natürlich ist es das, Dummbatz«, quittierte der Hochgewachsene mit einem Augenrollen, »Deshalb nennt man es doch Schwarzmarkt. Wenn ihr wollt, könnt ihr ja mal hingehen. Er liegt am Stadtrand. Das einzige rote Haus. Aber die verkaufen sowieso nicht an Kinder, also macht euch nicht zu große Hoffnungen.«

Mit einem genervten Stöhnen verschränkte er die Arme vor der Brust. Die Gruppe zerstreute sich allmählich unter enttäuschtem Gemurmel. Das neugierige Mädchen von vorhin blieb jedoch zurück. Mittlerweile schlich ich mich ein wenig näher ran.

»Warum?«, wollte sie auf ihren Füßen zappelnd wissen.

»Warum was?«

Die Frage hätte genauso das gereizte Fauchen eines Tieres sein können.

»Warum verkaufen sie nicht an Kinder? Glauben sie, wir hätten kein Geld?«

»Schalt doch mal dein Hirn ein, oder hast du da oben«, er tippte ihr leicht auf die Stirn, »nur eine verschimmelte Mandarine?«

Das Mädchen wirkte geknickt, aber sein Besserwisser-Kumpel fuhr unbeirrt fort.

»Die beliefern uns nicht, weil sie nicht wissen, was eines Tages aus uns wird. Sie vertrauen den Reinblütern nicht. Auch den potentiellen nicht. Niemand tut das. Haben wohl Angst, wir könnten später mal reich und mächtig sein.«

Ein bellendes Lachen verschluckte ein letztes *Als ob* des Jungen, bevor er sich von der Wand abstieß und mir im Vorbeigehen einen gehässigen Blick zuwarf. Er wusste offensichtlich nicht nur, dass ich ihn bespitzelt hatte, sondern auch, welches Blut durch meine Adern floss. Als ich nun durch die Straßen laufe und mir sein Gesicht in Erinnerung rufe, zieht ein Orkan an Gefühlen auf. Wie Seifenblasen zucken sie durch die Luft und platzen in einem feinen Nieselregen. Mitleid. Dankbarkeit. Ekel. Einerseits verdanke ich dem Jungen wirklich viel, andererseits wäre ich nicht beleidigt, sollte ich ihn nie wiedersehen. Besonders nicht, sollte er sich als ein machthungriger Blondschopf entpuppen. Jedenfalls hat er mich auf die Spur gebracht und meinem Plan eine echte Perspektive gegeben. Oft finden wir das, was auf ewig verloren scheint, in den unglaublichsten Winkeln und Windungen wieder, bloß nicht da, wo wir es erwarten. Oder suchen. So gab mir dieser rotzfreche Straßenjunge, wonach ich voll Verzweiflung überall gesucht hatte: Hoffnung. Endlich konnte ich wieder die Sommerbrise in einer Welt voll Sturm spüren.

Als ich nach einem zwanzigminütigen Fußmarsch in immer verwahrlostere Teile der Stadt gelange, weiß ich, dass es nicht mehr lange dauern wird, bis ich den Schwarzmarkt erreiche. Hastig sehe ich mich um, ob ich das rote Backsteinhaus bereits sehen kann. Zwischen all den grau an grau aneinandergereihten Häusern war es eigentlich leicht zu finden. Mein Herz macht in der nächsten Querstraße einen kleinen Hüpfer. Das Backsteinhaus ragt grimmig über mir auf, seine Eingangstür der reinste Schlund. Es scheint mich so unbedingt verschlingen zu wollen, dass ich schlucken muss. Na, wenn das mal gut geht. Vor dem Haus erstreckt sich eine Steintreppe, die in einer so heruntergekommenen

Wohngegend völlig fehl am Platz wirkt. Ich schließe kurz die Augen, atme die kalte Luft ein und bereite mich innerlich vor. Dann rausche ich die Stufen hinauf, hämmere gegen die tiefbraune Eingangstür. Hinter ihr ist Bewegung zu spüren, ehe sich der Türspion zur Seite schiebt. Vor lauter Panik keuche ich fast auf, als mir ein braunes Auge entgegenstarrt. Grimmig. Von Falten umsponnen. Es zuckt leicht hin und her, um den ungebetenen Besucher zu mustern.

»Jaaaah?«, brummt der dazugehörende Mann, welcher sich hinter der Tür versteckt.

Mein Kopf schießt nach links und rechts, um zu überprüfen, ob man mich beobachtet. Niemand weit und breit zu sehen.

»Ich würde gerne *einkaufen*«, antworte ich knapp, während ich meinen Blick wieder auf den Türspion richte.

»Ist das so?«

Ein Schwall Skepsis überzieht den Fremden. Ich kann es fühlen. Sehen. Schmecken.

Meine Kehle wird trocken. Das darf nicht schiefgehen, er muss mir glauben.

Überrascht springe ich einen Schritt zurück, als die Tür aufgerissen wird. Vor mir baut sich ein muskulöser Mann mit breiten Schultern und Armen so dick wie meine beiden Oberschenkel zusammen auf. Schwer schluckend wird mir bewusst, dass mein Kopf bei seinem Anblick leer gefegt wird. Mist, Mist, Mist.

»Was könnte eine Blutsverräterin wie du bitte haben wollen, das sie nicht schon längst in den *süßen* Allerwertesten geschoben bekommt?«

Er verschränkt die Arme vor der Brust, was seine Muskeln nur noch mehr hervorstechen lässt – samt einigen blauen Adern, die über die Haut rauschen. Fast kann ich das Blut darin zäh fließen sehen. Meine Hände zittern, ich zwinge ich mich, diesen unverschämten Typ anzusehen. Das angedeutete höhnische Lächeln auf seinen Lippen reißt mich aus meiner Starre.

»Ich bin kein reiches Püppchen, klar?«, presse ich hervor. »Ich komme aus einer Familie voller Typus B, kapiert? Und ich will wieder …«

Automatisch beiße ich mir auf die Lippen, überlege kurz, ob es klug wäre, zu lügen. Innerhalb eines Augenblicks entscheide ich mich dafür.

»… und ich will wieder dazugehören. Ich bin abgehauen, bevor sie mich gesehen haben. Aber so«, ich fuchtle wild mit den Händen vor meiner Nase auf und ab, »kann ich kaum zurück. Hilfst du mir nun oder nicht?«

Er zieht herausfordernd eine Augenbraue hoch, seufzt resigniert und klopft mir freundschaftlich auf die Schulter. Instinktiv zucke ich unter dem Gewicht seiner Hand zusammen, was ihn zu einem trockenen Lachen verleitet.

»Du scheinst in Ordnung zu sein, Kleine, und außerdem Angst vor mir zu haben«, mit rauer Stimme fährt er fort: »Aber wenn du auf die Idee kommst zu petzen, kenn ich auch ein paar reiche Freunde. Klar soweit?«

Ich nicke steif. Ganz bestimmt würde ich es nicht herausfordern, diese Drohung wahr werden zu lassen.

»Na, dann mal rein mit dir.«

Sein Kopf zuckt in Richtung Flur und ich dränge mich an ihm vorbei. Mein Magen rebelliert zwar, aber ich ignoriere die düstere Vorahnung, die sich in meinem Brustkorb aufbauscht.

»Joe«, brüllt der Fremde, während er die Tür hinter sich ins Schloss knallt. »Mach mir mal ein *Paket Z* fertig.«

»*Z?*«, hallt es erschrocken durch den düsteren Flur. »Ernsthaft?«

»Ja doch, du Strolch. Leg mal einen Zahn zu, bevor uns noch die ganze Nachbarschaft hört.«

Als ich weitergehen will, drängt sich der Muskelriese an mir vorbei und hält einen Arm vor mich wie eine Schranke.

»Du wartest hier«, brummt er bestimmt.

Nach einigen Minuten unangenehmen Schweigens schlurft ein älterer Mann aus einem Raum am anderen Ende des Ganges. Mit einem unscheinbaren, in Lumpen gehüllten Päckchen humpelt er auf uns zu. Als er vor mir steht, strömt mir der Gestank nach Tabak und Alkohol entgegen. Er drückt mir das kleine rechteckige Päckchen in die Hände. Joe grinst mich schelmisch an, was den Gestank noch verschlimmert und enthüllt, dass ihm einige Zähne fehlen. Seine Fratze, seine gekrümmte Haltung und der üble Mundgeruch drängen mich dazu, so schnell wie möglich zu verschwinden.

»Das macht dann vierzig Schilling«, kommentiert Joe und gibt ein schniefendes Pfeifen von sich.

Langsam presse ich meine Ware mit einer Hand an mich und krame mit der anderen vier Zehnschillingscheine hervor, welche Joe voller Gier an sich reißt. *Damit bleiben mir nur noch zehn Schilling,* stelle ich leicht panisch fest. Gerade als ich mich kleinlaut verkrümeln und erleichtert aufatmen will, zerreißen Schreie die Luft. Sie klingen unmenschlich in meinen Ohren, werden von tosendem Donner gehetzt.

»Verfluchte Scheiße«, schreit der Muskelprotz und knallt mich mit einem kräftigen Ruck gegen die Wand.

Mit gefletschten Zähnen ist er so nahe an meinem Gesicht, dass ich seinen Atem über meine Nase streichen fühle. »Hast du uns doch verraten?«

Entsetzt schüttle ich den Kopf. »Nein, ich schwöre!«

»Du lügst doch«, knurrt er, ehe er mir einen Hieb in den Magen versetzt und ich zu Boden sacke. Das Päckchen mit Haarfarbe und Kontaktlinsen rutscht mir aus den Händen.

Angewidert blicken beide Männer auf mich herab.

»Los, wir müssen weg, Joe.«

»Und was machen wir mit ihr?«, will Joe voll schleimiger Erregung wissen.

»Lass sie liegen. Die Soldaten werden sich bestimmt ausgezeichnet um sie kümmern.«

Ein gieriges Zittern fährt durch Joes Körper, als sein Blick über mich gleitet.

»Na dann, viel Spaß«, höhnt er beinahe in einem Singsang.

Bevor die beiden losstürmen, spuckt Joe mich an und tritt mich mit etwas, das sich schwer nach einem Holzbein anfühlt, heftig gegen die Rippen. Kurz bleibt mir die Luft weg, dann ist alles vorbei und Joe hinkt seinem Anführer hinterher, wesentlich flinker und wacher, als ich es ihm noch vor wenigen Minuten zugetraut hätte. Unter Schmerzen ächzend bemühe ich mich aufzustehen. Nach ein paar missglückten Versuchen komme ich wankend auf die Füße.

Die Rufe der von den Soldaten Gejagten schwappen immer öfter durch die geschlossene Tür. Rasch ziehe ich die Kapuze wieder über mein Haar. Schwer atmend sammle ich meinen *Einkauf* zusammen, stopfe ihn in die erstbeste Tasche und stürze mehr stolpernd als laufend hinaus. Und wie sollte es auch anders sein, direkt in eine heranstürmende Traube von Soldaten. Mir war bewusst gewesen, dass das kein Spaziergang werden würde, aber musste es sich innerhalb von wenigen Herzschlägen zu einem Balanceakt in tausend Meter Höhe verwandeln? *Großartig*, fluche ich innerlich vor Sarkasmus triefend, *und wie willst du da wieder rauskommen, Lou?*

»Kapuze runter, damit wir dein Gesicht sehen können, und dann Hände hoch!«, brüllt der vorderste Soldat – ein ausgesprochen junger Mann Mitte zwanzig, an dem sich die Kluft der königlichen Uniform emporschlingt. Der Smaragdton seiner Kleidung und das goldene Wappen an seiner Brust zeigen, dass er bereits zu den Ranghöheren gehört. In seinem Gesicht spiegeln sich erste Spuren des Krieges. Tiefe Furchen zeichnen sich in seine harten Züge wie Straßengräben. Die Narbe einer Schnittwunde, die sich über eine Augenbraue zieht, zuckt bei jedem Wort.

Mit seinem Gewehr im Anschlag wage ich es nicht zu widersprechen, sondern führe mit langsamen Bewegungen aus, was er mir aufgetragen hat. Währenddessen fixieren mich auch die anderen Soldaten mit ihren vor Wut, Gier und Blut verzerrten Gesichtern. Als meine Kapuze schließlich vom Kopf in den Nacken gleitet, entfährt dem vordersten Soldaten ein entgeistertes Zischen. Schweiß bricht ihm aus und fließt in großen Tropfen seine Stirn hinab.

»Aber«, Verwunderung strömt durch seinen Körper. »Was macht ein *A*-Mensch denn in dieser …?«

Sein vor Schock geweiteter Blick ruht auf mir, schwebt ein wenig über meiner Nase. *Lüg ihn an*, schreit es in mir. Lüge. Lüge um dein Leben.

»Ähhhm …«

Nichts anmerken lassen, einfach so tun, als ob es dich nicht kümmert, dass fünf bärige Typen ihre Gewehre auf dich richten. Kälte beutelt mich, aber ich straffe den Rücken und versuche mich zusammenzunehmen.

»Da sind grad ein paar Typen getürmt, als sie euch gehört haben. Einer hatte ein Holzbein, der andere war ein ziemlich kräftiger Kerl«, ich zeige mit dem Daumen auf den Hauseingang hinter mich, »sie hatten mich hierher verschleppt. Ich konnte nur dank euch entkommen, also … äh … danke, *Jungs.*«

Es ist wohl keine meiner Glanzleistungen, eine Horde wild gewordener, nach Blut hungernder Soldatenwölfe *Jungs* zu nennen. Dieser Punkt meiner *das-Dümmste-was-ich-tun-kann*-Liste wäre dann wohl abgehakt. Fast hätte ich mir selbst für so viel Irrsinn applaudiert. Unfassbar. Erst breitet sich Schweigen wie eine Daunendecke über uns aus, nach einigem Zögern erwacht dann der Anführer wieder aus seiner Starre.

»Wir werden das überprüfen. Drei von euch«, der Soldat nickt seinen Kollegen zu, »ihr verfolgt sie. Weit können sie noch nicht sein.«

Schon stürmen grüne Uniformen an mir vorbei und mir wird übel bei dem Gedanken, dass ich quasi das Todesurteil für Joe und seinen Kumpel unterschrieben habe.

»Und du«, knurrt mir der Soldat zu. »Sieh zu, dass du dahin zurückgehst, wo du hingehörst.«

Ich fürchte, er kann selbst kaum fassen, was er da gerade beschlossen hat, denn er blickt sich mit gerunzelter Stirn zu seinen Kameraden um, die bei ihm geblieben sind. Nur für den Fall, dass sie es sich doch noch anders überlegen, stürme ich seitlich davon und verberge dabei mein Gesicht so gut es eben geht. Vielleicht ist er ja so von meinen Genen abgelenkt gewesen, dass er mich nicht richtig angeschaut hat. Hoffentlich. Meine Füße treffen hart auf den staubigen Asphalt, aber ich denke nicht daran anzuhalten. Stechende Qualen durchzucken jede Faser meines Körpers. Mich durchzuckt so viel Schmerz vom Tritt und vom Laufen, dass ich ihn kaum noch spüre, er ist überall, fühlt sich natürlich an.

Als ich es – Gott allein weiß warum – irgendwie schaffe, mich zur Lagerhalle zu schleppen, krallen sich meine Finger um die Klinke. Mit letzter Kraft ziehe ich sie auf und bete, dass mich niemand gesehen hat. In meinem Lager angekommen, lasse ich mich mit dem Rücken an eine Wand gedrückt zu Boden sinken. Mein Brustkorb hebt und senkt sich so stoßartig, dass ich ein wenig Angst habe, er könnte zerbersten wie Porzellan. Trotz Sauerstoffmangel ist mir aber in der hintersten Ecke meines Köpfchens klar: Man hat mich aus Fleisch und Blut gegossen und so etwas – in Scherben zerschellen – ist zumindest physikalisch unmöglich. Gierig schnappe ich nach Luft, kippe sie in meine Lungen wie vor nicht mal zehn Stunden das Wasser meine Kehle hinab. Ist das wirklich erst gestern Abend gewesen, als Adam mich verlassen hat und ich Ruby getroffen habe? Dumpf dröhnt es in mir und die Gesichter der beiden ziehen an mir vorbei. Sie scheinen seltsam fern, aus einem anderen Leben. Der Schock hat sich in meine Arme und Beine gefressen, macht es mir unmöglich, auch nur einen klaren Gedanken zu fassen, geschweige denn mich zu bewegen.

Außer Atem lehne ich mich zurück, will einfach das Sonnenlicht auf meiner Haut spüren und an nichts anderes denken. Ich verschließe meinen Kopf vor dem Grauen, dem ich soeben haarscharf entgangen bin, versuche es zumindest. So sehr ich mir wünsche, das Schlimmste wäre damit überstanden, entspricht das leider nicht der Wahrheit. Es liegt noch vor mir, streckt seine hässlichen Fänge nach mir aus.

Oh Adam, wo habe ich mich da nur reingeritten, und wo steckst du?

Von entsetzlicher Trauer überrollt, versuche ich nicht zu weinen. Stark zu sein. Einen tiefen Atemzug später fühle ich mich in der Lage, zu meinem Schlafsack zu kriechen und unter einer meiner vielen Decken zu verschwinden. Schüttelfrost bebt durch meinen Körper, aber kalt ist mir nicht. Zumindest nicht äußerlich. Aber dafür bin ich im Inneren zu Eis erstarrt.

Der Schock versteift meine Glieder.

Wenn jemand mitbekommt, dass man sich anders verhält, selber denkt und sich wehrt, dichtet man ihm rasch eine psychische Krankheit an. Nicht richtig im Kopf stellt man selbstverständlich eine Gefahr dar und muss weggesperrt werden. Meistens verschleppen die Soldaten einen mitten am Tag von der Straße, damit auch wirklich jeder mitbekommt, was er sagen und denken darf. Kaum jemand hinterfragt, warum diese »Krankheiten« fast ausschließlich Typus B überfallen. Man könnte denken, die Menschen seien blind, dumm oder träge, aber in Wahrheit haben sie einfach nur Angst. Aus diesem Grund halten sie sich an das, was die Medien verkünden: Magersucht und Schizophrenie – die beliebtesten Diagnosen – seien genetisch veranlagt und würden daher bei schlechtem Material eher durchbrechen. Ganze Dokumentationen und gefakte Werbespots zogen durch das Land, pflanzten den Menschen diesen Irrglauben ein. Diese trübe Gedankensuppe führt mir noch deutlicher vor Augen, wie viel unverschämtes Glück ich ständig auf meinen Streifzügen hatte. Ganz besonders vorhin. Hätte der Soldat meine Lüge nicht geglaubt, wäre ihm eine eigene Erklärung eingefallen. Er hätte sich eine eigene Geschichte zusammengereimt, um mich wegsperren zu können. Die hätte mich, Typus A oder nicht, direkt ins Gefängnis befördert. Wer glaubt, es würde mir dort mit drei warmen Mahlzeiten und einem Dach über dem Kopf doch gar nicht so schlecht gehen, hat die Untoten hinter den Gitterstäben noch nie gesehen. Ihre Haut spannt sich bleich über das skelettartige Gesicht, die Augen schimmern grimmig, darin ist kein Hauch von Leben erkennbar. Kaltes Grauen packt mich. Gleich morgen muss ich von hier verschwinden, ich bin ohnehin schon viel zu lange am gleichen Ort. Ursprünglich wollte ich noch eine Woche warten, aber ich halte es nicht länger aus, untätig zu sein. Obwohl es erst Mittag sein kann, überrollt mich der Schlaf mit voller Wucht. Meine Beine zucken noch leicht, dann versinke ich endgültig in die Tiefen meines Unterbewusstseins.

Als ich aufwache, ist es dunkel. Ich strecke meine Beine und Arme von mir, sehe dabei bestimmt wie eine Katze aus. Habe ich etwa den ganzen Tag verschlafen? Ein verstohlener Blick zu den Fenstern verrät mir, dass die Nacht schon wieder endet. Der Himmel wölbt sich in dunkellila Streifen über die Welt. Also habe ich den Tag und die Nacht verschlafen. Meine Wunden müssen mir doch mehr zugesetzt haben, als ich es mir eingestehen wollte. Vorsichtig ziehe ich mit meinen Fingern erst die Jacke, dann das Shirt darunter zur Seite. Als ich mich ein wenig drehe, um die Stelle zu betrachten, an der meine Rippen hervorstehen, schnappe ich heftig nach Luft. Schmerz durchzuckt mich und als ich das Shirt noch ein Stückchen höher schiebe, ist klar warum. Große grünblaue Flecken sprenkeln meine Haut. Autsch. Joe hat mir einen ordentlichen Tritt verpasst. Ich nehme mir vor, mich zu verarzten, bevor ich mich verkleide, und lasse das Shirt über meinen geschundenen Körper gleiten. Trotz der Verletzung stoße ich ein zufriedenes Seufzen aus. Gestern war ich zu geschockt, um mich zu freuen. Aber nun, da ich in Sicherheit bin, schüttelt mich eine Welle der Erregung. Geschafft. Die erste Hürde ist tatsächlich geschafft. Von neuem Mut gepackt, entscheide ich, dass es vernünftig ist, in ein Haus einzubrechen, solange der Tag noch nicht angebrochen ist. In der Dämmerung sieht man mir außerdem meinen Blutstatus nicht unmittelbar an. Also sammle ich meine wenigen Habseligkeiten zusammen und stopfe sie in den Jutebeutel, den ich mir lässig über die Schulter schwinge. Meinen Schlafsack lasse ich liegen. Ich werde ihn hoffentlich nicht mehr brauchen. Außerdem wiegt mein emotionaler Ballast sowieso schon genug, da brauche ich nicht auch noch dieses klobige Ding mitschleppen.

Ich denke viel zu oft nach, ich sollte mich weniger in meinen Kopf verkriechen. Langsam wird es wirklich Zeit, mal wieder richtig unter Menschen zu kommen. Also unter solche, die mich nicht hinter Gittern oder tot sehen wollen. Einen tiefen Atemzug später umfängt mich die kühle Nacht und meine Füße federn über Dreck. Ich bewege mich sehr langsam – teils wegen der Schmerzen, teils, um nicht aufzufallen. Die Häuser sehen bei Nacht wütend aus, mit aufgerissenen Eingangstüren als Mäuler und zerschlagenen Fenstern als abgestumpfte Augenhöhlen. Kein vertraulicher Kerzenschein, kein warmes Licht, das unter den Türen hervorkriecht. Bloß das kalte Flackern vereinzelter Straßenlaternen. Mechanisch grase ich die mir so vertraute Gegend ab, auf der Suche nach einem Familienhaus, das noch einigermaßen ganz sein könnte.

Nach wenigen Straßen stoße ich auf ein dunkelgrünes Exemplar, das mir passend erscheint. Inzwischen habe ich einfach einen Blick für Behausungen, aus denen es noch etwas zu holen gibt. Ich stehle mich in das Innere des Hauses und stürze beinahe über einen Stuhl, der mitten im Eingangsflur liegt. Meine Augen haben sich noch nicht an die drückende Finsternis gewöhnt, weshalb ich sie zusammenkneife. Je mehr Sekunden verstreichen, desto deutlicher kann ich Schatten, Formen und Umrisse erkennen. Dämonische Fratzen springen jauchzend in der Dunkelheit umher. Obwohl mir bewusst ist, dass es hier nicht wirklich spukt, fröstelt es mich und ich schlinge die Arme um mich. Vorsichtig schreite ich die Räume ab, auf der Suche nach dem Bad. Bleibt nur zu hoffen, dass die Dusche funktioniert. Das Wasser kann man zwar nicht trinken, ohne davon krank zu werden, aber zum Waschen reicht es allemal. Außerdem will ich ja nicht nach Ammoniak stinken, wenn ich mich aufmache, das Königshaus auszuspionieren. Das Innere des Hauses riecht modrig, als hätte es durch ein offenes Fenster geregnet. Alles ist voll Staub und Asche und kratzt mir schrecklich im Hals, ich huste, als wäre ich Kettenraucherin.

Als ich meine Fußspuren in den sandigen Dreck stampfe, frage ich mich, wer hier wohl mal gelebt hat. Eine Familie? Waren sie glücklich? Fotos entdecke ich jedenfalls keine auf meiner Erkundungstour. Endlich stoße ich auf einen kleinen Raum, der mit Fliesen ausgekleidet ist. Alles ist hell und weiß. Beinahe freundlich. Ich trete ein und habe gefunden, wonach ich suche. Ein stickiges Bad mit Dusche und Spiegel. Als ich umherschreite, bemerke ich zwar, dass viele Fliesen gesprungen sind und der Spiegel von schmierigem Dreck verklebt ist, aber seinen Zweck wird er dennoch erfüllen können. Ein verdrecktes Handtuch hängt über eine Eisenstange neben dem Waschbecken. Ich greife zögernd danach, der raue Stoff fühlt sich wie ein Stück Freiheit an. Sachte werfe ich das Tuch ins Waschbecken und versuche den Wasserhahn aufzudrehen. Erst klemmt er, aber mit einem kräftigen Ruck gibt er ein Gurgeln von sich und zischelnd läuft trübes Wasser heraus. Richtig sauber werde ich das Handtuch so oder so nicht bekommen, aber als ich es schließlich auswringe, ist wenigstens der schlimmste Schmutz fortgeschwemmt. Bis ich mit dem Färben fertig bin, sollte es einigermaßen trocken sein. Ich fahre mir mit den Fingern durch die Haare und löse meinen Dutt, das Haargummi werfe ich achtlos in eine Ecke. In wenigen Minuten wird es sowieso nutzlos sein. Ich wuschle mir durch die blonden Strähnen, fühle aber kein Bedauern. Obwohl sie sich um meine Hüften schmiegen, werde ich sie nicht vermissen. Die adelige Durchschnittsfrau verschwendet Stunden, Tage – ja, wenn nicht Wochen an die perfekte Frisur. Bei mir zählt nur das Eine. Gerechtigkeit.

Meine Finger tauchen in den Jutesack, greifen nach der alten Schere von zu Hause. Sie war eines der wenigen Dinge, die ich mitgenommen habe, als ich geflohen bin. Rost und trübes Silber blitzen mir entgegen. Auf den Fußboden regnet es aschblond. Fünf Schnitte. So viele sind nötig, damit mein hüftlanges Haar einem kurzen Strubbelkopf weicht. Fünf Schnitte. So viele sind nötig, damit aus mir ein Mann wird. Denn das ist alles, woran ich denken kann, während eine Strähne nach der anderen zu Boden segelt. Ohne meine verlorenen Haare eines weiteren Blickes zu würdigen, reiße ich die Packung mit der Haarfarbe auf. Das weiße Fläschchen plumpst unschuldig aus der Packung in meine Hände, als hätte es keinerlei Macht oder Bedeutung. Ich schlucke den

Kloß in meinem Hals runter und schüttle das Fläschchen. Danach gibt es kein Zurück mehr. Die Öffnung abgerissen, verteile ich die Farbe auf meine Strähnen. Eine halbe Stunde später wird mir schwindlig vom Gestank. Mit dem Kopf voll weißer Paste zweifle ich daran, ob ich das alles richtig gemacht habe. Sollte es nicht langsam braun werden? Nach weiteren fünf Minuten wird das Jucken auf der Kopfhaut so unerträglich, dass ich mich meiner Klamotten entledige und unter die Dusche schlüpfe. Zuerst zucke ich fast zurück, weil das Wasser viel zu kalt ist, aber nach ein paar Minuten habe ich mich daran gewöhnt und genieße es, sauber zu werden. Ich achte darauf, dass ich die Farbe von der Stirn reibe. Auch um den Hals hat sie sich verteilt.

Als ich schließlich aus der Dusche steige, schrecke ich beinah zurück. Ich hatte mein Spiegelbild entdeckt und eine Sekunde lang dachte ich, man hätte mich gefunden, weil mir ein magerer Junge entgegenstarrt. Bin das wirklich ich? Vorhin beim Schneiden hatte ich mich zwar schon mit blonden kurzen Haaren gesehen, aber ohne es richtig zu realisieren. Meine Finger fahren durch die vor Nässe triefenden Haarsträhnen, streichen sie mir aus dem Gesicht. Ich sehe strubbelig mit den Fransen aus. Mit dem Handtuch versuche ich mich trocken zu rubbeln, aber es stinkt nach nassem Hund und ist noch feucht. Da ich so stark abgenommen habe, erkennt man meine Brüste nur noch als angedeutete Kurven. Dennoch binde ich sie mit einem Verband ab, den ich schon vor Wochen geklaut hatte. Bloß um ganz sicherzugehen. Die Schmerzen verschlagen mir beinah den Atem. Ich stöhne und winde mich unter der Qual. Meine Rippen zu verbinden, jagt mir stechende Blitze durch den Körper, aber auch die eigenen Brüste abzubinden, tut höllisch weh. Als ich wieder Luft bekomme und das beklemmende Gefühl etwas weicht, streife ich mir eine weit geschnittene Jeans und einen Pullover über. Zuletzt fischen meine zitternden Finger die Kontaktlinsen aus ihrem Behälter. Noch etwas ungeschickt schiebe ich sie mir auf die Augen.

Wieder starre ich in den Spiegel, kann mir trotz meiner hageren Erscheinung und den dunklen Augenringen den Hauch eines Lachens nicht verkneifen. Adam wäre stolz auf seinen *Bruder*. Mein neues Aussehen ähnelt ihm so sehr, ich hätte eine Puppe aus seinen Zügen geschnitzt sein können. Das tröstet mich auf eine Art, die mich wärmt.

Dennoch umklammere ich beklommen eines meiner Handgelenke. Den letzten Schritt, der zwingend notwendig ist, kann ich nicht über mich bringen. Alle mit schlechten Genen müssen sich in einem Krankenhaus untersuchen, registrieren und chipen lassen. Dadurch entsteht eine ziemlich hässliche Narbe am Handgelenk. Bei einer Blutuntersuchung würde man sofort feststellen, dass ich alle täusche und meinen Typ A Status entdecken. Mich selbst zu verletzen – davor graust es mich trotz allem viel zu sehr. Also kann ich nur hoffen, dass niemand meinen Status kontrolliert. Dass allein mein Aussehen reicht.

Als ich den Plan entwarf, hatte ich Angst, meine Periode könnten mich verraten. Ein Mann, der zwischen den Beinen blutet? Nicht sehr realistisch. Aber mit der andauernden Hungerphase habe ich meine Weiblichkeit verloren und so schnell würde ich sie vermutlich nicht zurückbekommen. Fröstelnd tauche ich zurück ins Meer der Nacht, lasse mich von ihm fortschwemmen. In eine Zukunft, ungestümer als jede noch so raue See.

Irgendwann spült mich die Nacht dann doch ans Ufer des Tages und ich finde mich auf der Bank einer Bushaltestelle wieder. Mitten im Zentrum. Eigentlich ein Ort, den ich lange Zeit gemieden habe. Aber mit meiner neuen Verkleidung ist es, als wäre meine einst so leuchtende, nach Aufmerksamkeit schreiende Existenz von einem Moor verschluckt worden. Ich wische meine schwitzenden Hände an meinen Oberschenkeln ab, hoffe trotz der neuen Unauffälligkeit, die mich kleidet, dass ich schnell von hier wegkomme. Das dumpfe Schlagen einer Turmuhr in der Nähe verrät mir, wie spät es ist: sieben Uhr. Die Linie 81 müsste in ein paar Minuten da sein. Ein wenig ärgert es mich, mein letztes Geld für eine überteuerte Busfahrt ausgeben zu müssen, aber ich habe keine Wahl. Als der Bus schließlich ratternd vor mir stehen bleibt, mit einem lauten Zischen die Türen öffnet, bleibt mir nichts anderes übrig als einzusteigen. Der Busfahrer – ein älterer, dicklicher Mann mit Halbglatze – sieht mich überrascht an, fängt sich aber wieder. Es sind zwar meist nur B-Menschen in diesem Teil der Stadt unterwegs, aber kaum jemand von ihnen kann sich eine Busfahrt leisten.

»Einmal nach Graham«, bitte ich so leise wie möglich, während ich nach meinem letzten Schein suche.

Der Kartenautomat piept und druckt ratternd eine Fahrkarte aus. Ich nehme sie an mich und drücke dem Busfahrer den Zehner in die Hand. Als ich durch den Mittelgang wanke, merke ich, dass man mich anglotzt. Von allen Seiten und Ecken blitzt es mir grün und blond entgegen. Irritiert lasse ich mich auf einen freien Platz fallen, aber das Gestarre hört nicht auf. Habe ich ein Ufo auf dem Kopf oder was ist deren Problem? Einige verziehen ihre Miene, als müssten sie einen unangenehmen Gestank ertragen. Andere tuscheln aufgeregt. Erst als ich grimmig aus dem Fenster blicke und mich im Glas spiegle, wird mir klar, was los ist: Abgesehen vom Busfahrer bin ich der einzige Typ B Mensch. Und erneut ziehe ich mir meine Kapuze ins Gesicht, will einfach unsichtbar sein. Das Fahrzeug rumpelt über kaputte Straßen und bei jedem Stoß fürchte ich schon, dass mir die Kapuze von den Haaren gleitet. Das Getuschel lässt langsam nach, fühlt sich aber immer noch bedrohlich an, wie die Ruhe vor dem Sturm. Ich unterdrücke das Flattern meiner Nerven, konzentriere mich stattdessen auf die vorbeiziehende Landschaft. Je weiter wir uns von der Stadt entfernen, desto grüner werden die Flächen.

In dieser Region gibt es genügend Wasser, um Äcker und Wiesen zu versorgen. Alles um uns blüht, gedeiht so schön, man möchte brechen. Nach weiteren zwanzig Minuten erreichen wir schließlich die Endstation und ich eile hinaus an die frische Luft. Das Dorf zu Füßen des Schlosses ist den Adeligen vorbehalten. Der Elite. Den A-Menschen. Wäre ich nach meiner Mutation nicht von zu Hause abgehauen, hätte man mich vermutlich ebenfalls in solch einem Viertel untergebracht. Reihenhäuser mit Gärten kreuzen meine Sicht, als ich mich in Richtung meines neuen Zuhauses aufmache. Auf meinem Weg treffe ich keine Kinder, was mich nicht wirklich wundert. Wahrscheinlich haben die Einwohner hier zu große Angst, was aus ihrem Nachwuchs wird, und schieben ihn aus diesem Grund in Internate ab. Immerhin könnten selbst die Kinder von A-Menschen zu B-Ware mutieren. Bis die Mutation vollzogen ist, sind wir alle gleich. Aber danach …? Kopfschüttelnd lasse ich meine Finger an einer Mauer entlangfahren, die sich um das ganze Dorf schlängelt. Stein kratzt an meiner Haut, als wolle der Schmerz mich aufhalten. Aber Schritt für Schritt schreite ich meinem Schicksal entgegen. Alles in mir weiß, dass es meine Bestimmung ist. Genauso intensiv und klar, wie man im Normalfall weiß, welchen Namen man trägt. Wie viel man wiegt (derzeit kaum 45 Kilo übrigens, das kann ich daran erkennen, wie dünn mein Daumen ist). Wer die eigenen Eltern sind. Mein Schicksal wurde mir schon in die Haut geritzt, lange bevor ich überhaupt so recht verstand, was in unserem Land vor sich geht. Die Rebellion, sie stank mir schon immer aus den Poren. So tragen mich meine Füße dem Ende entgegen.

Als sich das Schloss finster am Horizont erhebt, kriecht die Angst in mir hoch. Zwei steinerne meterhohe Spitztürme verbinden ein flaches Dach miteinander. Das Gebäude wirkt verwunschen, wie aus einem Märchen gezerrt. Der finstere Wald aus Tannen, welcher sich hinter dem Schloss aufbaut, verwandelt den Traum eines Märchens aber vielmehr in einen Albtraum. Wie viele Hänsel und Gretel sind wohl schon in dieses Tannenmeer verschleppt worden? Schluckend klopfe ich gegen das geflügelte Eichentor. Sekunden später wird die Tür von einem Soldaten aufgerissen. Die Militäruniform schlägt mir in den Magen wie das Gefühl, im freien Fall zu taumeln.

»Was gibt's?«, schreit er mir fast entgegen.

Das Gewehr über seine Schulter gehängt, ist dieser Kerl nicht unbedingt ein Begrüßungskomitee. Außer für ein Massaker vielleicht.

»Ich bin hier«, erkläre ich mein Auftauchen selbstbewusster, als ich mich fühle, »um mich für die Stelle als Diener zu melden.«

Er verschränkt die Hände hinter dem Rücken.

»Und du Kerlchen glaubst, du kannst hier einfach auftauchen und anfangen? Weißt du, wie vielen Pappnasen ich heute schon erklären musste, was sie zu tun haben?«

»Weiß ich nicht, nein. Und, ähm, ja«, stottere ich. »Ich dachte, es sei dringend.«

»Ist es auch, aber trotzdem nervt ihr mich langsam«, murrt er und tritt zur Seite. »Melde dich in der Eingangshalle und wenn du geeignet bist, wird man es dir sagen.«

Ich husche leicht geduckt an ihm vorbei. Der prunkvolle Saal, in den ich hineintapse, ist lichtdurchflutet. Angespannte Elektrizität flirrt in ihm und es scheinen beinahe blaue Funken durch den Raum bis an die meterhohe Decke zu zucken. Verschwommen drängen sich einige Gestalten – vielleicht zehn oder fünfzehn – in meinen Blick. Gesichtslose Schatten wuseln aufgekratzt umher. Sie alle wollen diesen

Posten. Meinen Posten, rede ich mir entschlossen zu, ehe ich mir die Kapuze vom Kopf ziehe und mir durch meine Haare fahre.

Es dauert nicht lange, da bemerke ich die riesige Steintreppe am Ende des Saals. Sie schlängelt sich in einer steilen Biegung in den ersten Stock. Was wohl am Ende dieser Stufen wartet? Ein neues Leben? Hass? Tod? Oder doch etwas ganz anderes? Die Stufen schreien nach meinen Füßen, sie rufen nach mir. Verwirrt sehe ich mich um, ob noch jemandem die Treppe aufgefallen ist. Doch niemand schert sich um mich oder das jahrhundertealte Gestein. Ich runzle die Stirn. Verliere ich den Verstand? Gerade will ich mein seltsames Gefühl auf meinen Mangel an so ziemlich allem schieben, da schreitet ein weiterer Schatten um die Biegung der Treppe und die Stufen hinab. Kurz bevor die zierliche Gestalt an deren Fuß angelangt, rutscht sie aus und stürzt. Panik zischt durch meine Adern, mein Kopf zuckt in alle Richtungen, aber niemand reagiert. Das Häufchen Schatten liegt nach ein paar Sekunden immer noch am Boden, weshalb ich im Laufschritt darauf zutrabe.

»Hallo?«, rufe ich. »Geht es dir gut?«

Die Strecke ist trotz meiner körperlichen Schwäche zügig überwunden und so hocke ich mich zum kleinen Schatten, der sich als Mädchen im höheren Teenageralter entpuppt. Seine sonnenfarbenen Haare umfließen es, während es mich benebelt anblinzelt.

»Alles in Ordnung bei dir?«

»Denke schon«, stöhnt sie und versucht sich aufzurichten.

Aber die Kraft verlässt sie wieder, sie sackt zusammen. Ich schiebe einen Arm unter ihren Rücken, richte sie sachte auf.

»Geht es so?«

»Jaaah«, nuschelt sie. »Mir ist nur schwindelig.«

»Dann helfe ich dir auf und wir bringen dich irgendwo hin, wo du dich hinlegen kannst. Okay?«

Sie nickt schwach und ich stemme sie unter angestrengtem Ächzen hoch. Einen ihrer Arme lege ich mir über die Schulter, zusätzlich schlinge ich einen Arm um ihre Taille. So treten wir sachte einen Schritt nach dem anderen auf, als wäre der Boden aus Lava, die uns jeden Moment die Füße verkohlen könnte. Verschwitzt und rot im Gesicht rufe ich um Hilfe, bis schließlich der Soldat vom Eingang zu uns rennt.

»Was zum Teufel hast du mit der Prinzessin gemacht? Bist du dafür verantwortlich?«, knurrt er voll Abscheu.

Eine Zornesfalte auf seiner Stirn pulsiert gefährlich, die geblähten Nasenflügel lassen ihn wie ein wildes Rhinozeros schnaufen. Prinzessin? Ich gehe hier auf Kuschelkurs mit der verflixten Prinzessin?

»Ich habe ihr nichts getan«, beteuere ich. »Sie ist gestürzt.«

»Oh papperlapapp, sie *stürzen* doch immer alle.«

Das Fuchteln seiner Hände verrät, wie panisch ihn die Situation macht. Panische Menschen sind an sich schon gefährlich. Aber denen mit Gewehren sollte man besser aus dem Weg gehen.

»Ehrlich. Sie hat wohl die letzte Stufe oder so verpasst«, ich nicke mit dem Kopf seitlich hinter mich, um auf die Treppe zu deuten. »Stimmt doch, oder?«, füge ich an das Mädchen gerichtet hinzu, dessen Gewicht langsam anfängt, an mir zu zerren.

»Er sagt die Wahrheit«, bringt sie schließlich unter großer Anstrengung hervor.

Danke, jubele ich still vor Erleichterung.

»Na gut, dann bringen wir Prinzessin Camper wohl besser auf ihr Zimmer«, grummelt der Rhinozeros-Soldat.

Mit einer überraschend geschmeidigen Bewegung für solch einen schweren Körper taucht er an der anderen Seiten des Mädchens auf und stützt sie ebenso wie ich, indem er einen Arm um ihre Hüfte schlingt. Zu dritt trotten wir los. Je weiter wir gehen, desto unsicherer wird mein Tritt, da das Mädchen sich immer schwerer auf meine Schulter fallen lässt. Zumindest kommt es mir so vor. Dementsprechend realisiere ich nicht wirklich, wohin wir eigentlich unterwegs sind, sondern spüre nur, wie wackelig und schwach ich bin. Auf dem Weg brummt der Soldat einer Zofe etwas Unverständliches zu. Schwindel droht mich zu Boden zu reißen, gerade noch rechtzeitig stößt der Soldat eine Tür auf und wir können die Prinzessin endlich auf ein Himmelbett manövrieren. Ich lege eines der riesigen Kissen unter ihre Füße, damit sie hoch lagern.

»Wasser wäre gut. Gibt es hier eine Küche oder ein Bad?«, frage ich den Soldaten, der daraufhin nach rechts zeigt.

Eine Seitentür steht offen, die zu einem Bad führt. Ich laufe schnell hinein, beachte kaum das Gold und den Marmor und komme mit einem Becher Wasser zurück. Dass es der Zahnputzbecher ist, wird wohl hoffentlich niemanden stören. Ich reiche das Wasser an das zitternde Mädchen und es leert den Becher in einem Zug.

»Danke«, meint sie, während sie sich mit dem Handrücken über den Mund fährt. »Für alles.«

Eigentlich will ich ihr ein lässiges *Kein Ding* zuwerfen, aber in diesem Augenblick stürmt ein brüllender, um sich schlagender Mann herein.

»Was ist hier los? Man schickt mir eine Zofe und alles, was die brabbelt, ist, dass meine Tochter verletzt wurde«, wettert er, spuckt dabei.

Den Soldaten durchfährt ein Ruck, er salutiert mit angespannter Miene.

»Mein König«, erklärt er. »Chiara geht es gut, bitte beruhigt Euch. Sie ist gestürzt und …«

Der Soldat bricht ab und schielt in meine Richtung. Als der König seinem Blick folgt und wütend schnauft, als er mich sieht, muss ich schlucken.

»Und ich habe sie gefunden«, plappere ich drauflos, bevor er mich vorschnell verurteilen kann.

»Danach hast du ihr aufgeholfen?«, bohrt der König überrascht nach.

»Natürlich, sie lag doch am Boden.«

»Aber ich kenne dich nicht. Bist du neu hier?«

Ich lasse betrübt die Schultern hängen, starre auf meine Hände.

»Ja, Majestät. Ich wollte mich auf den Posten als neuer Diener bewerben. Kaum war ich hier, ist der Unfall geschehen.«

»Vielen Dank, Junge. Und dein Name lautet?«

Der umgeschlagene Ton des Königs lässt mich ihn vor Verwunderung offen anstarren. Und das liegt nicht nur an seinem walrossartigen Äußerem.

»Sawyer, Sir. Mein Name ist Lou Sawyer.« Selbstverständlich lautet mein Nachname nicht wirklich Sawyer, den habe ich mir nur angedichtet. Erfunden. Er ist abgekupfert von dem alten Märchen rund um Tom und seinen besten Freund Finn. Ich kann die Male gar nicht mehr zählen, so oft hat Adam mir ihre Geschichte zugeflüstert. Vermutlich strahlten die beiden Helden heller für mich als Sonne, Mond und Sterne zusammen.

Freudig wackelt der König auf mich zu, schüttelt mir geschäftig die Hand.

»Sawyer, schön. Mein Name dürfte bereits geläufig sein, falls nicht: Marvin Camper. Schön, deine Bekanntschaft zu machen. Ich würde sagen, du darfst dich glücklich schätzen. Ich bin ein Mann der Ehre. Der Dankbarkeit. Glückwunsch, mein Junge, du bist fürs Erste eingestellt. Die Probezeit wird ein paar Monate andauern, aber wer sich so vortrefflich und ohne Zögern um meine Tochter kümmert, gibt bestimmt einen ausgezeichneten Diener ab.«

»Ich weiß gar nicht, was ich sagen soll, um meine Dankbarkeit auszudrücken, Sir«, säusle ich falsch, gefolgt von einer tiefen Verbeugung. Ich kann mein unverschämtes Glück kaum fassen, wer hätte gedacht, dass mein Prinzessinnen-Unglück mich direkt ins Schloss befördern würde?

»Du musst gar nichts sagen, Junge. Zeig es uns deine Dankbarkeit, indem du gute Arbeit verrichtest. Um dir den Einstieg zu erleichtern, wird mein jüngster Sohn Jared dich heute rumführen, damit du dich zurechtfindest. Dein erster Arbeitstag beginnt morgen.«

»Euer Sohn, Majestät?«, frage ich verdattert, dennoch betont höflich.

»Ja«, quittiert der König unter freundlichen Augenaufschlägen. »Er wird dich mit dem Gelände vertraut machen.«

Sein Schnurrbart vibriert und lässt ihn noch viel mehr wie ein Walross aussehen. Der König senkt die Stimme und bückt sich zu mir: »Unter uns, er war in der letzten Zeit nicht mehr er selbst. Er kann etwas Ablenkung und ein paar Manieren gut gebrauchen, egal, ob er sechzehn oder sechzig Jahre alt ist.«

Erste Sahne, jetzt darf ich gleich an meinem ersten Tag am Arsch des Königssohnes hängen. Trotz meiner Anspannung zwinge ich mich zu einem energischen Nicken. Ich kann es mir nicht leisten, gleich am ersten Tag wieder entlassen zu werden. Nicht nach all dem, was ich hierfür durchgemacht habe. Gerne würde ich Adam Bescheid geben, wie es um mich steht. Dass ich mich tatsächlich einschleichen konnte. Doch es wäre wahrscheinlicher, dass der König zum Abendessen Diätprodukte vorgesetzt bekommt, als dass ich Adam erreiche. Realismus kann ja so viel Spaß machen.

»Sehr schön, sehr schön«, gurrt das Walross und reibt sich eifrig die Hände.

Dermaßen fest, dass sein ganzes Fett unangenehm schwabbelt. Von seinem Gesicht, das mich an aufgegangenen Teig erinnert, mal ganz abgesehen.

»Dann seid so gut und bestellt Jared meinen Gruß, er möge sich draußen im Foyer mit uns treffen. Möchtet Ihr das vielleicht übernehmen?«

Der angesprochene Soldat bejaht, eilt davon.

»Dann wollen wir meiner Tochter etwas Ruhe gönnen und lassen sie wohl besser alleine«, wendet sich der König wieder an mich.

»Sehr wohl.«

Er bedeutet mir mit einer Handbewegung, ihm in den großzügigen Empfangsbereich zu folgen. Unwillkürlich packt mich die Neugier. Wie der Prinz wohl sein mochte? Ein ebenso anstößiges Ekelpaket wie sein Vater? Oder doch jemand ganz anderes? Vielleicht sogar liebevoll? Denn obwohl der König freundlich war, hatte er etwas Schleimiges. Kopfschüttelnd vertreibe ich diese Vorstellung. Niemand in diesem Hause konnte ein Herz haben, bei dem, was sie unserem Land antun. Und als der Soldat einen murrenden Jungen mit wildem Gefuchtel vor sich her in unsere Richtung scheucht, weiß ich einfach, dass ich mit dem großen, schlanken Kerl die Arschkarte gezogen habe. Wie er sich durch die Haare fährt, weiß er einfach, dass er schön ist. Schlitternd und die Augen verdrehend kommt er vor mir zum Stehen.

Jared

Grübchen. Sie sind das Erste, was mir auffällt. Sie schlagen sich so tief in seine Wangen, als hätte man sie mit einem Messer reingeschnitten. Völlig absurd für einen Mann. Sie wirken wie Schlitze, die sich über ein Gemälde ziehen. Es verunstalten. Sommersprossen explodieren auf seiner Nase und ein Muttermal klebt über seiner rechten Augenbraue. Am Kinn prangt eine winzige Narbe, die wie ein Halbmond geformt ist. Sein Gesicht wirkt völlig fehl am Platz, fast schon wie ein schlechter Scherz. Wobei, jetzt wo mein Blick über den Rest seines Körpers schweift … irgendwie scheint es doch zu passen. Die Fransen seiner Haare fallen ihm in einem einzigen Durcheinander ins Gesicht. Sein

Körper ist der eines Kindes. Eines dünnen und schwachen Kindes. Keine Muskeln, keine Härte und schon gar keine Stärke kann ich erkennen. Das verwaschene Braun seiner Augen lässt mich an das Fell eines Straßenköters denken. Wie soll ausgerechnet der eine Hilfe sein? Hatte Vaters Soldat nicht erklärt, wir hätten einen neuen Diener? Wie soll der mit anpacken, wenn er noch nicht mal meine Hand fest drücken kann? Denn seine Finger liegen schlaff in meinen.

»Lou Sawyer«, stößt er hervor.

Das leise Knurren seiner Stimme raubt mir einen Moment lang meine. Doch dann verziehen sich meine Lippen wie von selbst zu einem höhnischen Lachen. Hunde, die bellen, beißen schließlich nicht.

Lou

Pure Übelkeit schüttelt mich, als meine Finger gegen seine drücken. Nicht, dass er schlecht riechen würde. Oder eine Beleidung für die Augen wäre. Es ist dieses schäbige Grinsen, das um seine Lippen spielt. Das Lächeln wirkt so aufgesetzt, förmlich in seine dreckige Visage gemeißelt. Als hätte er extra dafür Unterricht genommen. Offensichtlich hat er die Stunde verpennt, in der man lernt, dass sich ein Lächeln nicht ausschließlich auf den Mund beschränkt. Das Grasgrün seines Blickes erinnert mich keineswegs an einen Frühlingstag, eher an ein Sumpfloch. Eines jener Löcher, die mich zu gern verschlingen würden. Aber nicht auf die gute Art. Nicht aus Genuss, gar Leidenschaft. Nein, aus purem Hunger. Aus Lust am Zerfleischen. Nur schwer kann ich dem Verlangen widerstehen, diesem arroganten Arsch eine runterzuhauen. Warum? Weil seine Haltung, die Art, wie er mich anblickt – auf mich herabblickt –, ja, einfach alles an ihm schreit, dass er besser ist. Es immer sein wird.

»Na, dann komm mal mit, ich zeige dir alles Nötige.«

Sichtlich angespannt versucht Jared seinen Ärger vor seinem Vater zu verbergen. Murrend folge ich ihm, obwohl mir die Müdigkeit des letzten Marsches durch das halbe Schloss – so fühlt es sich zumindest an – noch in den Knochen steckt. Kaum werden wir wieder in helles Tageslicht getaucht und sind außer Hörweite, brummt das Königskind.

»Damit eins klar ist, wir bringen das schnell hinter uns. Ich will mich nicht länger mit so etwas wie dir aufhalten, als es unbedingt notwendig ist. Und im Übrigen«, er dreht sich zu mir, tippt sich mit dem Finger leicht an die Nase, »hast du da Dreck. Passt zu deinem Blut, aber na ja …«

Ich rubble mir mit dem Ärmel über die Nase, schon glitzern Tränen feucht auf meiner Wange. Doch Jared reißt sich ungerührt von meinem Anblick los und beginnt seine Führung. *So etwas wie dir.* Bin ich ein Ding? Ein Tier? Eine Küchenschabe für ihn? Wir schreiten zügig und weitläufig das Schloss ab, in das locker ein Fußballfeld passen würde. Im Erdgeschoss und im ersten Stockwerk sind genügend Schlafzimmer untergebracht, um ein Hotel zu eröffnen. Alles – von den Samtkissen über die Seidenvorhänge bis hin zu den goldenen Türknäufen – glänzt absolut edel, wenngleich es auch steril wirkt. Ein sanfter Geruch nach Krankenhaus strömt uns an jeder Ecke entgegen.

»Wo dein Zimmer liegt, klären wir zum Schluss«, seine Worte beantworten eher meine Gedanken als eine Frage. »Ist ja nicht so wichtig, oder?«

Warum sollte es auch wichtig sein, wo ich schlafe? Schlimmer als die Lagerhalle kann es sowieso nicht werden, auch wenn ich das Gefühl nicht loswerde, dass Jared mich am liebsten in eine Abstellkammer sperren würde.

»Als Nächstes solltest du wohl wissen, wo du hingehörst. In die Küche natürlich. Also hopphopp, ein bisschen Tempo bitte, ich habe nicht den ganzen Tag Zeit.«

Eine unbedachte Schrecksekunde lang will ich ihn einfach nur beschimpfen. *So ein elender Macho*, schreit alles in mir. Ihm eine knallen, weil er denkt, Frau und Herd passen zusammen wie Arsch auf Eimer. Im letzten Moment schaltet sich mein Hirn ein und erinnert mich daran, dass ich derzeit gar kein Mädchen bin, sondern ein Junge. Mehr noch: ein Diener. Einer, der offenbar fürs Kochen angeheuert wurde.

»Ich muss dich auch ein paar Leuten vorstellen, blamier mich gefälligst nicht«, blafft Jared über die Schulter, ohne meine Beinahe-Explosion bemerkt zu haben.

Wäre er nicht so ein Widerling, würde ich ihn glatt dafür mögen, dass ihm diese ganze Situation genauso unangenehm ist wie mir. Nach

Minuten des Schweigens, die schwer auf meiner Brust lasten, finden wir uns im zweiten Stock wieder. Das Licht scheint nur gedimmt durch die schmutzigen Fenster. Alles wirkt kühler und weniger freundlich als in den Schlafzimmern und im großen Empfangssaal. Jared marschiert zielstrebig auf eine offen stehende Tür auf der rechten Seite zu. Aus ihr wabern exotische Gerüche und Geräusche nach lärmenden, geschäftigen Menschen zu uns. Als wir vor der Tür stehen bleiben, überwältigen mich die Sinneseindrücke mit voller Wucht. Mein undankbares *Babysitter-Königskind* kümmert es nicht, es reckt den Kopf, versucht jemanden zu finden.

»Lou«, zischt Jared entnervt und zeigt mit dem Finger auf einen schlaksigen Körper inmitten der Küche, »das ist Emil Robinson.«

Ein lässiges Zucken von Jareds Fingerspitzen und Emil kommt in unsere Richtung geschlurft. Der Typ ist so groß wie ein Baum. Okay, korrigiere: wie ein Babybaum. Aber die können auch ganz schön hoch wachsen. Und sein Gesicht ist mindestens genauso verwittert. Nichtsdestotrotz verspannen sich seine Züge zu einem gehässigen Lächeln, als er zu uns stößt.

»Was?«, äfft Emil und bedenkt mich dabei mit einem Blick, als hätte er eben alte Fischsuppe vorgesetzt bekommen.

Ich kann nicht verhindern, dass die Wut mir ein paar rote Flecken auf die Wangen zaubert. Für meinen Bruder war ich immer sein kleiner Vulkan. Schade, dass er mich nie wieder ausbrechen sehen wird. Was musste der Idiot auch meinem Vater nacheifern?

»Robinson, *das da*«, Jared rümpft die Nase und deutet mit einem Nicken in meine Richtung, »ist dir ab heute unterstellt.«

Das da?! Mein Herz rast. Genug ist genug. Ich werde ihn umbringen. *Wenn es niemand sonst tut, ich schwöre, ich dreh dir den Hals um, Camper!* Doch obwohl es mir in den Fingern juckt, atme ich einmal tief durch. Ich darf nicht vergessen, warum ich hier bin. Warum sie mich so behandeln. Mein Status erlaubt es ihnen. Ich suche Emils Augen, um das Kinn zu recken und sie trotzig anzuglotzen, als mich fast der Schlag trifft. Grün. Die sind grün! Und erst jetzt registriere ich, dass auf seinem Kopf ein blonder Strohschopf sitzt. Kein Irrtum möglich: Die Gene dieses Jungen sind gut. Viel zu gut, um hier als Diener zu versauern. Was ist hier los? Rasch durchforste ich den Rest des Personals, aber wie befürchtet, sehe ich nur braun. Stirnrunzelnd verfange ich mich wieder in Emils Augen, die mich verschmitzt anblitzen.

»Und kannst du auch deinen Namen sagen … oder bist du nur gut im *Dumm-durch-die-Gegend-schauen?*«, zieht Emil mich auf.

Sofort lasse ich meinen Blick abreißen und hefte ihn stattdessen unbewusst an Jared. Bilde ich mir das ein oder sah der gerade für eine Sekunde wütend aus? Irgendwie, als ob nur Jared mit mir schimpfen dürfte.

»Lou«, stoße ich hervor.

Emils Finger schließen sich um mein Kinn und er dreht meinen Kopf in seine Richtung, sodass ich ihn ansehen muss.

»Lou«, schnalzt er genüsslich mit der Zunge, »nur damit eins klar ist: Mir ist egal, dass du ein Kerl bist. Ab heute bist du meine Bitch und du tust, was ich dir sage.«

Herzlich willkommen in Testosteronien, flucht es in mir, während ich mein Gesicht zwischen seinen Fingern winde. Schließlich reißt mich ausgerechnet Jared von ihm los, zieht mich am Oberarm fort. Will er mich nicht länger Emil aussetzen? Wenn ja, könnte er ja glatt sympathisch sein.

»Wir müssen dann weiter«, ruft er noch Emil zu, bugsiert mich grob durch die Gänge. »Das ganze oberste Stockwerk besteht nur noch aus dem *Loch-Ness-Flügel*«, erklärt er an mich gewandt. »Falls jemand von uns verarztet werden muss. Einfach durch die Doppeltür nach der Treppe rein und da stehen dann Krankenbetten und so bereit.«

Soll das eine schlosseigene Krankhausabteilung sein?

»Ist das so eine Art Minikrankenhaus? Das heißt bitte *wie?*«, will ich ungläubig und fasziniert zugleich wissen.

»*Loch-Ness-Flügel.* Weil die Ärzte hier«, Jared zuckt mit den Schultern, kann sich ein Schmunzeln aber nicht verkneifen, »Krankheiten schlucken wie Schottland Nessie.«

Mein Mund steht immer noch offen, als Jared weiter erklärt.

»Ein Stockwerk darüber findest du ein Klassenzimmer und zwei Sporthallen. Das Klassenzimmer wirst du nicht brauchen«, näselt er abschätzig, »aber vielleicht willst du trainieren. Außerdem gibt es noch ein Westgebäude, das sich an dieses Zentralgebäude anschließt. Aber das nutzen wir kaum. Nur zu besonderen Anlässen. Zum Schluss fehlt nur noch dein Schlafplatz«, Jared schnüffelt übertrieben in der Luft herum. »Der hat übrigens auch ein kleines Bad dabei. Könntest dich zur Abwechslung ja mal duschen. Ist wohl schon eine Weile her bei dir.«

Meine Nägel kratzen über meinen Hals, scheuern an der Halsbeuge, sodass sie bestimmt rot leuchtet. Von der eben aufgeflammten Sympathie für Jared bleibt nichts als ein Hauch zurück. Schon lange hat mich niemand mehr dazu gebracht, mich so aufzuregen. Als wir wieder in das Stockwerk mit den Schlafzimmern hetzen, kann ich nur daran denken, dass der König seinen Sohn treffend beschrieben hat. Ungehobelt. Ohne Manieren. Ein rauer Stein, der nicht geschliffen werden will. Am Ende des Ganges im hintersten Winkel stößt der Rüpel eine Tür auf und brummt: »Hier, deins.«

Er lehnt sich lässig mit einer Schulter gegen den Türrahmen, verschränkt die Arme.

»Danke«, sage ich verstimmt, ziehe aber eine Augenbraue fragend hoch. »Oder so.«

»Du mich auch.«

Mit diesen ausgespuckten Worten lässt er mich allein.

Kapitel 2

Ölgrinsen und Liebesgeblubber

Lou

Bereits als ich das Zimmer betrete, schießt mein Blick zu den riesigen Farbklecksen. Verschwommen tanzen Blau, Grün und Braun vor mir. Nach ein paar Sekunden gewöhnen sich meine Augen an das grelle Licht in dem Raum und ich erkenne in dem braunen Fleck … einen Hirsch. Er wurde auf ein Gemälde mit Wald verbannt. Meine Lippen verziehen sich zu einem Zucken. Hier soll ich die nächsten Monate leben? Mit so viel Kitsch an den Wänden? Seufzend bemerke ich, dass dieses Bild nicht das einzige ist. Eine schwarzhaarige Frau starrt mir aus einem anderen entgegen. Verärgert glotze ich das Ölgemälde an. Sie wirkt glücklich vor der grünen Landschaft. Wie kann sie es wagen? Als ob Berge und frische Luft die Lösung für all die Probleme dieser Welt wären. Wer's glaubt. Sie trägt eine Tracht, die so rot ist, dass man am liebsten schreien möchte. Die Wut in meinem Bauch schnalzt in meine Füße und lässt meine Zehen in den Schuhen verkrampfen. Sie graben die Sohle in einen beigen Teppich, der ein bisschen so aussieht, als wäre er über den Boden erbrochen worden. Langsam lasse ich meinen Blick über den Teppich gleiten, bis er auf eine riesige Glastür trifft, die zu einem kleinen Balkon hinausführt. Sie wird teilweise von einem schlichten Vorhang verhüllt, neben den sich ein noch schlichteres Bett verirrt hat. Gedankenverloren schreite ich den Raum auf der Suche nach dem Bad ab, einen Kleiderschrank sowie den hölzernen Schreibtisch mit Stuhl nehme ich nur am Rande wahr. Eine Dusche – eine richtige! – wäre nach den anstrengenden letzten Monaten genau das Richtige. Als ich mich genauer umsehe, finde ich eine relativ versteckte Tür an der rechten Seite des Raumes. Zielstrebig eile ich darauf zu, öffne sie und ein dunkler, stickiger Raum erstreckt sich vor mir, er ist quadratisch geformt. Meine Hand tastet nach dem Lichtschalter und als die Neonröhre an der Decke nach einigem Surren und Flackern anspringt, kann ich erkennen, dass schmutzige Fliesen die Wände kleiden. Über dem Waschbecken hängt ein zersprungener Spiegel, der mich sofort anzieht. Ich baue mich vor ihm auf. Wenn ich in einen Spiegel blicke, kann ich mich kaum noch erkennen. Nicht mehr mein Gesicht.

Aber es liegt nicht an meiner Verkleidung. Egal, wie ich meine Haare oder meine Augen verändere, ich kann nichts von mir in dem Glas erkennen. Nein, es ist die Fratze meines Stiefvaters, die mich anstarrt; angafft. Sein verschmiertes Ölgrinsen gleitet an mir hinab. Seine Pranken folgen. Bis ich schreie. Stumm. Ich ertrage es nicht, mich anzusehen. Energisch schüttle ich meinen Kopf, um die Erinnerung zu vertreiben. Automatisch hetzen meine Füße aus dem Bad Richtung Balkon, meine Hände reißen die Tür auf. Frische Luft strömt herein und vertreibt sein Aftershave. Es ist, als grabe sich ein Schlund aus Abwasser durch mein Innerstes. Sprudelnd schleudert er mir mal mehr, mal weniger seinen Gestank entgegen. Egal, wie viel Wasser ich über meine Straßen schütte; egal, wie sehr ich versuche, diese Seite an mir unter der Erde zu vergraben – bei zu heißem Wetter verbrenne ich. Wenn ich glücklich bin, bekomme ich Angst. Geht es mir zu gut, muss ich vom Universum bestraft werden. Unaufhaltsam wie eine Naturgewalt.

In den nächsten Tagen ist es, als ob Jared und ich uns in diesem riesigen Schloss ständig anziehen und wieder abstoßen wie Magnete. Manchmal verschluckt eine Person alles andere in ihrem Umfeld. Als handle es sich bei ihr oder ihm um ein Vakuum, das alle Farben, alles Leben um sich herum in einem Strudel aufsaugt und nichts als Nebel zurücklässt. Sodass man gezwungen ist, diesen einen Menschen anzuglotzen, gleich einem Unfall, bei dem man sich zwar ängstigt, aber dennoch hinsehen muss. Eines Morgens begegnen wir uns zum tausendsten Mal und plötzlich fängt er augenrollend an zu lachen. Ein Erdrutsch könnte mich nicht schlimmer mitreißen.

»Du verfolgst mich. Hast du keinen Job?«

Ich legte mir ein Geschirrtuch über die Schulter und rufe ihm zu:»Dich zu verfolgen, *ist* mein Job.«

Unser erstes vernünftiges Gespräch ohne Streit verstreicht so rasant, wie es aufkam. Nach zwei Sätzen ist es schon wieder beendet. Aber ein zähes, heißes Gefühl von Glück tropft in meinen Bauch. Vielleicht würden wir uns ja doch nicht gegenseitig erschlagen.

Die ersten Schichten mit Emil verlaufen genauso katastrophal wie unsere erste Begegnung. Trotzdem konnte ich viel über das Schloss herausfinden. Ich wusste zum Beispiel noch nicht, dass ein kleiner Flur von der Küche aus in den Speisesaal führt. Auch in andere Winkel hat es mich verschlagen und ich fange an zu überlegen, ob ich nicht eine Karte anfertigen soll. Aber jeden Abend fühle ich mich schmutzig und benutzt. Müde schleiche ich erschöpft von einem weiteren Arbeitstag in Richtung meines Zimmers. Vor Anstrengung kann ich kaum noch klar denken, jeder Muskel macht sich überdeutlich bemerkbar. Auf halben Weg knalle ich plötzlich gegen jemanden. Irritiert reibe ich mir über die Nase, stöhne vor Schmerzen und taumle ein Stück zurück.

»Was zum …?«, ärgere ich mich.

»Kannst du nicht aufpassen?«

An der Stimme erkenne ich, dass ich gegen Jared gelaufen bin. Typisch. Er mustert mich angewidert.

»Aber was erwarte ich von einem einfachen Diener, der nicht mal geradeaus laufen kann. Sollte man zu einer olympischen Disziplin ernennen, so schwer wie das sein muss.«

»Oh mein Gott, hörst du gelegentlich auch mal, was du von dir gibst, oder ist dein Kopf auf Dauerdurchzug gestellt?«

Das habe ich gerade nicht gesagt. Oh nein, oh nein, oh nein. Vor Entsetzen schlage ich mir die Hand vor den Mund.

»Was denkst du eigentlich, mit wem du sprichst? Für wen hältst du dich?«

»Für denjenigen«, ich mache einen Schritt auf ihn zu, lasse alle Vorsicht fallen, »der dir einen Arschtritt verpasst, wenn du nicht bald von deinem hohen Ross runterkommst, Camper.«

Er bückt sich zu mir mit einem hungrigen Gesichtsausdruck, als wolle der Löwe das Lamm nicht lieben, sondern fressen.

»Sprich *nie wieder* so mit mir, oder …«

»Oder was? Wirst du mich dann wie Dreck behandeln? Tut mir leid. Erde an verwöhnten Prinz: Dafür ist es schon zu spät.«

Irritiert verzieht Jared seine Miene.

»Hast du mich grade verwöhnt genannt?«

»'Türlich.« Die Hände reckend deute ich auf den Prunk, das Glitzern um uns herum. »Hast du dich hier mal umgesehen?«

Er ballt die Faust.

»Was glaubst du denn? Ich wohne hier!«

»Und offensichtlich hat dich das ganze Gold ziemlich verblendet.«

»Du hast doch keine Ahnung.«

Er lässt die Schultern hängen, wirkt mit einem Mal wie ein Welpe, den man vergessen hat zu füttern.

»Selbstverständlich habe ich keine Ahnung«, ächze ich, genervt davon, dass ich Mitleid für ihn empfinde. »Du redest ja nicht mit mir. Niemand tut das. Meistens beschimpfen mich alle nur.«

»Du bist ganz schön allein in diesem Riesenschloss, oder?«

Obwohl es eine Frage ist, stellt er sie so, als kenne er die Antwort bereits.

»Mmmhhh«, nuschle ich beklommen, weil ich mich ausgerechnet vor einem arroganten Kerl wie ihm öffne.

»Ich auch«, stößt er in einem langen Atemzug hervor.

Es ist nur der Splitter eines Augenblicks, aber er ritzt sich blutspritzend in meine Seele. Hinterlässt eine Narbe, die stets aufbrechen und heilen wird. Der Moment verstreicht, hämmert sich in meinen Kopf, während mir eines klar wird: Jared und ich freunden uns an. Vielleicht nicht heute. Oder morgen. Aber irgendwann. Denn nichts schweißt Menschen schneller zusammen, als gemeinsam mutterseelenallein zu sein.

Und genau da passiert es: Ich blicke ihm zum allerersten Mal direkt an. Versinke nicht in den Sumpfaugen, für die ich sie bisher hielt. Endlich erkenne ich sie als das, was sie wirklich sind: Huskyaugen. Immer noch grasgrün, aber sie schleudern mir nicht länger den Tod entgegen, sondern Bilder von sibirischen Schlittenhunden mit eben diesem strahlend grünen Blick. So hell, wie es nur ein Sonnenstrahl sein kann, wenn er sich auf einer Pfütze im Wald bricht. Bevor ich weiter in Gedanken abdrifte, rüge ich mich bestürzt selbst. Eine kleine Gemeinsamkeit mag zwar reichen, um ihn weniger zu verabscheuen, aber er war immer noch der Sohn seines Vaters. Teil einer Familie, die ein ganzes Land in Schutt und Armut untergehen lässt. Entsetzt über mich selbst und ein wenig wütend mache ich mich auf in mein Zimmer. Zurück bleibt nagender Zweifel und ein zerknirschter Jared, der mindestens so verloren aussieht, wie ich mich fühle. Resigniert und mit brennenden Füßen ziehe ich meine Zimmertür hinter mir zu und eile ohne Umschweife ins Bad, um meine Kontaktlinsen über Nacht rauszunehmen. Ein Risiko, das mir die Angst durch die Adern presst. Als mir aus dem Spiegel stechend grüne Augen entgegenblinzeln, wird mir übel. Die Linsen lasse ich in ihren Behälter gleiten, schleiche mich verstohlen zurück ins Zimmer, schleppe den Stuhl zur Tür und klemme seine Lehne darunter. Diese klapprige Vorrichtung wird Eindringlinge nicht abhalten, aber mir hoffentlich genug Zeit verschaffen, meine Kontaktlinsen einzusetzen, bevor jemand in mein Zimmer platzt. Einen Schlüssel vertraut man einem genetischen Balg wie mir selbstverständlich nicht an. Vermutlich fürchten sie, ich könnte ihn im Klo runterspülen.

Bis der Morgen graut, darf mich kein Mensch sehen. Verkrampft werfe ich mich in mein Bett. Nachts lebt das Schloss. Mit aufgerissenen Augen starre ich in die Dunkelheit, während ich das Gefühl habe, aus allen Ecken und Enden dieses verdammten Gemäuers kriechen mir Maden entgegen. Und Ratten. Schlangen. Überall zischt und wuselt es. Nirgends herrscht Ruhe. Viel hat sich also seit der Lagerhalle nicht verändert, denn nach wie vor kann ich kaum schlafen, weil mich Panik überschwemmt. Aber wenigstens bekomme ich regelmäßig zu essen. Entsetzt wird mir klar, dass ich zunehmen werde, wenn ich nicht aufpasse. Ein Problem, mit dem ich mich noch nie rumschlagen musste. Um zu verhindern, dass ich meine weiblichen Rundungen zurückgewinne, sollte ich anfangen zu trainieren. Ich nehme mir vor, so schnell es geht damit anzufangen.

Als die ersten Sonnenstrahlen durch das Glas der Balkontür brechen, schlage ich die Decke zur Seite und sprinte ins Bad, um die Linsen wieder einzusetzen. Wenn ich dieses Drama jetzt jede Nacht durchmachen muss, erleiden selbst meine Augenringe noch Augenringe. Bevor ich mich zur nächsten Schicht aufmache, springe ich noch schnell unter die Dusche, um wenigstens etwas vom Dreck der letzten Stunden wegzuwaschen. Das wohlige Wasser rauscht meinen Körper hinab, als ich plötzlich eine andere Art von Wärme zwischen meinen Beinen runterlaufen spüre. Was zum …? Ich pinkle doch nicht in der Dusche. Ich öffne die Augen, obwohl das Shampoo brennt, und will nachsehen, was los ist. Blut. Da fließt Blut über die Innenseite meines Oberschenkels. Was? Nein. Ich verstehe nicht … Es dauert, bis mir klar wird, dass ich gerade meine Tage wieder bekommen habe. Schöner Mist. Ich wasche das Blut gründlich weg und steige triefend aus der engen Kabine.

Als ich einigermaßen trocken geschrubbt und angezogen bin, stopfe ich mir notgedrungen Klopapier in die Unterhose. Was bleibt mir auch anderes übrig? Ich habe nicht damit gerechnet, dass sich Mutter Natur mit solch einer Schlagkraft zurückmeldet. Nicht so bald jedenfalls. Wohl oder übel würde ich eine der Zofen im Laufe des Tages beklauen müssen, um meinen Fehler auszubessern. Ein paar einfache Binden würden schon genügen.

Eine gute Stunde später schlüpfe ich mit noch glänzender Haut und feuchten Haaren in die Küche. Emil ist selbstverständlich schon frühmorgens dabei, geschäftig Leute herumzuscheuchen. Er spuckt Befehle in alle Richtungen, um ihn herum tobt ein Chaos aus Zofen und Dienern.

»Lou«, ruft er und ich steuere mit hängenden Schultern auf ihn zu.

»Ja?«

»Frühstück zubereiten. Du bist für den Obstsalat zuständig und wehe dir, der wird so bitter wie dein letzter.«

»Ist gut.«

Ich mache mich gerade daran, Bananen, Erdbeeren und Äpfel aufzuhäufen, um sie zu waschen, als mir jemand auf die Schulter tippt und ich erschrocken herumwirble. Ich brauche einen Augenblick, um sie zu erkennen, so viel frischer und gesünder sieht Chiara aus. Ein angenehmes Rosa spielt um ihre Nase bis zu ihren Wangen.

»Oh, hallo, hast du mich erschreckt.«

»Entschuldige, das war nicht meine Absicht. Ich wollte fragen, ob du mir vielleicht einen French Toast zubereiten könntest? Ich würde gerne Jared überraschen und das ist sein Lieblingsfrühstück.«

Sie wirft sich ihre langen Haare über die Schulter und grinst mich so entwaffnend an, dass ich augenblicklich einknicke.

»Gerne. Damit gewinnst du bestimmt den Preis für die beste Schwester der Welt«, scherze ich, während ich bereits nach einer Pfanne und ein paar Eiern angle.

»Nicht wirklich. Er hat was gut bei mir. Nachdem ich gestürzt bin, war er nach eurer Führung den ganzen Nachmittag und die Nacht an meinem Bett.«

Also war er deshalb so gehetzt und genervt. Er wollte nach seiner verletzten Schwester sehen. Diese Erkenntnis trifft mich mit einer Wucht, die ich nicht erwartet hatte. Kann hinter seiner Arschloch-Fassade tatsächlich ein liebevoller Bruder stecken? Nicht ohne mich ein wenig darüber zu ärgern, wird mir bewusst, dass die beiden etwas Inniges verbinden muss, wenn sie einander so viel Wärme schenken. Es regt mich auf, weil sie es mir damit schwerer machen, sie zu verachten.

In der Mittagspause nutze ich es aus, dass eine Zofe ihre Handtasche achtlos liegen lässt und greife zu, ehe alle anderen zurück sind. Die paar Hygieneartikel, die darin verstreut sind, sollten eine Weile reichen. Nach Ende der Schicht beschließe ich, endlich mit meinem Vorhaben voranzukommen. Fieberhaft überlege ich, wo ich mit dem Auskundschaften anfangen soll. Ich habe die Größe und die Last meines Plans komplett unterschätzt.

Am nächsten Morgen unterhalten Jared und ich uns im Foyer (das tun wir in letzter Zeit immer öfter und ich genieße es! Verdammt!), als am Ende des Flurs jemand die Treppe hinabsteigt. Eine elegante Frau schwebt in eleganten Bewegungen zu uns. Sie schreitet fließend, als wäre ihr ganzes Selbst aus Seide und nicht nur das rosa Kleid, welches sich um ihren schlanken Körper rankt. Ihr Gesicht vom Alter gezeichnet strahlt heller als das sanfte Licht, das durch die hohen Fenster des Schlosses fällt. Sie eilt, ohne hastig zu wirken, auf Jared und mich zu.

»Jay«, säuselt sie, streicht Jared liebevoll über sein wuscheliges Haar. »Wie geht es meinem Rabauken?«

»Gut«, spricht er zu seinen Händen.

Vor Scham hätte er sein Gesicht sicher gerne in ihnen vergraben. »Mutter? Darf ich dir unseren neuen Diener vorstellen?«

MUTTER? Diese schöne und sanfte Frau soll die Königin sein? Die grausame Herrscherin über ein dahinsiechendes Land?

»Lou Sawyer«, er blickt zu mir und dann wieder zu seiner Mutter. »Das ist Diana Camper. Die Königin.« Ich reiche ihr eine Hand, während ich die andere in meinen Rücken lege.

»Sehr erfreut.«

Sie drückt meine Finger auf eine zarte Weise, die mich noch mehr daran zweifeln lässt, dass ich vor mir eine eiskalte Mörderin habe, verantwortlich für das Dahinscheiden Tausender.

»Ebenso. Gib gut auf meinen Jungen acht und nimm ihn nicht so ernst. Er kann schwierig sein, aber eigentlich hat er das Herz am rechten Fleck. Du offenbar auch, wie ich gehört habe.«

Das Königspaar versucht vergeblich, gute Miene zum bösen Spiel zu machen, ihre Freundlichkeit kann mich nicht täuschen. Sie wirkt aufgesetzt und falsch. Dennoch frage ich mich, was Diana wohl damit meint, ich hätte das Herz am rechten Fleck. Die Überraschung in meinen Zügen amüsiert sie.

»Meine Tochter Chiara. Du hast ihr geholfen, als sie gestürzt ist.«

»Ach«, ich mache eine wegwischende Handbewegung, löse mich von ihrem einladenden Handschlag. »Das war doch selbstverständlich.«

»Nein, war es nicht«, erklärt die Königin ernst. »Gut zehn oder zwanzig andere Bewerber standen einfach rum, was vielmehr zeigt, was man eigentlich von Menschen deines Blutstatus zu erwarten hat. Du hingegen scheinst etwas Besonderes zu sein, junger Mann.«

Besonders beknackt vielleicht, raune ich ihr in Gedanken zu. Ziemlich beknackt, sogar zu glauben, auch nur *ein* Typ A Mensch hier wäre kein eingebildeter Snob. Wäre weniger verachtenswert. Ich schlucke kräftig.

»Danke.«

»Nicht doch, das Haus Camper hat zu danken.«

Mit einer angedeuteten Verbeugung verabschiedet sich die Königin und zieht davon. Erst nach einer Weile bemerke ich, dass mich Jared irgendwie verletzt und reumütig anstarrt.

»Ich habe dir nie gedankt, dass du meiner Schwester geholfen hast, oder?«

Die Frage kommt dermaßen unvermittelt, dass mich ein Güterzug nicht heftiger überfahren könnte.

»Nein, nicht wirklich.«

»Das tut mir schrecklich leid«, stammelt er. »Aber ich kann dir nicht genug danken. Meine Schwester ist oft der einzige Grund, warum ich nicht völlig abdrehe.«

Ach verflixt, ich fange an, den Kerl zu mögen.

»Das kommt mir vage bekannt vor«, gebe ich zu und denke wehmütig an Adam.

»Du hast auch eine Schwester?«

»Einen Bruder. Er hat mich auch vor viel Bösem bewahrt.«

»Klingt, als könnte ich ihn mögen. Erinnert mich an Chiara. Und was macht er jetzt so?«

Er streift durchs Land und treibt Leute zusammen, um deine Familie umzubringen. Nichts Aufregendes also.

»Er folgt seiner Bestimmung.«

Wie ich. Wer auch immer uns das auferlegt hat. Gibt es da oben wirklich einen Puppenspieler, der uns alle lenkt?

»Sag mal, Jared ...«, zögernd beiße ich mir auf die Lippe, unsicher, ob ich ihn danach fragen soll.

»Ja?«

»Glaubst du eigentlich an Gott?«

Angst brennt in mir bei diesen Worten. Ich fürchte meinen Hass. Alles, was ich falsch gemacht habe. Das verschreckte Kind in mir mit seinen dummen Fragen.

Jared legt seine Stirn in Falten und einen Augenblick lang kann ich mich in ihm wiederfinden. Winzig, erschrocken und zusammengekrümmt. Doch dann zieht ein Lächeln über sein Gesicht und fegt mich weg wie ein Sturm.

»Klar glaube ich an mich selbst«, kommentiert er mit einem Glimmen in den Augen, das seine Mundwinkel zucken lässt.

Und da lässt Jared es aufblitzen, das verschmitzte Lächeln eines Gottes. Langsam beugt er sich zu mir. So nahe, dass sein Atem an meiner Nase kitzelt, als er flüstert:

»Wenn ich dich sehe, schlägt mein Herz …«

Vor Aufregung wird mein Mund trocken.

»… nicht höher, sondern um sich.«

Und mit einem hässlichen *Plonk* lässt er seine Stirn gegen meine knallen. AUTSCH! Irritiert trete ich einen Schritt zurück und drücke eine Hand auf meine Stirn. Das war noch schlimmer als in die Freundschaftsfalle zu tappen. Ich bin offensichtlich in der Kopfnuss-Zone gelandet. Weshalb ich mich eindeutig korrigieren muss: Er hat eher das Grinsen eines arroganten Halbgottes. Arschgeigengott Camper.

Jared

Meine dämliche Lache verbirgt hoffentlich, wie es wirklich in mir aussieht. Unter einem Vorwand lasse ich Lou allein. Das plötzliche Bedürfnis zu fliehen kommt daher, da ich etwas empfunden habe, als der Junge sich über die Stirn strich. Nur einen winzigen Moment lang. Etwas, das ich nicht fühlen sollte. Nicht darf. Ekel vor mir selbst schüttelt mich. Eine bizarre Sekunde lang dachte ich, er sieht *süß* aus. Ein Junge! Was läuft falsch bei mir? Er sollte ein Kumpel sein, nicht mehr. Langsam wird mir klar, dass ich die Zeit mit Lou genossen habe. Zu sehr. Warum bringt mich mein Schrumpfkopf auf solch krumme Gedanken? Stur rede ich mir gut zu, dass es ein Missgeschick war. Eine kurze Verwirrung. Das Aufflackern einer unpassenden Stimmung während eines blöden Witzes. Nichts weiter. Nicht der Rede wert. Vermutlich habe ich nur so gefühlt, weil er meiner Schwester geholfen hat. Das hat meine Gefühle durcheinandergebracht. Natürlich, so muss es sein! Und um diese Theorie zu stützen, hämmere ich mir ein, dass ich ihn ganz leicht berühren könnte, ohne etwas Unpassendes zu fühlen. Dass ich ihn ansehen kann, ohne dass da etwas ist. Etwas anderes als Freundschaft. Weil ich es mir aus einem plötzlichen Impuls heraus unbedingt selbst beweisen muss, gehe ich zurück zu Lou. Er steht mit dem Rücken zu mir und ich lege einen Arm von hinten um ihn.

Lou

Ich kann es auf den Tod nicht ausstehen, wenn man sich an mich ranschleicht und mich von hinten umarmt. Arme, die sich um mich schlingen, mich zu sich reißen und nie mehr loslassen. Schlangen, die winselnd und zischend um meinen Körper gleiten. Das Reiben von Haut auf Haut jagt mir Gift durch die Adern. Den Anflug von Wärme spüre ich immer schon Sekunden zuvor, kurz darauf schlägt die Umarmung in mich ein wie ein Meteoritenschauer. Einer, der die verdammten Dinosaurier zwei Mal hätte aussterben lassen können! Obwohl ich innerlich schreie, erstarre ich zu einer lautlosen Salzsäule.

»Hey, Mann …«, trällert mir Jared ins Ohr, während er versucht, mich halb zu umarmen, sich dabei auf meine Schulter stützt und mir gleichzeitig durch meine Haare wuschelt. Langsam erwache ich aus meiner Starre, drehe mich zu ihm um und blicke in seine Augen, die vergnügt funkeln. Noch glaubt er, er hätte mich einfach erschreckt. Das tun sie alle. Aber ich kann die Sekunden zählen, bis ihm klar wird, dass gerade etwas furchtbar schiefgeht, das kann ich immer.

Drei.

Jared zieht neckisch eine Augenbraue nach oben.

Zwei.

Ich lache noch immer nicht.

Eins.

Er mustert mein blasses Gesicht und mit einem Ruck, der durch seinen ganzen Körper fährt, bleibt sein Blick an meinen Augen hängen. Es macht keinen Sinn, irgendjemandem etwas vormachen zu wollen. Sie verraten mich jedes Mal. Hinter diesen Augen tobt ein Sturm. Mein Bruder nennt meine Augen die eines Hurrikans. Wenn sie am schlimmsten wüten und zerstören, kann man am besten in ihnen tanzen. Während die Welt um sie herum ebenfalls im Sturm versinkt. Kaum hat Jared meinen Blick registriert, reagiert er auf die einzige Weise, die ich kenne: Er entschuldigt sich stotternd, obwohl er keine Ahnung hat, was er falsch gemacht haben könnte.

»E-es tut mir leid. Ich-ich … also ich wollte nicht … ich bin nicht …«

Er ist was nicht? Verwirrt starre ich ihn an.

»Ich bin nicht …«, Jared bricht ab und reibt sich verlegen den Nacken, »… schwul!«

Nach und nach beginnt mein Gehirn wieder zu funktionieren. Er glaubt tatsächlich, ich hätte meine Salzsäulenshow aufgeführt, weil ich befürchte, er könnte sich in mich verguckt haben!

»Ich dachte nur, wir wären so was wie Freunde«, stammelt er leise.

»Mal abgesehen davon, dass mir Schwule nichts ausmachen …«, setze ich zweideutiger an, als es meine Absicht war, »mag ich es einfach nicht, wenn sich jemand von hinten anschleicht. Und ich weiß, dass du nichts für Jungs übrig hast. Wir sind schließlich so was wie Freunde.«

Jareds Miene hellt sich auf, nur um bei meinem letzten Satz kurz in sich zusammenzufallen. Ich hätte schwören können, da war das schlechte Gewissen über sein Gesicht gezuckt. Innerlich muss ich brüllen vor Lachen. Wenn der wüsste, wie wenig er Jungs tatsächlich mochte. Falls er mich überhaupt mochte.

Jared

Was soll das heißen, *es würde ihm nichts ausmachen?* Was läuft hier? Am liebsten würde ich schreien, weil ich nicht verstehe, was in mir vorgeht. Bin ich etwa enttäuscht, dass er denkt, ich wäre nicht schwul? Zum zweiten Mal an diesem Tag stehle ich mich feige davon, hetze auf mein Zimmer. Mit bebender Brust stürze ich in mein Badezimmer und übergebe mich ins Waschbecken. Nein, atme ich erleichtert auf. Ich kann ihn nicht mögen. Gefühle für jemanden zu haben, lässt einen nicht kotzen. Oder? Die nächsten Tage verkrieche ich mich so oft es geht in meinem Zimmer. Ich will Lou nicht sehen. Nicht seine Stimme hören. Nicht seine Nähe spüren, aber vergessen kann ich auch nicht, was er bei mir auslöst. Es ist wie ein Jucken im Hirn, an das ich einfach nicht rankomme.

Trotzdem prallen wir aufeinander, als wären wir Sterne, die sich anziehen, – um zu explodieren. Lou baut sich mal wieder mit verschränkten Armen vor mir auf, obwohl er mir kaum bis an mein Kinn reicht.

»Gehst du mir absichtlich aus dem Weg, Jared?«

»Natürlich, was sonst?«

Eigentlich wollte ich meine Stimme sarkastisch klingen lassen, aber ich kann die Schärfe – den Selbsthass – nicht verbergen.

Lou fasst nach meiner Hand, aber ich zucke zurück.

Lou

»Was ist eigentlich dein verfluchtes Problem?«, will ich mit zitternden Händen wissen.

Könnte mein Blick Funken sprühen, ich würde Jared definitiv abfackeln. Ihn in Flammen aufgehen lassen.

»Ich bin ein Junge und du bist *kein* Mädchen. Muss ich es noch offensichtlicher machen?«

Mag er mich nun freundschaftlich? Oder mehr? Weniger?

Großartig, durch diese Unwissenheit fühle ich mich wie der reinste Ascheregen.

Zu dumm, dass ich kein Phönix bin, sondern grau und leblos bleibe. Von Phönixen erwartet man Stärke und Anmut. Gesundheit. Und ich besitze nichts von alldem. Durch und durch mit Narben überzogen, weder schön noch besonders klug, bin ich für den Kerl genau so interessant wie ein Fussel. Noch dazu vom anderen Ufer. Jep, ich bin ganz eindeutig ein Homo-Fussel. Dennoch kann Jared nicht verbergen, dass da trotzdem irgendetwas zwischen uns ist. Ich sehe doch, wie es in ihm brodelt und arbeitet. Und jetzt erklärt mir mal jemand, warum mir das mein kleines Herz mit Sonne flutet, dass ich fast dran ersticke? Mir ein Lächeln entlockt? HILFE, ich werde mich doch nicht Knall auf Fall in den Typen verguckt haben? Herrgott, ich bin auch in der So-gut-wie-normal-Ausgabe schon durchgeknallt genug.

»Ich bin kein Homo, also schieb mal keine Panik. Hinter welcher Ecke des Mondes bist du eigentlich hervorgekrochen, Camper?«, zische ich mit geblähten Nasenflügeln und hochgezogener Augenbraue.

»Also, genau genommen ist der Mond run…«, setzt Jared trotz der angespannten Situation lachend an.

Mit einer fuchtelnden Handbewegung schneide ich ihm das Wort ab.

»*Rund,* schon klar. Aber deine Dummheit ist so allumfassend, dass sie den Mond eckig biegt.«

»Würdest du deinen Wir-hassen-Jared-Modus mal wieder runterfahren? Das ist echt nicht cool!«

»Armer Jared«, seufze ich mit gespielt verzogenem Schmollmund.

Mit verschränkten Armen steht er da, sein Blick rutscht an mir herunter.

»Du glaubst, das wär 'ne Kleinigkeit für mich? Dass es mir egal ist, ob du mich hasst oder magst?«

»Nein, *Jay* …«, meine Stimmte schnalzt vor Genuss – ehe sie wieder schwarz und hart wie Kohle gurrt, »… aber manche Menschen leiden so, wie andere singen: laut, falsch und mit Begeisterung!«

Schock wabert durch seinen Körper. Lässt ihn verkrampfen.

»Du … du denkst, ich bin einer dieser Aufmerksamkeitsmenschen? Ein Pausenclown, der gern so tut, als ob er leidet – um beachtet zu werden? Dass ich dir aus dem Weg gehe, damit ich besonders bemitleidenswert wirke und alle wissen, dass es mir schlecht geht?«

»Natürlich denke ich das, oder soll ich etwa glauben, es kratzt dich, ob ich dich abkann oder nicht?«

»Und ob mich das juckt. Was glaubst du, warum ich abgetaucht bin? Weil ich deine Nähe nicht ertrage. Es nicht aushalte, nicht zu wissen, was da zwischen uns läuft.«

»Ach, aber ich soll das checken? Ich dachte, wir wären Freunde.«

»Das dachte ich auch.«

Er rauft sich die Haare, ringt sichtlich mit sich. Hin- und hergerissen zwischen dem, was einfach, und dem, was richtig ist. Als er sich ganz nah zu mir beugt, glaube ich einen Moment lang, dass er mir eine Ohrfeige verpassen will. Aber plötzlich stürzen Jareds Lippen auf mich ein. Anders kann ich es nicht beschreiben, zu sehr erinnern sie mich an eine Lawine. Ein tödlicher Schneerutsch schüttet diesen Kuss auf mich herab – na ja, *beinahe.* Kurz bevor mich die Eiseskälte betäuben kann, schaut Jared, als wäre er gerade selbst unter ihr begraben worden. Ach verflixt noch mal, sag mir bitte nicht, er liefert mir jetzt wieder einen seiner Ich-bin-nicht-schwul-Vorträge? Natürlich bist du *nicht* schwul. Ich bin ein Mädchen, du verdammter Vollidiot!

Wie nicht anders zu erwarten, verfällt Jared in unzusammenhängendes Stottern. Und genau in diesem Moment habe ich es satt. Eine schon längst nicht mehr vorhandene Sicherung brennt mir durch und ich verpasse ihm eine. Meine Hand knallt mit einem *Patsch* auf, der seine Ohren bestimmt klingeln lässt. Aber das – und sein schuldbewusster Hundeblick – ist mir völlig egal, so wütend, wie ich gerade bin. Schlagartig zieht der Sturm in meinen Bauch zu Jareds Augen weiter und lässt seinen Blick grimmig donnern.

»Maannn!«, gibt er mit einem verzweifelten Seufzer von sich, »ich ... ich weiß doch auch nicht, was das hier«, sein Finger zeigt anklagend erst auf meine, dann auf seine Nase, »sein soll! Das ist alles wegen dir. Alles deine ...«

»Was? Meine Schuld?! Willst du mich eigentlich verarschen? Wenn das hier«, angewidert äffe ich sein Fingerfuchteln nach, »mehr als Freundschaft sein soll ... dann kennt sie keine Schuld!«

Oh nein! Das war zu viel. Viel zu viel. Was zum Teufel ist mit mir los? MUND? Hirn? Herz? Warum könnt ihr Deppen nicht einfach mal funktionieren? Hirn an Herz: Halt doch endlich deine Klappe!

Jared

Ob ihr's glaubt oder nicht. Ich bin nicht zurückgeschreckt, weil ich Angst davor hatte, Lou zu mögen. Na ja ... zumindest *nicht hauptsächlich.* Aber den wahren Grund kann mir wirklich niemand zum Vorwurf machen: So was wie Liebe mag zwar keine Schuld kennen, Angst dafür umso mehr. Müsste ich Liebe zeichnen, sähe sie wie eine Bärenfalle aus. Ihr Schmerz stürzt dich in süße Ohnmacht; zerreißt den Gefangenen. Wenn man Pech hat, überlebt man. Bleibt zurück im Wald. Im Dunklen. Mit all den Fallen. Die Erkenntnis, dass ich Gefühle für diesen ... Welpen von einem Mann habe, hat mich erschreckt; aber nicht genug, um mich aufzuhalten. Gegen eine Wand bin ich erst geknallt, als ich mich in seine Augen verbohrt habe. Seine sonst straßenköterbraunen Augen blitzen noch immer grün vor mir auf. Kein blasses Minzgrün wie das meiner Mutter, auch nicht das Meeresgrün meiner Schwester. Nein, es war das Grün von Unkraut: frisch, giftig, rebellisch. Und unter der Erde seiner Straßenköteraugen verschüttet. Vergraben und versteckt, weil es dort keinen Platz haben durfte. Nicht Wurzeln schlagen sollte … in diesen Augen, diesem Körper. Der Ausdruck, nach dem ich verzweifelt suche, lautet *Kontaktlinsen.* Zögernd strecke ich Lou die Finger entgegen, will ihm dieses verruchte Wort zuspielen, seine Last von mir wegschleudern. Vielleicht habe ich mich geirrt und meine Sinne haben mir einen Streich gespielt? Ich hoffe es inständig. Aber mitten in der Bewegung verharre ich, erstarre wie Lou bei unserer ersten Umarmung. Wie würde ich reagieren, wenn ich ihn ertappe? Dabei erwische, wie der Schock meiner Frage seine Nerven lahmlegt? Ich müsste ihn ausliefern. Mit etwas Glück (sehr viel Glück) würde man ihn einfach nur wegsperren. Wahrscheinlicher ist es jedoch, dass sie ihn so lange foltern, bis sie rausbekommen, was sich hinter seinem Versteckspiel verbirgt.

»Ich kann … nicht«, bricht es wimmernd aus mir hervor.

Damit meine ich nicht, dass ich dich niemals lieben könnte. Denn genau in diesem Moment spüre ich Metall in mir einrasten. Die Bärenfalle zerfleischt mich. Also drehe ich mich um und laufe weg. Verdammter Vollidiot!

Mit einem Schlag wieder nüchtern, obwohl ich gar nicht betrunken war. Dazu braucht man schließlich Alkohol und nicht … dich, schießt es mir durch sämtliche Hirnzellen, als ich vor Lou flüchte. Warum denke ich plötzlich so? Was läuft falsch mit mir?

Dass ich immer ein genetischer Fehlschlag bleiben werde, weiß ich seit meinem dreizehnten Geburtstag. Damals fieberten alle meiner Mutatio entgegen. Mutter, Vater und Chiara waren angespannter, als ich es jemals erlebt habe. Und irgendwann – nach einem Jahr oder so – habe ich es nicht mehr ausgehalten und *nachgeholfen.* Es folgte ein Höllentrip, um Haarfarbe und Kontaktlinsen zu besorgen. Ich kannte das Risiko, die Last, welche ich damit auf mich nahm. Aber niemand hat gesagt, ich wäre so blöd, mein Leben dermaßen leichtfertig zu riskieren. Noch dazu für einen Streuner wie Lou. Dieses Theater muss ein Ende finden. Ich werde herausfinden, was Lou plant. Wer er wirklich ist. Wenn ich ihm vertrauen soll, muss ich wissen, was hier gespielt wird. Ein winziger, besonders fieser Teil in mir will auch klären, ob Lou auf Jungs steht oder nicht. Emil ist genau mein Mann dafür. Verzweiflung treibt mich zu dem Angestellten. Es stinkt nach verkohltem Essen, als ich in den Gang vor der Küche rase.

»Robinson«, knurre ich über die Köpfe der Angestellten hinweg. »Komm mal her.«

Die Füße über den Boden schleifend kommt er auf mich zu, könnte nicht gelangweilter wirken.

»Was gibt's, Mister Charmant?«

Okay, das hatte ich für meinen rauen Ton verdient.

»Mein Vater bezahlt dich nicht besonders gut, oder?«, frage ich, ohne auf seine Provokation einzugehen.

»Nicht unbedingt, kann man ihm aber auch nicht verübeln, nachdem …«

»Jaja, schon klar«, wehre ich ab. Ich kenne seine Geschichte. Den Grund, warum er in der Küche schmoren muss. »Hast du Lust, dir ein bisschen was dazuzuverdienen?«

Obwohl Emil zeitweise ein echtes Ekel sein kann, mag ich ihn. Ich vertraue ihm sogar. Wir sind zusammen aufgewachsen. Er war eines der adeligen Dorfkinder, die man erst dann richtig zu Gesicht bekam, wenn sie mutiert waren. Aber ein paar Mal im Jahr mussten sich selbst die Adeligen um ihre Sprösslinge kümmern und sie aus ihren Internaten holen. Die königliche Jagd, die der Hof veranstaltet, bot sich dafür an. Tut es noch heute. Wir haben uns damals kennengelernt und fast jeden Sommer miteinander verbracht. Schließlich heuerte man meinen einzigen Kindheitsfreund am Schloss an. Er arbeitete sich rasch hoch, bis … Kopfschüttelnd vertreibe ich die Erinnerung. Es ist irgendwie ebenso meine Schuld, deshalb möchte ich nicht daran denken. Aber auch wenn er es hinter seiner widerwärtigen Art versteckt, ist er im Grunde ein guter Kerl. Meistens jedenfalls. Er würde mir auch ohne Bezahlung helfen, aber nachdem man ihm und seiner Familie dermaßen viel weggenommen hat, kann ein kleiner Zuschuss nicht schaden. Ein wenig beruhigt es mein schlechtes Gewissen

Lou

Irgendetwas stimmt in letzter Zeit mit Emil nicht. Ständig schleicht er um mich rum, sucht meine Nähe und berührt mich. Da ich das schwer bis gar nicht aushalte, versuche ich ihn abzustoßen. Genauso gut könnte ich mein Bein anflehen, abzufallen. Überraschung, nichts passiert. Mein Nacken brennt, was mir verrät, dass er mich wieder anglotzt. Noch nicht mal Gratiseis wird so schnell verschlungen. Ich möchte nicht den Eindruck erwecken, Jareds Tyrannei würde mir fehlen, aber die war wenigstens ehrlich. Das hier … tja, das ist einfach nur klebrig und verlogen. Meine Finger krampfen sich um die Kanne Kaffee in meiner rechten Hand. Mit einem Ruck drehe ich mich um und frage süffisant: »Na, willst du auch?«, während ich diesem Mistkerl das Koffein entgegenstrecke.

Mit einem Zahnarztlächeln (ihr wisst schon: breit und mit Strahlezähnen) schüttelt er den Kopf.

»Wir haben nicht lange Pause. Trink doch was«, setze ich hinzu in dem Versuch, ihn abzulenken. Ein kleines bisschen muss ich auch mich selbst ablenken. Sein Efeugrün tanzt vor meinem Gesicht auf und ab, macht mich schwindlig im Kopf.

»Dann trink ich eben dich«, flüstert er mir mit diesem selbstgefälligen Knurren zu, das mir vormachen soll, es könnte mir gar nichts Besseres passieren. Aber das stimmte nicht. Trotzdem setzt er kleine Elektrostürme frei, als seine Hände an meinen Hals gleiten. *Oh bitte, erwürg mich doch einfach, aber sieh mich nicht an, als ob du mich gleich küssen willst.* Mein Körper hat sich auf Flugmodus geschaltet, denn nichts passiert. Keine Bewegungen. Keine Meldungen. Bis sich sein Gesicht nähert und ich meins instinktiv wegdrehe. Kribbeln hin oder her, es gibt nur einen Jungen, der mir übers Gesicht schlabbern dürfte. Aber das hatte dieser hier anscheinend gar nicht vor, aus dem Augenwinkel sehe ich, wie er an meiner Wange vorbeistreift, um sein Zahnarztlächeln in meinen Hals zu vergraben. Ein plötzliches Stechen schießt durch meinen Körper. Er hat mich jetzt nicht allen Ernstes gebissen?! Meine Finger lösen sich aus ihrer Starre, die Kaffeekanne zerschlägt splitternd zu meinen Füßen und Scherben verteilen sich auf dem Boden. Emil springt rechtzeitig zur Seite, aber mir spritzen die Splitter und das Koffein um die Beine. Mit einem Schaudern bemerke ich noch vor meinen Nerven, dass sich durch die Hose mein Knöchel rot färbt. Kurz darauf knicke ich vor Schmerz keuchend um. Emil will auf mich zukommen, wird aber genau in diesem Moment selbst von den Füßen gerissen. Jared hat ihn am Kragen gepackt und auf den Boden gestoßen. Nur Sekunden später fassen seine Hände unter meine Arme und hieven mich auf die Küchentheke.

»Alles in Ordnung?«, fragt er mich viel zarter, als es seine wutverzerrte Gestalt vermuten lässt.

Ein schwaches Nicken ist alles, was ich von mir geben kann.

»Hey, Arschloch«, faucht Jared hinter sich, »sieh zu, dass du Verbandszeug und eine Brandsalbe besorgst. Und. Zwar. Schnell.«

Der Zorn in seiner Stimme passt viel besser zu dem in seinen Augen. Dennoch fassen mich seine Finger erstaunlich vorsichtig an, als er mein verletztes Bein anhebt und meinen Schuh samt Socke abstreift. Er schiebt meine Hose zurück und stößt ein Zischen aus, als er die Schnitte und die Verbrennung sieht.

»Wir müssen den Knöchel kühlen. Kannst du dich drehen, damit ich ihn in die Spüle heben kann?«

Wieder nicke ich steif und versuche mich zusammenzureißen, als Jared meinen Fuß in der Spüle absetzt.

»Das wird leider brennen«, murmelt er entschuldigend.

Das kalte Wasser lässt mich den Rücken vor Schmerz durchbiegen. Ohne es verhindern zu können, beiße ich mir auf die Unterlippe. Der metallene Geschmack in meinem Mund passt zum Blut in der Spüle. Emil schleicht sich an uns ran, als könnte ihn Jareds Blick verbrennen. Tatsächlich feuert Jared Blicke ab, bei denen ich schon längst in Flammen stehen würde. Kein Wunder, dass Emil das Verbandszeug auf die Theke wirft und sich verzieht. Sanft legt mir Jared einen Verband an, nachdem er meinen Knöchel abgetupft und Salbe aufgetragen hat. Nach einer schieren Ewigkeit sieht er von meinem Fuß auf und mich an. Unwillkürlich zischt er wieder. Ist mein Gesicht auch verletzt? Mechanisch will ich mir an die Lippe fassen, weil ich bemerke, dass Jared darauf starrt. Doch bevor meine Finger auf halber Höhe sind, schlägt Jared sie weg und presst seinen Mund auf meinen. Er saugt und zieht an meiner Unterlippe. Noch nie im Leben war ich Bungeespringen, aber es musste sich genau wie dieser Kuss anfühlen: in die Tiefe gerissen werden, kopfüber baumelnd, dem Abgrund entgegenstürzend. Wir stürzen eine Ewigkeit – aneinandergeklammert. Bis wir schließlich wieder Luft holen müssen. Atmen fühlt sich unnatürlich an. Überflüssig. Jareds Lippen sind von meinem Blut verschmiert, seine Brust bebt.

»Warum?«, frage ich kleinlaut.

»Ich musste doch die Blutung stillen …«

Das Blut um sein Lächeln lässt ihn auf eine Art schön aussehen, die nichts Modelmäßiges hat. Nein, er ist auf die *du-bist-der-Rest-meines-Lebens*-Weise schön. Eines weiß ich in diesem Moment genau: Jared verursacht mir keine Stürme im Bauch. Er jagt mir Stromhurrikans durch den Körper. Verstohlen wischen wir gleichzeitig mit den Ärmeln über unsere Münder, um das Blut wegzurubbeln.

»Ist alles in Ordnung?«, schrillt eine Frauenstimme und wir schrecken ein Stück auseinander, zerstreuen wie eine Wunderkerze, die knisternd erlischt.

Ihre zitternden Hände verraten, dass sie in diesem Moment nicht die Königin, sondern Jareds Mutter ist.

»Man sagte mir, jemand sei verletzt und ich dachte …«, keucht sie entsetzt.

Was macht die Königin überhaupt in der Küche? *Emil,* schießt es mir so heiß-kalt durch den Kopf, dass ich den Schmerz dieser Erkenntnis fast körperlich spüren kann. *Emil wollte uns verpfeifen.* Ich werfe Jared einen panischen Blick zu.

»Es ist nicht so …«, stammelt er mit einem Mal zusammengeschrumpft wie ein kleiner Junge.

Doch seine Mutter unterbricht ihn mit bebenden Lippen.

»Nicht so schlimm? Ich war in Sorge, Jared.«

Solange ich im Schloss wohne, hat seine Mutter ihn noch nie beim ganzen Vornamen genannt. Ich schlucke schwer. Das war nicht gut. Nicht gut. Gar nicht gut. Hoffentlich hat sie nichts bemerkt.

Jared baut sich vor seiner Mutter auf und spricht leise.

»Mir ist nichts passiert, aber Lou ist die Kanne auf den Fuß geknallt.«

Seine Mutter wirkt verwirrt, als ihr Blick an meinen Knöchel kleben bleibt.

»Aber wer hat ihn verarztet?«

»Ich, wer sonst?«

»Du kümmerst dich um einen gemeinen Diener? Dafür haben wir Personal. Von dir erwarte ich geschmackvolleres Auftreten, Sohn.«

Dass Jared sich ihr nicht widersetzt, fühlt sich an, als hätte er mir mitten ins Gesicht schlagen. Technisch gesehen kann ich es verstehen. Nur blöd, dass die Technik scheiße ist. Verstand hin oder her, ändert das nichts am schmerzhaften Ziehen meines Bauches. Jared und ich – das wird wahrscheinlich nie funktionieren. Nicht in einem anderen Universum. Nicht in einem anderen Leben. Und ganz besonders nicht in diesem. Seelenzerfressendes Drecksding, dieses Schicksal.

Diana

Innerlich verkrampft ziehe ich davon und lasse den Diener und meinen Sohn allein. Vermutlich ein Fehler, da die beiden dabei sind, sich anzufreunden. Aber ich ertrage es einfach nicht, Jared anzusehen. Wie kann er sich so unpassend benehmen? Seine Worte summen böse in meinem Kopf. Natürlich ist nichts passiert. Nichts, außer dass mein Junge sein Herz verloren hat. Ausgerechnet an einen Mann von der Straße. Wo soll das hinführen? Dass wir Braune und Blonde als gleichwertige Freunde ansehen? Niemals! Im Grunde wusste ich immer, dass Jared anders ist und unsere Ansichten kaum teilt. Und dass es meine Schuld ist. Eine Last, die ich seit beinahe siebzehn Jahren mit mir herumtrage. Zu Anfang redete ich mir ein, es wäre nur eine Affäre. Bedeutungslos. Jung und dumm, wie ich war, musste ich die Früchte dieses Trugschlusses schließlich alleine tragen. Jared. Die ersten Jahre mit ihm waren an Qual nicht zu überbieten. Mein perfekter kleiner Junge sah seinem leiblichen Vater entsetzlich ähnlich, ich hätte schreien können. Aber ich blieb stumm. Um Jareds willen. Um meinetwillen. Unser aller willen. Marvin und ich waren schon seit einem halben Jahrzehnt verheiratet. Er würde mich köpfen oder hängen lassen, wenn er je von mir und William erfahren würde. Außerdem hatte ich nach wie vor einen Funken Hoffnung, dass Jared doch Marvins Sohn war. Als Jareds Mutatio immer näher rückte, wurde ich zunehmend panisch. Was, wenn er sich zu einem Typ B entwickelte wie William? Williams aufbrausendes Wesen schlug sich in Jared schon in früher Kindheit nieder. Aber auch seine Güte. Seine Wärme. Dementsprechend bekam ich es mit erdrückender Angst zu tun. Die Tage vergingen, während ich zum Zerreißen gespannt war. Aber die Verwandlung zog und zog sich. Ich denke, er war einer der Letzten seiner Generation, die mutierten. Als er eines Morgens schweißgebadet und mit zerknirschtem Grinsen vor mir stand, fiel ich ihm vor Erleichterung um den Hals. Gleichzeitig starb etwas in mir. Es war, als ob mich Phantomschmerzen quälten. Als hätte man mir ein Bein abgeschnitten und mein Kopf wäre nicht fähig, das unfertige Puzzle meines Körpers zusammenzupressen. William war endgültig gegangen. Nicht zum ersten Mal.

Ich muss verhindern, dass er zurückkommt – egal, in welcher Form. Aber das kann ich nicht allein schaffen oder entscheiden, darum werde ich mit Marvin sprechen. Mein Mann wird sich um diese Uhrzeit vermutlich in sein Arbeitszimmer zurückgezogen haben, weshalb ich mich dazu entschließe, als Erstes dort nach ihm zu suchen. Er muss von meinen Befürchtungen erfahren und etwas unternehmen. Die Luft schmeckt staubig, als ich die schwere Tür zu Marvins Büro aufschlage. Er sitzt vornübergebeugt über einen Stapel Unterlagen und runzelt angestrengt die Stirn. Erst mein kräftiges Räuspern lässt ihn aus dem Nebel seiner Gedanken hochfahren und realisieren, dass ich vor ihm stehe. Ich stütze mich mit beiden Händen an der Tischkante ab, versuche Härte in meinen Blick zu legen. Er soll nicht das Gefühl haben, es gäbe in dieser Sache etwas zu diskutieren.

»Liebling, ist alles in Ordnung?«, will er wissen, während er sich seine Lesebrille von der Nase streift.

»Das kann ich so genau nicht sagen«, erkläre ich wahrheitsgemäß.

»Warum hast du mich aufgesucht?«

»Mir missfällt der Umgang zwischen unserem Sohn und dem neuen Diener, den du eingestellt hast. Der wird immer vertrauter, fast freundschaftlich.«

»Na, dann werfe ich ihn eben wieder raus«, entgegnet Marvin achselzuckend.

»Was sollen die Leute denken, wenn er grundlos vom Schloss entfernt wird? Du weißt, es gibt genügend Unruhen.«

Man sollte nicht einen auf Streichholz machen, wenn man in einer Benzinpfütze steht, würde mein Sohn wohl übersetzen.

»Die zwei haben einfach zu viel Freizeit zusammen …«, grüble ich vor mich hin.

Nach einem Moment des Schweigens lacht Marvin und sein ganzer Bauch zittert dabei.

»Na, dann hätte ich eine Idee. Wäre dir wohler dabei, wenn wir den Sawyer-Jungen zu Jared in den Privatunterricht stecken?«

»Damit sie noch mehr Zeit miteinander verbringen? Das ist kontraproduktiv.«

Ich verberge mein Entsetzen nicht. Nicht bei so viel Schwachsinn.

»Oh nein, Liebling. Du verstehst nicht. Wir unterweisen unsere Professoren, jegliches Geplänkel zwischen den beiden zu verhindern. So haben wir sie unter Aufsicht und sie haben keine Zeit, sich heimlich zu treffen oder dergleichen. Außerdem, wenn dem Sawyer-Jungen klar wird, wie weit er unserem Jared intellektuell unterlegen ist, wird er von selbst unter der Last zusammenbrechen. Und mit ein bisschen Glück fängt er an, Jared zu hassen. Dann gibt es keine Freundschaft mehr zwischen ihnen.«

»Und wie erklären wir dem Diener, dass ihm solch eine Ehre zuteilwird?«

Den Resthauch von Zweifel kann er mir nicht nehmen. Eine wegwerfende Handbewegung lässt meinen Mann wie eine Kreuzung aus Italiener und Geschäftsmann aussehen.

»Wir behaupten, er habe viel Potenzial für seinen Status und wollen herausfinden, ob man seine Rasse fördern kann. Irgendetwas fällt uns doch immer ein.«

Lou

Nach meinem Kaffee-Emil-Desaster mit einem Schuss gefährliche Jared-Annäherung habe ich versucht, etwas Abstand zwischen ihn und mich zu bringen. Wie so oft vergebens. Noch am selben Abend findet er seinen Weg wieder zu mir. Mit einem Rucksack, den er sich über eine Schulter geworfen hat, schlendert Jared lässig auf mich zu, reckt eine Hand in die Höhe, um auf sich aufmerksam zu machen. Offenbar hat er mich schon gesucht.

»Ah, da ist er ja. Der größte Glückspilz auf dem Planeten«, ruft er mir zu.

Ich runzle die Stirn. Meint er etwa mich damit?

»Ich und Glück? Ich glaub, du verwechselst da was.«

Als Jared mir erklärt, dass er Privatunterricht erhält, und behauptet, ich solle daran teilnehmen, kann ich nur ungläubig den Kopf schütteln und in trübe Gedanken versinken. Mit zwölf Jahren (also kurz vorm Ausbruch meiner Gene) war ich das letzte Mal an einer öffentlichen Schule gemeldet. Damals besuchte ich noch die Klasse für Gemischte; für die noch unentwickelten Kinder. Aus Sicht der Gesellschaft waren wir kindlich, unfertig, Halbmenschen. Wie dunkel meine Erinnerungen auch sind, vermisse ich doch meine türkisfarbenen Haare (sie hatten einen Stich ins Blaue). Einzelne Strähnen flatterten mir um die stachelbeerfarbenen Augen. Sie rebellierten stumm gegen ein System, das sie noch gar nicht richtig verstanden. Erst wenn wir uns veränderten und unsere eigentlichen Gene durchbrachen, wurden wir wahrgenommen. Bis heute hat sich daran nichts geändert. Entweder starren Fremde Kinder an – ihre Lippen vor Schreck ganz schmal, wenn sie daran denken, wie viele der Türkisen sich wohl als Braune entpuppen könnten – oder man ignoriert sie stur, bis sie eingeordnet werden können. Weder schön noch tot, kümmerte unser Schicksal niemanden. »Eeeey, Erde an Lou.«

Jareds Finger schnipsen ungeduldig vor meinem Gesicht und mit stechend roten Wangen merke ich, dass ich ihm schon viel zu lange in die Huskyaugen starre.

»Ich soll wieder in die Schule?«, krächze ich verschreckt.

Jared legt seine Stirn in Falten und sieht mich forschend an.

»Keine richtige Schule. Mein Vater möchte gerne testen, ob man …«

Verlegen bricht Jared ab. Er fühlt sich sichtlich unwohl, fährt sich durchs Haar.

»Ob man was?«, hake ich verwirrt nach.

Langsam verstehe ich gar nichts mehr.

»Ob man Leute wie dich …«

»Leute wie mich?«, zische ich kalt.

»Na, Leute mit deinem Genstatus eben. Ob man die nicht fördern könnte, wenn sie noch jung sind. Ob besserer Unterricht möglich wäre.«

»Und wie soll man das bitte mit nur einer Person machen?«

Jared fährt sich abermals durch seine Haare.

»Na, sie haben doch mich als umwerfenden Vergleich.«

»Also wird Chiara gar nicht dabei sein?«, frage ich entsetzt.

»Ich versteh schon, warum du das denkst. Aber obwohl sie so ein Babygesicht hat, ist die Gute bereits einundzwanzig.«

»Oh, ich dachte wirklich, sie wäre nicht viel älter als du.«

»Das glauben alle. Aber lenk nicht ab. Gib dir einen Ruck. Du könntest helfen, was zu verbessern. Du hast offenbar keine guten Erinnerungen an deinen alten Unterricht, oder?«

Ein Ziehen hinter meinem Bauchnabel durchzuckt mich und ich schüttle den Kopf.

»Nicht wirklich. Aber wieso will dein Vater ausgerechnet *mich* im Unterricht haben?«

»Er hat was von Potenzial gelabert.«

»Aha, offensichtlich von nicht vorhandenem, wenn es dabei um mich ging.«

»Wir kriegen das schon hin, so blöd bist du auch wieder nicht.«

»Versprochen?«

»Versprochen.«

Konnte es möglich sein, dass ich tatsächlich ein Umdenken in Gang setze? Hatte sich Jared vielleicht für mich stark gemacht? Ist es denkbar, dass die Welt die Braunen – Menschen wie meinen Bruder –als ebenso klug und wertvoll ansehen könnte, wenn ich mir nicht allzu viele Schwierigkeiten in den Kursen einfange?

»Eine Frage noch«, mit Grauen fällt mir unser alter Sportunterricht ein. »Wie wird der Sportkurs ablaufen?«

»Der ist so ziemlich das Beste von allen. Zurzeit haben wir Fechten.«

»Fechten? FECHTEN?«

Ungläubig starre ich Jareds Umrisse an. Er veräppelt mich doch …

»Jaah?«, eine Augenbraue hochgezogen und mit zuckenden Mundwinkel beugt er sich zu mir. »Und?«

»Ich … ich …«, stotternd ringe ich nach Worten.

Als wäre mein Gebrabbel nicht schon peinlich genug, geistern mir in diesem Moment auch noch die einzigen Sportsachen durch den Kopf, die ich besitze: Eine Schlabberhose, die ihre besten Jahre schon hinter sich hatte, und ein unförmiges Shirt, das nur dazu gut ist, meine Brüste zu bedecken. Wenn ich im Sportraum des Schlosses trainiere, achte ich immer darauf, dass mich niemand sieht. Aber jetzt … bin ich gezwungen, mit IHM Sport zu machen und das in diesen peinlichen Klamotten. Das darf doch nicht wahr sein. Und zu allem Überfluss ist ein Teil des Sportunterrichtes Fechten! FECHTEN! Unsportlich und schlecht angezogen wie ich bin, muss ich mich auch noch in einer Sportart blamieren, die ich noch nicht mal richtig kenne. So was Dummes kann auch nur mir passieren. Ich blitze ihn aus wütenden Augen an. Das ist alles nur seine Schuld. Wenn er nicht so ein verwöhntes Königskind mit Privatunterricht wäre …

»Nächsten Montag: Doppelstunde Mathe und Genlehre und danach Sport.«

»Großartig«, stöhne ich und verdrehe die Augen.

»Man könnte fast glauben …«, grinst Jared und tippt mir auf die Nase, »dass du dich gar nicht auf den Unterricht mit mir freust.«

»Ist ja auch so«, trotzig strecke ich ihm die Zunge raus und stemme die Hände in die Hüften.

Jareds Augenbrauen verziehen sich zu einem dunklen Strich, was mir bewusst macht, dass ich mich gerade viel zu sehr wie ein *Mädchen* aufgeführt habe. Reiß. Dich. Zusammen!

»Wer will schon was mit dir zu tun haben«, brumme ich und beeile mich, meine Hände wieder in die Taschen meiner Jeans zu stecken.

Was macht man normalerweise mit Händen? Ich habe echt keine Ahnung. Ein schmieriges und selbstgefälliges Lächeln blitzt in Jareds Gesicht auf.

»Na, du!«, spottet er mit gekräuselten Lippen.

Na, ich. Wer auch sonst?

»Ich habe noch nicht mal etwas für die Schule mit. Keinen Stift, kein Heft«, versuche ich eine weitere lahme Ausrede.

»Kriegst du alles von mir, da ist alles drin, was du brauchst«, flötet Jared ermutigend, ehe er sich den Rucksack von der Schulter zieht und mir überreicht. »Zieh das durch, wenn man dir schon die Chance gibt.«

Selbstverständlich würde solch eine riesige Chance nie wiederkommen. Eine Ehre, überhaupt etwas Derartiges ermöglicht zu bekommen, wenn man bedenkt, was sie von Menschen meines Blutes denken … Aber ganz kann ich der Sache nicht über den Weg trauen. Allerdings würde ich sie auch für meine Zwecke ausnutzen. Der Genunterricht könnte neue Informationen offenbaren und ich hätte endlich einen Anhaltspunkt, wo ich mit den Nachforschungen beginnen sollte. Bisher war alles noch recht chaotisch und unstrukturiert. Hoffentlich hatte mein Bruder inzwischen mehr Erfolg.

Lou

Nach einer weiteren unruhigen Nacht wache ich in Dunkelheit auf. Meine Hände schlagen automatisch nach dem Wecker auf meinem Nachtkästchen. Viel zu früh. Ich reibe mir über die Augen, versuche vergebens, den Schlaf von mir zu schütteln. Nach einer Dusche und wiederhergestellter Augenfarbe mache ich mich mit meinem Rucksack auf den Weg zum Klassenzimmer. Jared hat ihn mir ungefähr hundert Mal bei jeder Gelegenheit erklärt, viel aufgeregter als ich fieberte er dem heutigen Tag entgegen. Gänge und Menschen liegen noch im Morgengrauen, schlummern friedlich und nur vereinzelt begleitet das Surren der Lampen meine Schritte. Ich finde den Klassenraum und trete ein. Abgesehen davon, dass die schlichte graue Tapete schon von den Wänden blättert, wirkt der Raum ziemlich edel. Ein krasser Gegensatz zu den Behausungen, in denen ich bisher unterrichtet wurde. Die Fenster sind sauber, nicht schmierig und mit einer Staubschicht bedeckt. Auch die Tafel ist frei von Kratzern und Beulen, strahlt mir in einem frischen Grasgrün entgegen. Es gibt ein Lehrerpult und ein paar Tische mit Stühlen, die willkürlich angeordnet durch den Raum verstreut sind. Ich setze mich in die erste Reihe, es riecht nach Kreide. Der erste Schultag bricht mit drückender Stille an. Schon merkwürdig, wie mir der Lärm meiner alten Schule in den Ohren surrt, obwohl es schon so lange her ist. Ein paar Minuten nach mir schlurft Jared herein und hockt sich lässig neben mich. Er lässt seine Füße auf den Tisch knallen und lehnt sich in seinem Stuhl zurück. Manches ändert sich wohl nie, egal, ob man in einer Klasse mit vielen oder nur einem Vollspacko sitzt. Genervt stöhne ich und knurre: »Morgen.«

»Morgen, du Sonnenschein höchstpersönlich«, neckt Jared mich und streckt die Zunge raus.

»Du mich auch«, brumme ich kopfschüttelnd.

Was für ein Unmensch muss man sein, damit man um halb acht morgens schon fröhlich vor sich hin pfeift?

»Professor Owen wird dir gefallen«, plappert Jared munter weiter. »Er unterrichtet Genlehre. Aber zuerst müssen wir Mathe hinter uns bringen.«

Das erste Mal zu dieser frühen Stunde blitzt etwas Düsteres über Jareds Gesicht. Nun gut, keiner mag Mathe, aber irgendwie werde ich die dumpfe Vorahnung nicht los, dass seine schlechte Laune nicht nur mit Brüchen und Algebra zusammenhängt. Als mich ein Türknallen aus meinen Grübeleien reißt, stürmt ein schlaksiger Mann mit Hornbrille in das Klassenzimmer. Sofort zieht Jared seine Füße vom Tisch, jede Spur von Ausgelassenheit fällt von ihm ab. Als sich unser Professor vor mein Pult stellt und mich angewidert von oben bis unten mustert, wird mir klar, dass der Tag nicht gut anfängt. Sein tiefblauer Anzug knittert, als er die Arme vor der Brust verschränkt und ungeduldig mit einem Fuß auf den Boden tippt. Seine Aktentasche, die lässig über seine Schulter hängt, tänzelt dabei vor und zurück.

»Wirst du wohl aufstehen und dich vorstellen, Frischfleisch?«

Ein fratzenartiges Grinsen enthüllt seine übergroßen Vorderzähne, die ihn wie ein Nagetier aussehen lassen. Wie hat der Hamster mich gerade genannt? Trotz meiner Wut drücke ich mich hoch, straffe den Rücken. Seine aschblonden Haare sind zurückgegelt und schimmern fettig im gelben Zimmerlicht.

»Sawyer.«

»Sawyer?«, er zieht die Nase kraus. »In Zukunft sprichst du mich mit *Professor* an. Verstanden, du Früchtchen?«

Ich nicke knapp, setze mich wieder und werfe Jared einen bösen Blick zu. Was hat er mir nun wieder eingebrockt? Aber er zuckt nur entschuldigend mit den Schultern und bleibt mir die Antwort schuldig.

»Da wir heute die erste Stunde zusammen haben«, beginnt der Hamsterprofessor ungeduldig, während er an seinen Tisch huscht und sich mit immer noch verschränkten Armen auf die Kante setzt, »werden wir mal sehen, was wir alles nachholen müssen, bevor wir wieder an den Punkt kommen, an den Mister Camper und ich uns bereits herangearbeitet haben.«

Langsam beginne ich zu verstehen, warum er sich so verhält. Es fällt mir immer noch schwer, mich in die Rolle eines B-Menschen einzufügen. Vor allem, weil ich selbst nie den Stuss geglaubt habe, dass Typ A Menschen intellektuell überlegen sind. Ich presse grimmig die Zähne aufeinander. Soll Professor Hamster doch versuchen, mich zu blamieren. Wir werden sehen, wer zuletzt lacht. Herausfordernd lehne ich mich zurück und blicke ihn mit offenem Hass an.

»Ich habe speziell dafür einen Eignungstest entworfen«, fährt er fort, ohne sich von mir beirren zu lassen. »Genau fünfundvierzig Minuten lang hast du Zeit, den Test auszufüllen, dann kann ich ihn in dieser Stunde noch korrigieren. Wir wissen doch alle, dass das die *reinste* Zeitverschwendung ist.«

Der Begriff *Zeitverschwendung* kommt ihm mehr spuckend als sprechend über die gekräuselten Lippen. Seine langen Finger huschen in seine Aktentasche, ziehen ein paar beschriftete Blätter hervor und schlendernd bringt der Hamster sie mir.

»Hier«, schnalzt er, während er den Test auf den Tisch fallen lässt. »Zeit läuft.«

Kräftig schluckend krame ich in meinem Rucksack nach einem Kugelschreiber und beuge mich über die Aufgaben. Aufkeimende Nervosität lässt Hitze in mir aufsteigen. Doch als mein schlaftrunkenes Hirn die erste Aufgabe erfasst, legt sich eine ruhige Kälte auf mich.

Integral. Flächen berechnen.

Ich schmunzle – nicht ohne ein wenig Sehnsucht in mir aufkeimen zu spüren –, weil es mich an die vielen Stunden in der Bibliothek mit Adam erinnert. Mein letztes Jahr an einer öffentlichen Schule hat mich so gelangweilt, dass ich ihm stets bei den Hausaufgaben zugesehen habe. Es war uns beiden eine willkommene Flucht vor unserem Zuhause, auch wenn er meine Gründe kaum verstehen konnte. Mein Stiefvater begann schon vor meiner Mutatio, mich wie zufällig zu berühren. Er widerte mich an. Sobald ich mich zu einem Blondschopf wandelte, war er nicht mehr zu halten. Immer öfter verschanzte ich mich deshalb mit Adam in der Bibliothek, darauf bedacht, mich auf Mathematik zu konzentrieren, statt auf das Grauen, welches mich in meinem Heim erwartete. Als ich mit jedem Mal mehr Fragen zu Adams Aufgaben hatte, begann er zu erklären. Zwischen all den Zahlen und Büchern gefangen, verlor ich mich zu gern. Wir hatten sie alle, die alten Klassiker – Hunderte Jahre alt. Von Sherlock Holmes über Alice im Wunderland bis hin zu Charles Dickens. Aber leider wurde die Dorfbibliothek schon ein paar Monate später bei dem ersten Krieg zerstört. Ein trauriger Seufzer entfährt mir, während sonst nur das beharrliche Kratzen meines Stiftes über das Papier den Raum erfüllt.

Als ich mich durch fünf Seiten geackert habe, stutze ich bei der allerletzten Aufgabenstellung. Ich starre sie lange stirnrunzelnd an, aber der Aufforderung, sich selbst zu lösen, kommt sie nicht nach. Bis Professor Hamster meinen Test an sich nimmt. Ein höhnisches Feixen im Gesicht, wackelt er zu seinem Platz, beginnt mit seinen Korrekturen. Schon bei den ersten Rechnungen tröpfelt die Selbstgefälligkeit von seinen bleichen Zügen. Jared wirft mir einen verwirrten Blick zu, sieht abwechselnd zwischen mir und dem Professor hin und her. Der arbeitet sich immer hektischer durch meinen Eignungstest. Bis er bei der fünften Seite ankommt.

»Ahhhh«, zischt er genüsslich und bläht seine hässlichen Hamsterbacken auf. »Aufgabe nicht erledigt, das gibt eine Menge Minuspunkte. Wusste doch, dass ein minderwertiges Halbblut nicht klug sein kann.«

Ein Knurren aus Jareds Kehle fängt den Ärger in mir ein. Jareds Haltung hat sich in den letzten Sekunden verändert, als hätte jemand die Saiten einer Gitarre gespannt.

»Professor, bei allem Respekt. So können Sie nicht mit …«, setzt Jared an, mich zu verteidigen, doch ich unterbreche ihn.

»Ja, *Professor.* So können sie definitiv nicht mit mir reden. Die letzte Nummer habe ich nur deshalb nicht gelöst, weil Ihre Angabe nicht korrekt ist.«

»Das ist völlig unmöglich«, faucht er und die Temperatur im Raum sinkt gegen null.

Genervt springe ich auf, stürze zur Tafel und kralle mir eine Kreide.

»Es war eine zu lösende Gleichung«, beginne ich zu erklären und kritzle wild vor mich hin.

»Vermutlich ein Tippfehler, aber hier, sehen Sie«, ich fuchtle vor der Tafel umher.

»Man kann sie nicht lösen!«

Aufgebracht starrt der Professor abwechselnd mein Arbeitsblatt und das Gekritzel an der Tafel an. Einige zähe Sekunden lang fürchte ich, er würde auf mich losgehen und mir eine Ohrfeige verpassen. Stattdessen gluckst er vergnügt.

»Unfassbar. Zwanzig Jahre vermeintliche Erfahrung in nicht mal einer Stunde zerstört.«

Er drückt sich von seinem Pult hoch, streckt mir die Hand entgegen.

»Ich gratuliere, Sawyer. Du hast die Höchstzahl an Punkten erreicht, was einem IQ von 130 entsprechen sollte. Es tut mir leid, dass ich gezweifelt und mich dir gegenüber so unmöglich benommen habe. Aber ich bin durchaus jemand, der an seiner Einstellung arbeiten kann, wenn man mich vom Gegenteil überzeugt.«

Völlig perplex ergreife ich seine Hand. Das war die merkwürdigste Achterbahnfahrt einer Mathematikstunde, die ich je erlebt habe. Und ich bin heilfroh, dass es eine ganze Woche dauert, bis ich wieder eine erlebe. Mit knappem Nicken verabschiedet sich unser Professor und wuselt geschäftig hinaus auf den Gang.

Als ich mich mit gemischten Gefühlen wieder auf meinen Platz fallen lasse, pfeift Jared bewundernd.

»Bisher dachte ich, du wärst ein wenig verrückt. Aber, Mann, du bist total bekloppt.«

Ich fahre mit meinen Fingern zu Jareds Ohrläppchen, zwirble es leicht zwischen ihnen und ziehe daran. Es ist eine mir vertraute Geste, als Kind habe ich Adam jeden Tag auf diese Weise begrüßt, wenn ich mich ihm um den Hals warf.

»Tja, nun weißt du, dass ich der König der Wahnsinnigen bin.«

»Allerdings«, gluckst Jared, während er auf meine Finger schielt.

Viel Zeit bleibt uns nicht, um diese skurrile Stunde zu verarbeiten, denn schon bricht die nächste an. Aufregung durchströmt mich. Genlehre ist vermutlich das einzige Fach, welches mich wirklich fasziniert. Der Grund, warum ich überhaupt zugestimmt habe, beim Privatunterricht mitzumachen. In den Unterrichtsstunden hoffe ich, Zugang zu wertvollen Informationen zu erhalten. Dass ich es überhaupt so weit geschafft habe, grenzt an ein kleines Wunder. Aber in der Zeit, die ich schon hier bin, habe ich eines gelernt: Damit ich das System ausschalten kann, muss ich es zunächst verstehen. Alles erkunden. Mit dem Personal reden.

Ich habe nie nachvollziehen können, warum man Menschen in schlechtes und gutes Blut unterteilt. Was war so besonders an meinem? Meinen Genen? Und wie sind wir überhaupt so geworden? In meinem alten Geschichteunterricht weigerte man sich, uns auch nur eine dieser Fragen zu beantworten. Wir bekamen den vom Königshaus festgelegten Lehrstoff, der uns lange genug beschäftigen und zurechtbiegen sollte, bis der Ausbruch schließlich darüber entschied, zu welcher Gesellschaftsschicht wir gehörten. Die unbändige Mordgier, die mich ins Schloss trieb, erscheint mir inmitten der Soldaten und all der anderen, die unter dem Königsregime leben, ziemlich dämlich. Wie der Versuch eines Kleinkinds, ein Hochhaus einstürzen zu lassen, indem es mit seinem Fuß dagegenkickt.

Erneut wird die Tür zum Klassenzimmer aufgestoßen, diesmal wesentlich sanfter. Ein stämmiger junger Mann, in eine Tweed-Jacke gehüllt, schlurft mit einem Pfeifen auf den Lippen zum Pult. Er hat buschige Augenbrauen, unter denen es freundlich blitzt. Der Raum fühlt sich um einiges wärmer an.

»Tag allerseits«, grüßt der Professor, bevor er seine Aktentasche auf den Tisch gleiten lässt.

»Mein Name ist Bill Owen. Für euch Professor Owen. Wie ich sehe, haben wir heute einen neuen Gasthörer. Dann wollen wir keine Zeit verschwenden und mit einem kurzen Geschichtsüberblick beginnen.«

Ein wenig verwundert es mich, dass er ohne zu zögern loslegt. Aus meiner ehemaligen Schule war ich nur das Notwendigste gewohnt. Bloß nicht zu viel Information, schließlich ist Wissen Macht. Dennoch nickt der Professor mir begeistert zu und ich kann es kaum erwarten, weiter seiner öligen Stimme zu lauschen. Endlich die Lücken füllen zu können, die meine Schule mit Genuss hinterlassen hatte.

»Vor Jahrhunderten gab es eine Atomkatastrophe ungeahnten Ausmaßes. Die Kernreaktoren von hundert Atomkraftwerken rund um den Globus explodierten und verseuchten alles. Pflanzen. Tiere. Menschen.«

Millionen von leuchtenden Seelen verseucht, schneller verunreinigt, als man die Kerzen auf einer Torte ausblasen kann. Beim Gedanken an sie wird mir kalt. Warum hat man uns das nie erzählt? Alle haben so getan, als wären wir schon immer drei Rassen von Menschen gewesen.

»Zurück blieben nur gut fünfhundert Menschen, die eine neue Zivilisation aufbauten. Aber die ganze Umwelt war so verstrahlt, dass das menschliche Genmaterial begann sich zu verändern. Aus der ehemaligen Vielfalt der menschlichen Rasse blieben nach wenigen Generationen nur noch drei Typen von Menschen. Die Kinder, Typus A und B.«

Er nahm einen tiefen Atemzug, als müsse er seine nächsten Worte sorgfältig abwägen.

»Von da an stellte man halbherzige Nachforschungen über diese genetischen Anomalien an. Erst als unser gütiger König an die Macht kam, gab es genügend Mittel der Forschung, damit man intensivere Experimente und Tests durchführen konnte. Dadurch kam heraus, welchen Wert unsere Gene und unser Blut tatsächlich haben.«

Ein Hüsteln begleitet sein abschließendes Fazit. Ich kann trotz aller Vorsicht, die ich an den Tag legen wollte, nicht verhindern, dass meine Hand nach oben schnellt.

»Hat niemand je hinterfragt, was die Wissenschaftler veröffentlicht haben?«, platzt es aus mir heraus.

Am liebsten würde ich mir auf die Zunge beißen. Warum kann ich nie die Klappe halten?

Jared und Professor Owen wechseln einen Blick, der eindeutig danach fragt, ob sie mir vertrauen können. Was wird hier gespielt?

»Natürlich«, das Wort zieht er lang, »solche gab es. Wir nennen sie Rebellen.«

Etwas an seiner Antwort klingt merkwürdig, lässt mich aufhorchen. Die Art, wie gewählt und ausgesucht seine Worte klingen. Was will er mir damit wirklich sagen? Der Rest der Stunde rauscht an mir vorbei. Professor Owen weicht immer mehr meinen Fragen aus und so gebe ich auf und lasse alles auf mich einprasseln, was er mir verraten möchte. Eine halbe Stunde später verlässt er das Klassenzimmer und ich bleibe mit einem dumpfen Schaben im Kopf zurück.

Als Krönung dieses seltsamsten aller ersten Schultage muss ich Sport über mich ergehen lassen.

»Komm, vertrau mir. Sport wird lustig.«

Jared zieht mich sachte mit sich und ich trotte ihm einfach nur schweigend hinterher. Die Panik, welche ich den ganzen Tag zu unterdrücken versuchte, schwappte langsam wieder auf mich über. Blanke heiß-kalte Panik zaubert mir Schweiß auf die Stirn. Natürlich habe ich meine Sportwäsche bereits unter meiner Schulkleidung an, ein Risiko, beim Umziehen aufzufliegen, bleibt trotz allem. Nach unzähligen Windungen finden wir uns in einer kleinen, miefenden Umkleidekabine wieder. Ich ziehe die Nase kraus, wage es kaum zu atmen. Das einzige Fenster im Raum ist geschlossen, das Licht gedimmt. Außer Sitzbänken und Spinde kann ich in dem Schatten nichts erkennen. Es riecht nach alten Sportsocken und faulen Eiern. Verwirrung mischt sich in den Gestank, welchen ich verzweifelt zu ignorieren versuche.

»Haben wir nicht im Fitnessraum Sportunterricht?«

»Nein«, Jared schüttelt den Kopf, während er sich bereits seinen Pullover abstreift und über eine der Sitzbänke wirft. »Wir brauchen mehr Platz und weniger Geräte fürs Fechten.«

Ich schlucke. Fechten. Noch so eine Sache, die ich am liebsten verdrängen würde. Als Jared seinen Spind öffnet und mir ein komplettes Sportoutfit extra fürs Fechten rüberwirft, hat sich das mit dem Verdrängen endgültig erledigt. In meine Hände segelt ein enger weißer Anzug und eine Haube, die mich ein bisschen an einen Bienenzüchter erinnert. Der Stoff des Anzugs rinnt zart durch meine Finger.

»Sieh zu, dass du dich umziehst. Professor Miller steht nicht wirklich aufs Warten.«

Ein freches Grinsen überzieht seine Lippen. Augenrollend lasse ich mich auf eine Sitzbank nieder und fange an, meine Schuhe, die oberste Schicht meiner Kleidung und meine Würde abzulegen. Denn ich spüre, dass Jared mich bei jeder Bewegung beobachtet. Seine Blicke brennen Narben in meine Haut.

Als ich schließlich den Reißverschluss meines Anzuges hochziehe, drehe ich mich zu Jared um und funkle ihn böse an. Anstatt darauf einzugehen, wedelt er nur mit der Hand, als Zeichen, ihm zu folgen.

Meine Finger greifen nach der Haube, quetschen sich voller Wut in sie, während ich wieder mal Jared nachtrotte, der durch eine Tür am anderen Ende der Kabine schlüpft.

Im Turnsaal angekommen, blendet mich das Tageslicht und ich muss mir einen Arm vors Gesicht halten, um überhaupt etwas sehen zu können. Als ich erkenne, wer sich im Gegenlicht der weitläufigen Fenster rekelt, wünsche ich mir, blind zu sein. *Was für ein Gerät*, donnert es in mir. Professor Miller – wer sollte es sonst sein? – steht seitlich zu uns und dehnt sich gerade, indem sie ihren schlanken Körper zur Zimmerdecke reckt. Ihre Kleidung umspielt ihre Kurven an Hüfte und Oberweite. Bei keiner Bewegung, keinem Atemzug ist auch nur eine Rundung zu sehen, die nicht gewollt wäre. Mit offen stehendem Mund glotze ich sie an, ihre goldenen Haare sind zu einem hohen Pferdeschwanz gebunden und wippen leicht. Bevor wir sie erreichen, dreht sich Jared zu mir um und bellt vor Lachen. Er lässt sich zurückfallen und als ich zu ihm aufgeschlossen habe, klopft er mir ein paar Mal kräftig auf den Rücken, da ich huste und mich an meiner eigenen Spucke verschlucke.

»Ich weiß, Alter. Ich weiß«, flüstert er in mein Ohr.

Ich schüttle betreten den Kopf. Gar nichts weiß Jared. Nichts. Es ist nicht so, dass ich unserer Professorin die knappen Kleider – sie hat nur einen Body an! – vom Leib reißen will. Vielmehr ihren unverschämt hübschen Kopf. Attraktiv wie sie ist, man kann sie doch bloß verachten. Und warum habe ich den Eindruck, Jared würde jeden Moment zu sabbern beginnen? Im Übrigen scheint mir ein Body auch zu übertrieben, um Fechten zu lehren, weshalb ich das Gefühl nicht loswerde, sie möchte Jared unbedingt beeindrucken.

»Tag, Maja«, ruft Jared ihr zu und winkt dabei übertrieben fröhlich.

Maja? Die reden sich mit Vornamen an? Mein Magen fängt Feuer bei der Vorstellung, zwischen den beiden könnte etwas laufen.

»Jared, mein 'übscher«, säuselt sie gebrochen, der französische Akzent in ihrer Stimme verleiht ihr noch mehr die Aura einer Elfe.

Warum müssen solche Frauen immer Französinnen sein? Als ob es nicht reichen würde, dass sie blendend schön sind. Nein, ihre Worte müssen auch noch sexy dahinfließen wie Honig. Wir bleiben direkt vor ihr stehen, was mir den Duft von Kamille und Früchten in die

Nase treibt. Selbstverständlich riecht sie auch gut. Nur mit Mühe kann ich den Drang unterdrücken, mir die Faust in den Mund zu rammen.

»Oh, und Jay-Jay, du 'ast mir eine Freund mitgebracht?«

Professor Miller ergreift meine Hand, ihre Finger drücken sich in meine, während ihr Daumen in kleinen Kreisen über meine Haut fährt. Irritiert blicke ich zwischen unseren Händen und ihrem Gesicht hin und her.

»'at unser stummer Schönling eine Namen?«

»Lou«, erklärt Jared statt meiner, weil ich nach wie vor nicht fähig bin zu sprechen.

Baggert die mich an? Verwirrt will ich Jared um Hilfe bitten, doch der schlingt einen Arm unter meinen und reißt mich von Professor Miller los.

»Und im Übrigen ist er nicht hier, um schön zu sein, sondern um seinen jämmerlichen Arsch zu trainieren.«

Ehe er mich loslässt, strubbelt mir Jared noch über den Kopf. Dieser Rüde von einem Jungen hätte mich nur noch deutlicher als sein Eigentum markieren können, wenn er mich angepinkelt hätte. Die schöne Miller zieht ihre Augenbrauen zusammen, bevor ihr ein wissendes *Oh* auf den Lippen liegt. Wenn sie uns bereits durchschaut hat, wieso sagt sie nichts? Findet sie unser Verhalten nicht abstoßend oder merkwürdig? Doch bevor meine Panik die Oberhand gewinnt, unterbricht Miss Miller meine wirren Gedanken.

»Na dann, fangen wiiiir an. Die Degen, Jared.«

Knapp nickend schlurft Jared davon und kommt recht hastig mit drei dünnen Degen in den Händen zurück. Irgendwie freut es mich, dass er Angst hat, uns allein zu lassen. Nach seinen absurden Versuchen, mich eifersüchtig zu machen, geschieht ihm das ganz recht. Doch mein selbstgefälliges Grinsen wird mir vom Gesicht gewischt, als Jared mir einen der Degen in die Hand drückt.

»Wir fangen heute schon an?«, frage ich bestürzt.

»'Türlisch, und das wird eine Riesenspaß«, der Singsang ihrer Stimme fängt an, mich aufzuregen.

Der *Spaß* ist furchtbare fünfzig Minuten später Gott sei Dank vorbei. Mit hochrotem Gesicht und kaum Luft in den Lungen reiße ich mir die Haube vom Kopf.

»Das war eine Katastrophe«, keuche ich.

»Isch würde gerne nein sagen«, seufzt die Sportlehrerin, »aber ohne eine wenisch 'ilfe wirst du meine Kurs nie bestehen.«

Ich falle in Sport durch, großartig. Es geht nicht darum, dass ich den Streber raushängen lassen will, aber ich möchte mir die Blamage ersparen, den Unterricht nicht zu packen. Nicht vom Schloss zu fliegen, hat oberste Priorität, egal, was wirklich hinter diesem merkwürdigen Zirkus steckt.

»Hab dir doch gesagt, wie unsportlich ich bin«, werfe ich Jared demotiviert zu. »Wie oft bin ich gestürzt? Zehn Mal? Fünfzehn?«

»Fünfzig, mindestens«, gluckst er.

Professor Miller reibt ihre Hände, als hätte sie gerade eine Eine-Million-Schilling-Idee.

»Isch sehe, dass du gut werden könntest. Wie wäre es, wenn Jared und du vor meinen Stünden zusätzlich trainiert?«

Noch mehr Sport? Noch mehr Jared? Ist heute *Quälen-wir-Lou-*Tag oder was?

»Ich opfere mich selbstverständlich gern, damit Lou es durchs Jahr schafft.«

Fassungslos blicke ich mich um. Nein, keine Riesenkraken zu sehen. Auch keine Monster oder Piraten, die mich überfallen. Ich bin also tatsächlich wach. Unmenschlich so was. Wie kann sie mich nach einem einzigen Tag schon so abstempeln und mir Nachhilfestunden aufbrummen?

»Eine Sache noch, seht zü, dass eusch niemand sieht. Wir wollen doch nischt, dass jemand erfährt, wie mies der Kleine 'ier ist.«

Ich schenke ihr ein wütendes Stirnrunzeln.

»Bin ich dermaßen schlecht?«, frage ich aufgewühlt.

»Oh nein, Kleiner. Aber deine Rasse hat ohnehin eine Rüf zu verlieren, oder etwa nischt?«

Unruhig knete ich an meinen Fingern rum. Wo sie recht hat …

»Na gut«, stimme ich unwirsch zu.

»Sehr gut, dann wäre das geklärt. Bis nächste Woche, meine Jungs, und nun 'usch, 'usch, raus aus meine Reich.«

Völlig verdattert wanke ich mit zittrigen Beinen zurück zur Umkleide.

»Das war doch gar nicht schlimm«, freut sich Jared neben mir.

»Nein, hast recht«, grummle ich. »Es war schlimmer.«

»Sawyer«, gurrt Jared und berührt meine Schulter. »Wenn es mir Nachhilfestunden mit dir beschafft hat, kann es gar nicht schlimm sein.«

Ich fühle mich, als hätte ich nacheinander zu heiß und zu kalt gegessen und meine Zähne würden deswegen schmerzhaft ziehen. Wie konnte ich beim Stürmen des Schlosses übersehen, dass man auch mich eingenommen hatte? Gefangenschaft steht mir einfach nicht.

»Wenn es dich tröstet«, Jareds Stimme hallt plötzlich ernst von den Wänden wider.

Als er nicht weiterspricht, sehe ich ihn an und stelle überrascht fest, dass er sich nervös durchs Haar fährt. Seine Haube baumelt bereits zwischen seinen Fingern. »Ich könnte auch ein wenig Hilfe brauchen.«

»Du und Hilfe?«

Er nickt betreten, fast will ich ihn trösten. Aber die Bilder, wie er und Miss Rattenscharf flirten, schneiden mich noch immer wie Papier.

»Vielleicht«, zögert Jared, »bin ich in Mathe nicht ganz so gut. Vielleicht hat mich unser Lehrer etwas zu sehr gelobt.«

»Du willst also, dass der Streber mit dir lernt?«

»Nur«, grunzt er und zwinkert verschmitzt, »wenn der Streber Sport packen möchte. Deal?«

»Deal.«

Und plötzlich reißt mich Jared an seine Schultern, drückt mich. Glücklich. Sein Geruch nach Himbeeren verschließt die Löcher in meinem Herzen; vernebelt mir das Hirn und vertreibt die Sorgen.

»Du«, murmle ich benommen, »bist mein ganz persönlicher LSD-Trip.«

»Ich mach dich also süchtig?«

Sein Lachen ist ein leises Knurren, das sein Schlüsselbein an meiner Nase zittern lässt.

»Wohl eher krank. Ich halluziniere ja schon, dass ich dich leiden kann.«

Lou

Die folgenden Tage versinken in Arbeit und die Doppelbelastung aus Dienst und Schule frisst fast meine ganze Zeit auf. Ich habe das Gefühl, Jared immer weniger außerhalb des Unterrichts zu sehen, weshalb ich mich fast auf die Nachhilfestunden freue. Natürlich nicht, ohne mich gleichzeitig dafür zu rügen. Aber am nächsten Dienstagnachmittag wird aus dem Streber-Sport-Deal bitterer Ernst, als meine erste Nachhilfestunde bei Jared anbricht. Ein kleiner verschrobener Teil in mir fragt sich, ob wohl noch jemand außer der Sportprofessorin, Jared und mir davon weiß.

Schon seit über fünfzig Minuten trainieren wir im Sportsaal, wo Madame Miller in ihrer ersten Stunde angewackelt kam. Seither war noch eine zweite Stunde erfolgt, die sogar noch schrecklicher verlaufen war.

»Pass mal auf deine Deckung auf«, murrt Jared und fuchtelt mir vor der Nase rum.

Wütend lasse ich meinen Degen gegen ihn knallen. Es klirrt und kracht, die Wucht des Schlages erwischt mich unvorbereitet und ich taumle ein paar Schritte zurück. Mit einem Seufzer zieht sich Jared die Schutzmaske vom Kopf und steckt seinen Degen in die Scheide. Die Haare kleben ihm verschwitzt an der Stirn. Auch ich befreie mich von der Maske und frische Luft, die von den aufgerissenen Fenstern zu uns wabert, streicht mir über die Wangen.

»Ich bin immer noch 'ne Katastrophe«, knurre ich und meine Hände zittern leicht.

Die Art, wie Jared mich ansieht, trifft mich mitten ins vernarbte Herz mit all meinen Farben und Abgründen; zerbombt mir meine Dunkelheit, meine Area 51.

»Jep, und zwar 'ne atomare.«

Sein Lachen zündet ein Grinsen auf meinen Lippen, als wäre er der Streichholzfunke für mein Feuerwerk. Es ist egal, ob ich versage – solange ich mit ihm versagen kann.

»Eigentlich stellst du dich gar nicht so blöd an, du Depp«, Jareds Stimme erinnert mich stellenweise an Professor Owen, »du musst nur an deiner Körperhaltung arbeiten.«

Mit zügigen Schritten steht Jared hinter mir, eine Hand auf meinen Rücken gedrückt, mit der anderen umschließt er meine Finger, die sich nun noch mehr um den Degen verkrampfen. Er führt meine Degenhand und zeigt mir ein paar Bewegungen, mit denen wir in die Luft stechen. Zeitgleich tanzen mir seine Finger über die Schulterblätter, was es schwer macht, mich zu konzentrieren.

»Du bist ja richtig leicht«, sein Flüstern ein Brennen wie heißes Eisen in meinem Magen. »Du könntest so geschickt sein, wenn du es nicht mit roher Kraft versuchst.«

Etwas an seinen Berührungen macht mich fuchsig (wir sind hier schließlich nicht in einer dieser 08/15-Liebesschnulzen), weshalb ich mich verspanne. Jared muss spüren, wie die Hitze unter seinen Berührungen zu Stein wird, denn er lässt mich los. Ohne seine Körperwärme fröstle ich ein wenig.

»Wir lassen das besser.«

Jareds Worte löschen mit einem gewaltigen Zischen das Feuer in meinem Bauch.

»Was?«, keuche ich.

»Keine Angst, das nächste Mal wird's schon einfacher.«

Es lehrt mich das Fürchten, wie einfach Jared mich löschen und entzünden kann. In seinen Fängen bin ich nicht mehr als eine Flamme im Wind. Ob er es liebt, mich brennen zu sehen? Frustriert folge ich Jared durch den Saal, das Training ist für heute beendet.

Vor der Umkleide hält mich Jared auf, will mit mir reden.

»Eins musst du mir aber bitte erklären … Das will ich schon die ganze Zeit wissen.«

Jared zieht eine Augenbraue hoch, neigt leicht seinen Kopf und sieht mich fragend an. Was er wohl wissen will?

»Warum nennst du mich mal Jared, mal Camper?«

Er fährt sich mit der Hand durch die verschwitzten Haare und lässt seinen Blick an mir vorbeischweifen, wie er es immer macht, wenn ihm etwas unangenehm ist. Ohne Zweifel kann er es nicht ausstehen, wenn er etwas nicht versteht. Wenn er mich nicht kapiert.

»Ist das nicht offensichtlich?«, lache ich.

Mit schiefem Grinsen schüttelt Jared seinen Kopf.

»Na, da du offensichtlich Leute beleidigst, die du magst …«

»Du verkackst dein Leben aber auch dermaßen hart, dass man dich nur beschimpfen kann«, unterbricht er mich mit einem frechen Funkeln in den Augen. »Du bist keine Rose, sondern die Süßkartoffel unter den Pflanzen. Süß, aber eben doch 'ne Kartoffel.«

Sofort werde ich rot um die Nase und boxe ihn leicht in den Bauch, »… so werf ich eben mit Nachnamen um mich, wenn ich wütend bin.«

Und nur fürs Protokoll: Eine Rose wollte ich ohnehin nie sein. An Rosen sticht man sich. Rosen bekommt man, wenn der Kerl dich betrogen hat. Rosen sind für'n Arsch. Kartoffeln an die Macht!

Kapitel 3
Kaputt und geklebt

Lou

Diese Welt hat mich verändert. Als ich anfing, mein türkisfarbenes Haar zu verlieren, ging so viel zu Bruch. Aber niemanden kümmerte es. Keiner sah, was mein Stiefvater mir antat. Und ich war noch dermaßen jung. Also erwartete man von mir, hübsch und glücklich zu sein. Wild und frei. War ich traurig oder gebrochen, frustriert oder depressiv, wollte ich doch eh nur Aufmerksamkeit. Kein Grund, sich zu sorgen. Jung wie ich war, hatte ich eh keine Ahnung vom Leben. Vom Sterben. Vom Schmerz. Aber die Wahrheit ist, dass man mir Schreckliches zumutete und in unserem Land das Unrecht und die Schuld über uns hinauswuchs. Unser System begann mich abzustoßen und anzuwidern. Also fing ich an, immer mehr zu zweifeln. Realisierte, dass ich mit diesen Gedanken mehr zu verlieren hatte, als jemand mit vierzig Jahren Erfahrung und dem Hang zum bloß-nicht-widersprechen. Verloren und unfähig tapste ich im Dunklen und da war kein Licht, mich zu leiten. Keine Hoffnung, mein Schiff der Düsternis zu kapern. Einzig mein Hass auf das Königshaus hielt mich über Wasser. Später kam Jared und ließ mich kentern. Mit Haut und Haar und allem.

Als mein Stiefvater *es* getan hat, hat er mich leer gesogen. Er hatte dafür gesorgt, dass sich auf Höhe meines Herzens ein schwarzes Loch bildete. Eines, das lange genug an mir zerrte, bis es mich vollends verschlang. Am Leben bin ich noch, weil ich selbst für schwarze Löcher nicht zu gebrauchen bin. Es spuckte mich wieder aus – oder zumindest jene bleiche Hülle mit den immer tintenschwarzen Augenringen, die von mir übrig ist. Er hat mich zu diesem hasszerfressenen Wesen verkommen lassen …

Und dennoch sitzt er nun vor mir und ist das charmanteste Arschloch, das die Welt je gesehen hat. In mir schreit es nach Flucht, die Alarmglocken in mir schrillen. Aus den Kanaldeckeln meiner inneren Straßen spuckt es Pest. Nur meine Füße, meine verdammten Füße scheinen anders programmiert zu sein. Denn diese unfassbaren Idioten marschieren geradewegs auf den Tisch zu. Im Takt zu seinem Lachen federn sie und verhöhnen mich; meinem ehemaligen – nein – meinem Peiniger entgegen. Damals wäre ich am liebsten tot umgefallen. Richtig tot. Endgültig erlöst; weg; auf Nimmerwiedersehen. Manchmal war ich dermaßen traurig, dass es mir eigentlich Angst machen müsste. Aber das war nicht der Fall. Stattdessen will ich heute *ihn* tot sehen. Sie alle, um genau zu sein. Mein Lächeln verrutscht, als ich an den Esstisch trete. Doch das bemerkt keiner. Schließlich achtet auch nie jemand darauf, ob der Magnet am Kühlschrank richtig hält. Nein, der kleine Kerl krallt sich dort fest, wo er hingeworfen wurde, schlittert dennoch ein Stückchen runter und hängt schief. Nicht viel, nur ein winziges bisschen. Lediglich genug, um es zu übersehen; das verrutschte Lächeln hingeklatschter Magneten.

»Ach, Lou – sei ein Gentleman und servier' die Vorspeise für mich und unseren Freund hier schon jetzt. Unser Gast hat bereits Hunger und da möchte ich ihn nicht alleine speisen lassen«, bittet mich der König und sein leises Lachen weht zu meinem Stiefvater. Auch wenn er mit dem Rücken zu mir sitzt, ich würde Liams stinkenden, aber leider noch lebendigen Kadaver überall erkennen. Zu oft und zu intensiv musste ich diesen Körper kennenlernen. Der Rest der Gesellschaft, die sich um die beiden rankt, bleibt still. Anspannung liegt knisternd über ihnen.

»Sehr wohl«, antworte ich mit gesenktem Blick, damit mich mein Stiefvater nicht bemerkt. Warum tut sich eigentlich nie ein Loch auf, wenn man verschwinden möchte?

Was hatte er überhaupt am Hof zu suchen? Mich? Oh ja, mich. Wen denn bitte sonst? Ich versuche meine Gedanken zu ordnen. Er kann doch gar nicht wissen, dass ich hier bin. Warum also sollte er am Hof nach mir suchen? Er dreht sich ja nicht mal in meine Richtung um. Ungläubig fixiere ich seine viel zu breiten Schultern. Fast möchte ich, dass er mich bemerkt. Möchte schreien und ihn schütteln. Ihm sein verflixtes Ölgrinsen aus der Visage prügeln. Meine Hände zittern und ich muss all meine Kraft aufbringen, um mich umzudrehen und ihn allein zu lassen; ihm nicht meine Nägel in den Nacken zu rammen. Gerade sind meine Gedanken alles andere als gut. Mit mechanischen Schritten gehe zur Küche, greife mir die Vorspeise und schlurfe zurück zu dem unwirklichen Bild, das durch meinen Kopf geistert. In meinen Händen wackeln zwei Teller Cremesuppe vor sich hin. Die Suppe dampft. Aber ich weiß, dass nicht sie meinen Kopf vernebelt. Wird Liam mich ansehen, wenn ich ihm die Vorspeise auf die Tischplatte knalle? Oder wird ihm die Suppe seine dreckigen Augen vorher verbrennen? Schockiert wird mir bewusst, dass mich sein Auftauchen derart aus dem Konzept gebracht hat, dass ich sogar seinen Namen benutzt habe! Etwas, das ich geschworen hatte, nie wieder zu tun. Als ich mich den Fratzen am Tisch nähere, höre ich noch einen Namen, der fällt – aber es ist nicht irgendeiner. »Edgar Holmes, dieser Schlachter.« Ein Schaudern überzieht die Gesichter. Erst jetzt bemerke ich, dass sich auch Jared in die Runde verirrt hat. Mit angespannter Miene legt er die Fingerkuppen aneinander.

»Mein König, er schart Anhänger um sich. Im Untergrund gerät Schreckliches in Bewegung. Ich fürchte«, mein Schleimbeutel von Stiefvater bricht theatralisch ab, um sich zu sammeln. »Ich fürchte, es ist eine Rebellion im Gange, die vielen Unschuldigen das Leben kosten wird. Wir stehen kurz vor dem nächsten großen Krieg. Und am Ende … am Ende, wenn von Land und Leuten nichts mehr übrig ist, wird es das Königshaus treffen. Ihr wisst, beim letzten Mal war es genauso. Vor Jahren haben diese Drecksbälger schon einmal zugeschlagen.«

Eine Gänsehaut kriecht meine Arme hoch. Poren schießen aus der Haut, wo vorher keine waren. Beim Klang seines Namens kann ich nur daran denken, wie viel Hass darin mitschwingt. Daran, dass ich ihn *so* noch nie gehört habe. Den Namen meines leiblichen Vaters mit solch einem Grauen verwoben.

Meine früheste Kindheitserinnerung ist gleichzeitig eine der letzten an ihn. Manchmal frage ich mich, ob sie überhaupt wahr ist. Ob ich mir nicht nur alles zusammengeträumt habe; gewürfelt und gemischt aus Geschichten, die nicht meine sind. Aber manchmal blitzt dieser Erinnerungsfetzen auf und ich sehe ihn derart deutlich und klar, wie ihr diese Buchstaben lesen könnt. Es war, denke ich, Weihnachten vor meinem fünften Geburtstag. Im Wohnzimmer hatte sich ein Etwas aus braun-grünen Ästen und Depressionen als Weihnachtsbaum eingeschlichen. Darunter ergoss sich ein Teppich aus Nadeln auf unseren Hartholzboden. Eine blaue Weihnachtskugel war zwischen meinen Patschhänden gefangen.

Zornig drückte ich fester zu. Blauer Plastikglitzer spritzte. Ich hatte sie einfach auf den Boden geknallt. Kein schöner Baum. Keine Geschenke. Kein Schnee. Die Horrorvorstellung einer Vierjährigen, die das erste Mal einsehen musste, dass es Albträume gibt, aus denen man nicht aufwacht. Dad kam nach Hause zu einer überarbeiteten Frau, einem brüllenden Mädchen und einem traurigen Sohn, der sich bereits damals immer öfter in die Bibliothek oder sein Zimmer verzog. Eine Augenbraue in die Höhe gezogen, bückte Dad sich zu mir, schlang die Arme um mich, hob mich ohne ein Wort auf seine Schultern und lief mit mir in den Garten. So schnell ich auf seine Schultern geglitten war, segelte ich auch wieder von ihnen, denn Dad wirbelte mich durch die Luft. Höher, immer höher – und jedes Mal, wenn ich glaubte, diesmal – ja diesmal – konnte er mich unmöglich auffangen (ich fiel zu tief und zu schnell), landete ich allen zum Trotz (der Schwerkraft, dem Schicksal und weiß der Kuckuck, wem noch) in seinen Armen. Er war stets der Einzige, von dem ich am Fallen gehindert werden wollte. Nach einer Weile lag ich lachend und alle viere von mir gestreckt auf der Erde. Mit beiden Händen griff Dad in seine Jackentaschen und als er sie wieder rauszog, blitzte es bunt in ihnen. Er öffnete die Fäuste und es regnete Farben. Gold und Rot und Grün funkelten vor meinen Augen.

»Konfetti!«, jauchzte ich und streckte meine Finger den Farbklecksen entgegen.

An diesem Tag ließ mein Vater für mich Weihnachten regnen.

Ausgerechnet ein solcher Mann – gefühlvoll, liebend – soll der Anführer einer mordlustigen Rebellenbande sein? Ganz davon abgesehen, dass er tot sein sollte, obwohl Adam oft genug das Gegenteil behauptet hat. Als man uns eines Tages die Nachricht von Dads Ableben überbrachte, reagierte mein Bruder auf die einzige Weise, die ich von ihm kannte: Er kümmerte sich um alles. Aber er weigerte sich, den Polizisten zu glauben.

Wut peitscht in mir auf, als mir bewusst wird, dass unsere Mutter uns auch angelogen haben könnte. Aber warum sollte sie das tun? Damals brach sie in sich zusammen, es war nicht mehr als ein Hauch ihrer selbst übrig geblieben. Konnte ein Mensch wirklich dermaßen überzeugend in einer falschen Rolle aufgehen? Das konnte und wollte ich nicht glauben. Hatte Adam womöglich die ganze Zeit über recht gehabt? Der Schock lässt mich erstarren, macht mich duselig und desorientiert. Kälte sickert durch mich, tropft, bis mir selbst die Ohren frieren.

Eine Zeit lang starre ich wie festgewurzelt vor mich hin. Ganz in Gedanken versunken. Meine Hände beginnen unangenehm heiß zu brennen. Verwirrt glaube ich kurz, dass sie wohl Feuer gefangen haben – die wütende Feuersbrunst in mir muss sie entzündet haben. Aber in Wahrheit habe ich schlicht die Suppe vergessen. Rasch serviere ich sie dem König und meinem Stiefvater. Sie scheinen vertieft in ihr Gespräch, nehmen mich kaum wahr. Jared jedoch steht auf, steuert um den Tisch herum auf mich zu. Bei mir angekommen, wispert er fordernd:

»Mitkommen.«

Er schiebt mich vor sich her aus dem Raum, bis wir im Flur stehen. Schatten zittern um uns, die Leuchtstoffröhren über uns summen leise, aber bedrohlich. Jared wirbelt mich zu sich, sein forsches Betrachten macht mich nervös.

»Unfassbar«, stöhne ich, ehe sich meine Hände auf die Augen drücken. Mein Kopf schmerzt höllisch von den ganzen Vorwürfen.

»Ja, allerdings.«

Jareds Zorn versetzt mir einen Stich. Fassungslos lasse ich die Hände wieder sinken und starre ihn aus schreckensweiten Augen an. »Du glaubst diesen Mist?«

»Mist?«

Jareds Stimme ist zu Eis verkommen. Sein trockenes Lachen gleicht mehr einem Bellen und kann nicht verbergen, dass es in ihm zischt und brodelt. Wie eine blau-kalte Stichflamme, die in riesigen Schatten über sein Gesicht flackert.

»Schön, dass du das alles für Mist hältst«, keucht Jared aufgebracht. »Mein Großvater wurde von diesem Abschlachter-Klan ermordet.«

Etwas Stinkendes, als würde ich innerlich verrotten, tröpfelt in meinen Bauch und kriecht mir die Kehle hoch. Ich muss mich zusammennehmen, um mich nicht zu übergeben. Der Anführer des vermeintlichen Abschlachter-Klans ist mein Vater, das zumindest stand fest. Aber soll er echt jemandem den Garaus gemacht haben? Wann war diese erste Rebellion? Hatte sie vielleicht sogar da stattgefunden, als mein Vater verschwand? Wieder surren die Leuchtstoffröhren und es fühlt sich an, als würde die Elektrizität aus ihnen direkt auf meine Haut überspringen. Und wie wird Jared reagieren, sollte er je erfahren, dass ich die Tochter seines Familienerzfeindes bin? Könnte er mir verzeihen? Meine Finger graben sich sanft in seinen Oberarm. Es tut weh, wie vertraut das Schaben und Kratzen unserer Haut aufeinander schon ist.

»Vielleicht«, murmle ich sanft, mein Blick klemmt sich an Jareds Schulter, »vielleicht funktioniert die Welt nicht einfach. Vielleicht sind Dinge nicht immer klar. Logisch. Gut. Böse.«

Ein angewiderter Ausdruck blitzt auf, als Jared sich von mir losreißt und einen Schritt Abstand zwischen uns bringt.

»Willst du damit sagen, es ist *gut,* dass mein Großvater nicht mehr lebt?«

Seine Stimmbänder sind zum Zerreißen gespannt, kaum mehr als ein gerauntes Fauchen entweicht ihnen. Heftig schüttle ich den Kopf.

»Nein, natürlich nicht.«

Verwirrung zuckt um seine gekräuselte Nase.

»Was denn dann?«

Resigniert lass ich die Schultern hängen.

»Manchmal täuscht uns das Leben, verwirrt uns mit voller Absicht. Licht bringt anderen Schatten, hat aber selbst keinen. Verstehst du?«

Anspannung liegt wie schwerer Rauch in der Luft. Dicht, fast greifbar, dass ich kaum zu Atem komme. Die Brust zerspringt mir, als würde ein Elefantenbaby darauf picknicken. Wie ein Ertrinkender rudere ich nach Rettung. Erlösung. Wären Menschen Elemente, Jared wäre Wasser, würde mich am Verdursten hindern, aber gleichzeitig ertränken. *Bitte,* flehe ich ihn in Gedanken an, *sag doch was!* Nach Sekunden, die sich zu Minuten aufblähen, versucht sich Jared an einem zaghaften Lachen.

»Das Leben ist ja fast so verkorkst wie dein kleiner Poetenarsch.«

Das Leben ist nicht nur verkorkst, sondern eigentlich wie eine Playlist auf Zufallswiedergabe. Man weiß nie, was man kriegt. Also tanzen wir auf Glas. Mit Scherben im Kopf, Löchern im Herzen und einer Seele in Fetzen.

Am nächsten Tag hat sich der Schock über meinen Stiefvater etwas gelegt, weshalb ich wieder anfangen kann, rationaler zu denken. Ich muss herausfinden, warum er hier ist. Was er vorhat. Außerdem muss ich endlich klarstellen, was an der Sache mit meinem Vater dran ist. Am besten wäre, wenn ich eine Möglichkeit finden könnte, Adam zu erreichen. Doch noch bevor ich auch nur irgendetwas beginnen kann, laufe ich Jared über den Weg. Eigentlich will ich mich an ihm vorbeischleichen, damit ich in Ruhe nach einer Antwort suchen kann, da entdeckt er mich.

»Oh, Lou«, ruft er mir über die Schulter zu. »Komm doch bitte schnell mal her. Ich möchte dir jemanden vorstellen.«

»Komme.«

Als ich auf ihn zutrabe, erkenne ich die undeutlichen Umrisse eines Soldaten, der bei Jared steht. Kurz vor den beiden überschwemmt mich eine unbändige Übelkeit, denn ich kann das Gesicht des Soldaten erkennen. Es ist der Anführerwolf, der mich vom Schwarzmarkt hatte entkommen lassen. All meine Energie schwindet, ich schlucke schwer. Das ist doch ein grausamer Scherz.

»Das ist Ryan. Phillip Ryan. Er ist quasi dein Ansprechpartner; wenn du ein Sicherheitsproblem bemerkst, vermittelt er das weiter. Ich muss das Personal einweisen, die Lage hat sich verschärft. Mein Vater hat mich damit beauftragt, da er selbst zu beschäftigt ist.«

Aha, der König will Jared mit Arbeit ruhigstellen. Ich schüttle dem Soldaten die Hand, versuche ihn nicht direkt anzusehen. Bitte, flehe ich, du darfst mich nicht erkennen.

Um von mir abzulenken, richte ich mich wieder an Jared: »Gibt es denn einen Grund, dass mir etwas auffallen sollte?«

»Du hast doch von den Rebellen gehört«, erinnert er mich.

Das Rascheln von Ryans Uniform tobt wie ein Orkan durch den Raum. Ihn so nahe zu sein, ihn atmen zu hören und zu wissen, dass er mein Gesicht erkennen könnte, macht mich schier wahnsinnig. Nichts wie weg hier.

»Ich muss dann auch mal wieder, bin bald im Dienst und darf nicht zu spät kommen. War schön, dich kennenzulernen.«

Ich verbeuge mich knapp und husche davon. Mit Ryans Auftauchen schwankt jedes Gefühl von Geborgenheit. Er kann mich verraten. Wen er sich je klar darüber wird, wer ich bin ... Da könnte ich mich ihm gleich vor die Füße werfen und anflehen, mich zu töten. Panik verseucht mich, ich will nicht, dass Jared die Wahrheit erfährt, zumindest noch nicht. *Ryan.* Sein Name schießt wie Säure durch meine Adern, zwingt mich zu handeln. Ich muss für den Notfall vorbereitet sein. *Eine Waffe,* jault die Angst in mir. Der Ruf nach einer Waffe vibriert stark in meinem Körper, unnatürlich heftig. Als hätte nicht ich, sondern jemand anderes nach einem Revolver geschrien. Wie ich an den Schlafzimmern im Erdgeschoss vorbeistreife, stutze ich. Aber natürlich. Auch einige Soldaten waren hier untergebracht. Und mit ihnen ein kleines Waffenlager. Sicher sein konnte ich mir dessen nicht, aber mit dieser Erkenntnis braut sich ein Plan zusammen. Zunächst beschließe ich, meine Nachmittagspause vor der Spätschicht sinnvoll zu nutzen. Ich würde so lange abwarten, bis ein Soldat seine Unterkunft aufsucht, um sicherzugehen, dass es wirklich seine ist. Sobald er sich auf den Weg zu seiner Arbeit macht, werde ich in dieses Zimmer einbrechen.

Mein gedankliches Ich stellt sich dieses Vorhaben viel einfacher vor als mein wirkliches Ich aus Fleisch und Blut. Denn das steht eine Stunde später schwitzend vor einer Zimmertür und fummelt mit einer Haarnadel am Schloss herum. Gott sei Dank lässt Chiara die Dinger im Schloss liegen wie Brotkrumen. Als wollte sie Gretel mimen und den Weg in ein sichereres Zuhause finden. Aber warum musste ich mir ausgerechnet den vermutlich einzigen Typen im ganzen Schloss aussuchen, der sein Zimmer absperrt?

»Mistding«, fluche ich leise.

Mit einem erlösenden Klick schwingt die Tür endlich wie eine Einladung auf und ich schlüpfe schnell in den Raum. Bevor man mich bemerkt, ziehe ich die aufgebrochene Tür hinter mir zu. Es mieft nach Schweiß und Käsefüßen, ansonsten wirkt das Zimmer wie jedes andere. Hastig beginne ich es zu durchsuchen. Ich habe mich gerade erst zum Bett vorgearbeitet, als ich Stimmen vor der Tür höre. Sie kommen immer näher und ehe ich weiß, wie mir geschieht, werfe ich mich auf den Boden und robbe unters Bett. Keinen Augenblick später höre ich ein verwundertes *Hääää* am Ende des Raumes. Die grollende Stimme des Soldaten fragt halblaut, warum nicht abgeschlossen ist. Er ruft jemanden zu – ich kann nicht ausmachen, wem –, dass er wohl vergessen hat abzuschließen. Ich presse mich weiter unters Bett. Mein Herz hämmert schmerzhaft. Memo an mich: Keine überstürzten Pläne mehr. Nie wieder! Straßenschuhe tauchen vor dem Bett auf und fegen jeden Rest Mut in mir weg.

Bitte, schreie ich in Gedanken auf, bück dich nicht. Geh einfach wieder. GEH! Als hätten ihn die Schwingungen meines Wunsches vertrieben (oder aber die Rufe seines Kumpels), entfernt er sich wieder, knallt die Tür zu. Erleichtert keuche ich auf. Der Staub unter dem Bett kitzelt mich, ich niese, dass es meinen ganzen Körper schüttelt. Ächzend krabble ich wieder unter dem Bett hervor, stemme mich hoch und überlege fieberhaft, wo ich noch suchen könnte. Ich drehe mich einmal im Kreis. Das Bad, das Bett und das Nachtkästchen habe ich bereits erfolglos durchsucht, wo könnte ich noch nachsehen? Wo noch? Schließlich fällt mir der Kleiderschrank ein. Ein Versuch ist es wert, also steuere ich drauf zu, reiße die Doppeltür auf und fange vorsichtig an, zwischen Hemden und Hosen zu wühlen. Bei den Socken schließlich verirrt sich etwas Hartes und Kaltes in meine Finger. Plötzlich halte ich einen Revolver in den Händen. Er funkelt gierig auf, als dürste es ihn nach Blut. Meine Finger krampfen sich um ihn und ich kann nicht sagen warum. Wollen sie den Revolver davon abhalten, an meine Schläfe zu kriechen, oder wollen sie ihn dort hinführen? Ist ja nicht so, als hätte ich keinen Bock aufs Leben, nur halt nicht auf … meins. Dieser Gedanke kommt mir plötzlich, er schlägt ein wie physischer Schmerz. Angeekelt kontrolliere ich, ob die Waffe geladen ist. Es sind noch drei Patronen darin. Das sollte vorerst reichen, also stecke ich das tödliche Ding in meinen Hosenbund. Der Revolver ist recht klein, weshalb man die kleine Beule, die er in meine Hose schlägt, kaum bemerkt. Ich nehme mir dennoch vor, ihn besser zu verstecken, sobald ich mich wieder in eine Jacke oder einen Pullover werfen kann. Bevor ich zu meiner Schicht zurückkehre, stehle ich mich in mein Zimmer. Mit rasendem Herzen krabble ich unter mein Bett und klemme die Waffe zwischen Matratze und Bettgestell. Vorerst musste das als Versteck reichen. Als ich schwer atmend wieder auf die Beine komme, hämmert es klappernd gegen meine Balkontür. Erschrocken schreie ich auf und fahre in die Richtung des Geräusches herum. Ein unwirkliches Bild bietet sich mir. Vor dem Glas meiner Tür flattert ein Adler und pickt gegen die Scheibe wie ein aufgekratztes Huhn. Bei genauerem Hinsehen hämmert mir das Herz in der Brust. Das darf doch nicht wahr sein! Das braun-weiße Gefieder und diese kleinen Knopfaugen würde ich immer wiedererkennen. Seit der Zeit unserer Kindheit mag das Tier gewachsen sein, aber das ist definitiv Adams und mein Adler. Als Kinder haben wir ihn halb tot bei einem Ausflug in den Bergen gefunden und ihm das Leben gerettet. Danach haben wir ihn wochenlang trainiert, bis wir uns sogar gegenseitig Nachrichten durch ihn schicken konnten. Aber schon sehr lange haben wir ihn nicht mehr dafür eingesetzt, wollten es uns für Notfälle aufheben. Oh Gott! Als ich auf das Tier zuschreite und die Balkontür aufmache, spreizt das sanfte Ungetüm seine riesigen Schwingen und streckt mir fliegend seine Krallen entgegen. Am dürren Fußknöchel ist ein Brief festgebunden, den ich hastig abmache.

»Danke«, flüstere ich und streiche dem Adler über das winzige Köpfchen.

Ich öffne den Brief, halte den Atem an, als mein Blick darüberfliegt. Die krakelige Schrift wurde in Eile auf das gelbliche Papier geschmiert.

Mein Vulkanchen,

ich muss dich warnen. Ihr werdet die Rebellion nicht kommen sehen, also hau ab, solange es noch geht. Dir bleibt ein Monat, höchstens zwei. Vater und ich übernehmen die Führung. Ja, er lebt. Ich erkläre es dir, sobald alles vorbei ist. Wenn du mich je geliebt hast, sieh zu, dass ich dich im Schloss nicht antreffe, wenn wir kommen. Denn niemand nimmt gern Gefangene.

In Liebe

A.

Also hatte Adam von Anfang an recht gehabt. Ach Bruderherz, was habt ihr nur vor? Wie um alles in der Welt wollt ihr ein ganzes Dorf, geschweige denn das Schloss einnehmen? Ich konnte ja nicht mal von innen heraus etwas bewirken. Mit roher Waffengewalt kommt man schon gar nicht gegen das System an. Was wollen sie tun? Auf alles schießen, was sich bewegt? Kopfschüttelnd wende ich das Papier. Da muss doch irgendwo mehr stehen. Eine Erklärung für diese irreale Nachricht. Aber nichts. Da ist nichts. Ich haste in mein Zimmer, öffne die Schublade meines Nachtkästchens und greife nach einem Kugelschreiber. Schnell kritzle ich eine Antwort auf die Rückseite.

A.,

wage es nicht, hier aufzukreuzen, bevor ich nicht klar Schiff gemacht habe. Wir können es schaffen, ohne dass ihr euer Leben riskiert. Vertrau mir, wenn alles gut geht, kann ich euch belastendes Material zukommen lassen und ihr könnt alles verbreiten und dem Volk die Wahrheit verkünden. Sei kein Dummkopf. Und erklär mir verdammt noch mal, was das heißen soll: Unser Vater lebt?

In Liebe,

dein Vulkan

Tränen tropfen auf meine Worte, verschmieren sie nicht zu sehr, dass sie unleserlich werden. Haare raufend beschließe ich, den Adler noch mit ein paar Crackern zu füttern, die ich aus der Küche habe mitgehen lassen, und ihn erst danach loszuschicken. Anschließend trete ich meine Arbeit an. Die Worte meines Bruders hängen mir noch lange nach, zerfleischen mich vor Zweifel und Ohnmacht. Was soll ich tun? Wird er auf mich hören? Soll ich Jared Bescheid geben? Warum muss ich entscheiden, wer verdammt noch mal draufgehen wird? Auf dem Weg zur Küche stutze ich. An den Wänden prangen riesige Familienportraits der Königsfamilie. Abartig verzerrte Fratzen, wie nur gefälschte Aufnahmen sie zur Schau stellen können. Auch von uns gibt es ein altes Familienfoto, auf dem ich mich auf einer Bank von meiner Mum und ihrem Widerling wegdrückte, während Adam hinter uns stand, alles überblickte wie ein schützender Vogel. Ich konnte nicht viel Abstand zwischen mich und meinen Eltern – oder was auch immer Mum und ihr Typ für mich waren – bringen. In Wirklichkeit trennten uns nur Zentimeter auf der knallroten Parkbank, die uns als Requisit diente. Die Augen ausgespült von Tränen, unnatürlich groß in mein Gesicht geklatscht. Meine Finger gruben sich in meinen Hals. Stachen in den Knutschfleck, der mir unter der Haut brannte wie Tinte. Damals schwor ich mir, dass diese Brandmarke auf keinem Bild zu sehen sein würde. Schlimm genug, beschmutzt zu sein, das musste nicht auch noch festgehalten werden. Diesen Triumph wollte und konnte ich meinem Stiefvater nicht überlassen. Genau deshalb lachte ich nicht in den frischen Herbsthimmel, sondern ihm in sein Drecksgesicht, als das Foto geschossen wurde. Lachte mit allem, was ich hatte. Lachte wütend. Mit ausdruckslosen Höhlen, wo mal meine Augen waren. »Lou heult schon wieder, oder?«, blaffte mein Stiefvater den Fotografen an. Der schüttelte jedoch sachte seinen Kopf, mit einem Zucken um die Mundwinkel. »Nein«, schmunzelte er. »Sie strahlt am meisten.«

Das war das Ding mit dem Zerbrechen: Du lernst zu lächeln. Dieses Foto habe ich nur wegen Adam behalten, es war mir lange ein Trost gewesen, ihn einfach ansehen zu können, als ich mich für das raue Leben auf der Straße entschied. Wenige Wochen nachdem das Foto geschossen wurde, floh ich von zu Hause. Nicht ohne vorher Adam alles zu gestehen. Wäre ich nicht gewesen, mein Stiefvater würde nicht mehr leben. In meinem ganzen Leben habe ich Adam nur einmal völlig außer sich erlebt. Und das wollte ich in nächster Zeit auf keinen Fall nochmals provozieren. Stundenlang musste ich auf ihn einreden, dass er Liam nicht halb tot schlagen, sondern lieber auf Mum aufpassen sollte, wenn ich weg bin. Irgendwann knickte er ein, aber nur unter der Bedingung, dass er sich auch weiter irgendwie um mich kümmern durfte. Das tat er dann auch so gut er konnte.

Tage später zerrt mich Jared in eine dunkle Ecke des Schlosses und fährt mich prompt wieder an.

»Was ist nur los mit dir? Ich weiß nie, woran ich bei dir eigentlich bin«, will er frustriert wissen.

»Seit du da bist, sind meine Lichter nicht einfach an. Nein, sie brennen mir die verflixte Birne durch, Jared!«

Zaghaft kommt Jared einen Schritt auf mich zu. Er senkt seinen Blick auf meine Wimpern.

»Du«, presst er irgendwo aus der Tiefe hervor, »machst mich besser.«

Instinktiv will ich zurückweichen, doch dann knurrt er: »Hör auf damit.«

Warum? Warum können wir uns nicht einfach mal *nicht* streiten?

»Hör auf damit. Hör auf damit. *Hör auf damit*«, flüstert er mit einem Schluchzen, während er seine Stirn an meine drückt.

Unfähig, mich zu bewegen, starre ich ihn aus wässrigen Augen an.

»Treib mich lieber weiter in den Wahnsinn. Auch wenn es uns beiden die Birne zerfetzt. Fang endlich an, mich zu mögen.«

»Das tue ich doch«, stoße ich entrüstet aus.

»Aber es sieht einfach oft nicht danach aus, als ob du mich … mögen würdest.«

Seine Worte treffen mich richtig unvorbereitet, sodass ich keinen Schimmer habe, ob ich lachen oder weinen soll.

»Warum muss man immer so aussehen, wie andere es erwarten? Und was heißt das überhaupt? Man sieht mir ja auch nicht an, dass ich ins Fitnessstudio gehe, aber trotzdem könnte ich deinen doofen Arsch zum Erdkern befördern.«

Jared gestikuliert mit einem Lachen, um mich zu unterbrechen, aber ich lasse ihn nicht.

»Schon gut, vielleicht nicht bis zum Erdkern«, lenke ich ein, »aber der Punkt ist doch: Wen interessiert es, wie verknallt sein oder Romantik in den Köpfen der anderen zu sein hat. Lass mal Kerzenschein und Rosen links liegen und uns stattdessen im Mondlicht auf Dächer klettern.«

Unverhofft drückt Jared seine warme Hand in meinen Rücken und schmiegt sich an mich.

»Soll das etwa ein Date werden, Mister Sawyer?«

»Was sonst?«

Manche würden es spontan nennen, andere dumm, aber in dieser Nacht schleichen Jared und ich aufs Schlossdach. Im obersten Stock führt eine ziemlich morsch aussehende Strickleiter durch eine schmale Luke aufs Dach. Mit etwas Mühe quetschen wir uns durch und finden uns in einem Meer aus Sternen wieder. Ohne nachzudenken, taumle und tänzle ich über die Welt.

»Kannst du das bitte sein lassen?«, brüllt Jared und reißt mich am Handgelenk vom Abgrund weg.

Mit einem leichten Ruck stoße ich rücklings gegen seine Brust, während er einen Arm von hinten um mich schlingt. Ferngesteuert und als hätten meine Finger nie etwas anderes getan, streifen sie sanft über Jareds Unterarm. Warum er mich angeschrien hat? Als ob ich vorgehabt hätte, mich vom Dach des Schlosses zu stürzen …

Zumindest nicht heute Abend.

»Der Tanz auf der Dachkante ist genau das, was das Leben ausmacht«, versuche ich ihm klarzumachen. »Du weißt nie, wann du einen Schritt zu weit gehst, stolperst oder fällst. Die Dunkelheit fischt nach dir, bis sie dich schließlich an den Abgrund lockt und in die Tiefe zerrt.«

Plötzlich lässt mich Jared los und wirbelt mich herum, sodass er mir in die Augen schauen kann. Er legt beide Hände an meinen Hals und zieht mein Gesicht näher zu sich. Eine Falte bildet sich zwischen seinen Brauen. Die Nase leicht runzelnd, bedeckt mich Jared mit einem seiner sorgenvollen Blicke, als wäre er mein großer Bruder.

»Ja, jeden Tag passieren schlimme Dinge, auf die wir keinen Einfluss haben …« Schmerz flammt in seinem Gesicht auf und er legt seine Stirn an meine. »Aber es macht einen Unterschied, ob du einen Tiger im Käfig beobachtest, der ausbrechen und dich anfallen könnte … oder ob du mit ihm kuschelst. Während einer Hungersnot. Voller Blut.«

Hinter seinem Blondschopf färbt sich der Himmel langsam von Tinte zu Babyblau. Lila Wolken kriechen über den Horizont und lassen Jared strahlen. Ein Meer aus lilafarbener Watte zieht über uns hinweg, während ich die Arme um Jared lege. Herz an Herz geklatscht, halten wir einander fest und einen unperfekten Moment lang ist alles perfekt. Ein weiterer Erinnerungssplitter für mein Kaleidoskop aus Liebe, Blut und Tränen.

Jared

Zögernd löst sich Lou aus unserer Umarmung. Er berührt mich kurz am Ohr und lässt sich dann auf das Dach sinken, rutscht bedacht vor bis an die Kante.

»Komm, setz dich«, versucht er mich zu ermutigen, während er mit der Hand auf den Platz neben sich klopft. Staub wirbelt durch die Luft, hüllt Lou in einen Nebel aus Dreck und den ersten Sonnenflecken. Er muss husten und schon tauche ich zu ihm in den Nebel. Meine Finger schlagen gegen seinen knochigen Rücken und nun mischt sich auch ein elektrisches Flirren in unser Nebelmeer. Ob er es spürt? Ob er denkt, ich wäre anders? Oder fühlt er genauso? Irritiert ziehe ich meine Hand zurück und starre Lou einfach an. Der Zwiespalt in mir droht mich von einem Extrem ins nächste zu stürzen. Doch Lou merkt davon nichts. Er lässt seine Füße über den Rand des Daches baumeln, lacht dabei. Lacht er den Tod oder mich aus? Als ich seinem Blick folge, verstumme ich. Unter uns erstreckt sich eine Weite, wie ich sie noch nie gesehen habe. Ein Flickenteppich aus Wäldern, Wiesen und Sümpfen ergießt sich unter unseren Füßen und vergnügt strecke auch ich meine Zehen über den Abgrund. Wind peitscht uns entgegen und ich fühle mich, als würden wir über die Welt hinwegrauschen. Überhaupt ist mir immer zum Fliegen zumute, wenn ich bei Lou bin.

Lou

Als wir uns nach der schönsten Nacht meines Lebens zurück ins Schloss schlurfen, fühle ich mich schwer und elend. Ich will sie nicht zurücklassen, diese zwei glücklichen Menschen auf dem Dach. Es ist, als ließen wir unsere eigenen Gespenster zurück. Abdrücke der Zukunft, des Glücks. Ein undefinierbarer Nebel der Wünsche.

»Woran denkst du gerade?«, fragt Jared, während wir nebeneinanderher schlendern.

»Daran, dass sich das da oben wie eine Luftblase angefühlt hat. Und trotzdem war dieser kleine Raum unserer. Und stark wie Beton. Niemand konnte uns wehtun. Nicht mal Emil.«

Jared stößt ein Zischen aus, als wäre er eine kurze Ewigkeit lang unter Wasser gedrückt worden.

»Was ist …?«, hake ich nach.

Abrupt bleibt er stehen, beißt sich auf die Unterlippe. Sanft fasse ich ihn an den Schultern, drehe ihn zu mir. Aber er wagt es nicht, mich anzusehen.

»Ich merke doch, dass was nicht stimmt. Spuck es aus.«

»Dass Emil sich dermaßen danebenbenehmen würde, hätte ich nie gedacht. Das tut mir leid.«

»Muss dir doch nicht leid tun«, antworte ich verdutzt. »Du kannst ihn doch nicht steuern. Ist ja nicht deine Schuld …«

»Doch, ist es«, sagt Jared scharf.

»Wenn du keine Schleimscheißerschnecke aus dem All bist, die sich an den Köpfen der Leute festsaugt und ihre Gehirne manipuliert, wirst du mir wohl erklären müssen, wie um alles in der Welt das bitte *deine* Schuld sein soll?«

Sein rechter Mundwinkel hüpft ein wenig nach oben angesichts meiner frechen Antwort, aber die Traurigkeit in seiner Miene kann er trotzdem nicht verbergen.

»Ich wollte euch verkuppeln. Hab ihm sogar Geld dafür gegeben.«

Urplötzlich fühle ich mich verraten. Schmutzig. Benutzt. Wie kann er es wagen?

»Das glaube ich dir nicht. Das würdest du mir nicht antun, Jared.«

Verletzt bohre ich meine Finger in meinen Oberarm.

»Es tut mir leid. Er … er war mein Freund und ich dachte, er versteht, wie ich das meine. Ich wollte doch nie …«, flüstert es durch den düsteren Korridor.

»Jared, du Idiot!«

Meine Fäuste prallen wütend gegen seine Brust.

Den Tränen nahe kann ich nur daran denken, wie sehr er alles versaut hat. Wie kann … wie kann er mich verkuppeln wollen? Und das mit so einem Widerling? Noch dazu mit einem Jungen. Was bin ich für ihn? Sein neuestes Sozialprojekt? Ein bemitleidenswerter Homo-Junge, der ohne seine Hilfe keinen abbekommt? Danke, aber nein danke! Ich bin Lou. Ein Mädchen. Blöderweise eines, das Jared liebt. Aber Jared liebt Lou nicht, sonst würde er sie wohl kaum an ihre Mitmenschen verfüttern wie Toast an Tauben.

Jareds Finger graben sich grob in meine Schulter. Wütend verziehe ich meine Lippen zu einer hässlichen Fratze und will ihm etwas von dem Schmerz zu kosten geben, den er in mir verursacht hat. Erneut wollen meine Hände nach ihm schlagen. Jedem Zentimeter Jared, den sie zu fassen bekommen, wehtun. Gerechtigkeit hin oder her. Schmerz bleibt nun mal Schmerz. Liebe ist ein einziger Schmerz.

»Würdest du wohl damit aufhören?«, faucht Jared und bleckt seine Zähne.

»Warum?«, ein hässliches Schniefen schnürt mir den Hals zu. »Weil du stärker bist? Besser? Liebenswerter?«

»Ich bin nicht stark oder liebenswert. Ich bin *nicht* okay. Ich bin nur hier und will … will …«

»WAS … Was willst du, Jared?«

Jareds Hand trifft mich mit voller Wucht ins Gesicht, es fühlt sich jedoch eher wie ein Schlag in den Magen an.

»Dich. Dich. DICH WILL ICH«, brüllt er.

Warum um alles in der Welt regt ihn das auf? Seit ich ihn kenne, weiß ich, was es wirklich heißt, zu lieben: Es ist Tagträumen mit geschlossenen Augen. Denn für die guten Dinge im Leben machen wir die Augen zu. Für die Überraschungen. Die Geburtstagskerzen. Fürs Wünschen und Küssen.

»Aber, wenn du mich magst, warum …?«, wispernd vergrabe ich mich in seinen Blick.

Eine Welle aus Sehnsucht bricht über mir zusammen, aber so schnell sie mich überschwemmt, zieht sie sich auch wieder zurück.

»Warum ich dich verkuppeln wollte?«

Ich nicke stumm, weil ich Angst habe, dass meine Worte diesen Augenblick zerschlagen könnten.

»Ich wollte herausfinden, ob du … Na, du weißt schon …«

Sanftes Rot umspielt seine Nase.

»Ob ich schwul bin?«, frage ich lachend.

»Ja. Und?«

Wahrheitsgemäß schüttle ich den Kopf. In Jareds Augen bekriegen sich Erleichterung und Enttäuschung.

»Aber hetero bist du auch nicht, oder?«, stellt Jared nüchtern fest, als würde er ein Auto auf Fehler abklopfen. »Was bist du dann?«

Grinsend drücke ich meine Nase an seine.

»Allergisch aufs Militär und Schubladendenken?!«

Jared

In der darauffolgenden Nacht beschließe ich, einen Streifzug durchs Schloss zu unternehmen, um selbst etwas über Lou in Erfahrung zu bringen. Bisher hat Emil zwar ausprobiert, ob sich etwas zwischen ihnen entwickeln könnte. Aber er konnte oder wollte mir nichts über die Sache mit Lous Augen sagen. Nach Stunden des Schnüffelns wird mir klar warum. Nichts. Ich kann absolut keine brauchbaren Hinweise finden. Als ich gerade resignierend in mein Zimmer zurück will, sehe ich Ryan wie einen wachsamen Panther durch das Stockwerk schleichen. Normalerweise würde mich das trotz der Uhrzeit nicht weiter stören, doch irgendetwas an Ryans Art – seinem verzogenen Gesicht, den tiefen Falten auf der Stirn und den zitternden Händen – macht mich stutzig. Er ist zwar noch nicht lange bei der Armee, aber weil er so jung schon einen hohen Rang erklommen hatte, blieb er mir im Gedächtnis. Ich erinnere mich an ihn als jemand, der mutig war. Stark. Furchtlos. Aber auf eine kluge Art. Klug genug, nicht spätnachts umherzulaufen und jedermann misstrauisch zu machen. Ich runzle die Stirn, entscheide mich im Bruchteil einer Sekunde dazu, ihm zu folgen. Das Dunkel der Nacht drückt auf das Schloss, hüllt es in schillernde Schatten. Bleibt nur zu hoffen, dass sie mich genug verschlucken, damit der muskulöse Offizier mich nicht bemerkt. Um zahlreiche Ecken gehetzt, beginnt mein Atem schneller zu gehen und meine Füße härter aufzuschlagen. Mein Herz hämmert mindestens mit der Lautstärke eines Vorschlagshammers, was es für mich unerklärlich macht, warum er mich noch nicht bemerkt hat. Aber wahrscheinlich wird er von seiner eigenen Furcht derart getrieben, dass er nicht mal einen Elefanten im Kühlschrank hinterfragen würde. Nachdem wir eine Seitentreppe hinabgeschlichen und an der Küche vorbeigehuscht sind, bleibt er im Schatten eines Seitenganges abrupt stehen. Ich habe gerade genug Abstand gehalten, dass mir das Verklingen seiner Schritte sofort auffällt und ich mich an einer Abzweigung weiter hinten verstecken kann. Dennoch höre ich seine brüchige, keuchende Stimme ganz deutlich:

»Mein König, habt vielen Dank, mich zu später Stunde zu empfangen.«

»Selbstverständlich«, hallt das dumpfe Grollen meines Vaters durch die Gänge. »Handelt es sich doch um eine Angelegenheit, die keinen Aufschub duldet.«

Ich spähe vorsichtig um die Ecke und sehe, wie die beiden mit besorgten Mienen beieinanderstehen. Münder und Augen grimmig verzogen.

»Ich glaube, wir haben *sie* gefunden. Mehr oder weniger.«

Geistesabwesend streicht sich mein Vater über den dicken Bauch. Er zieht die Augenbrauen zusammen.

»Und Ihr seid ganz sicher, dass es sich um *das Mädchen* handelt?«

Übelkeit spült durch meinen Körper, die Nackenhaare stellen sich mir auf. Erst ein paar unschöne Male habe ich gehört, dass mein Vater dieses Mädchen erwähnte. Für ihn war sie stets *das Mädchen.* Sie würde die Gene revolutionieren. In ihren Adern fließe das dreckigste und gleichzeitig wertvollste Blut. Reinrassiges Mischblut, wenn man so will. Als Kind habe ich fasziniert den seltenen Geschichten um die Legende dieses Mädchens gelauscht. Aber geglaubt habe ich nie daran.

»Zweifellos. Sie ist allem Anschein nach im Schloss untergekommen. Jemand hat Spuren beim Rumschnüffeln hinterlassen. Wenn ich richtigliege, kann das nur heißen, dass sie wirklich hier ist und auf unser Geheimnis stoßen wird. Und … ich fürchte, mein König, das ist meine Schuld.«

Ryan senkt den Kopf, starrt meinem Vater auf die Schuhe. In mir überschlägt sich alles. Sie ist hier? Dieses dumme, arme Ding. Kopfschüttelnd kann ich nur daran denken, wie absolut jede einzelne dieser Geschichten – egal, wie viel Wahrheit oder Lüge in ihr lag – endete: Sollte es dieses bedauerliche Wesen mit genetischer Übermacht tatsächlich geben, musste sie verschwinden. Als sie noch abstrakt und unreal war, kam mir ihr Tod natürlich vor. Irgendwie notwendig. Sie war wie eine dieser bösen Hexen in einem Märchen. Der Feind. Jemand, den man in den Ofen stecken musste, weil er für eine Bedrohung stand. Und alles Schlechte dieser Welt. Aber nun … Ich lehne mich an die kühle Wand, bemühe mich, ihre Kälte aufzusaugen, um das Flattern meiner Nerven zu beruhigen. Nun, da sie zu einem Mensch aus Fleisch und Blut geworden ist, wünsche ich der Fremden ein Happy End, nicht den Tod. Ein hässliches *Platsch* zerrt mich unsanft in die Wirklichkeit zurück. Gefolgt von Gebrüll und Gestöhne. Hastig huscht mein Blick wieder um die Ecke. Was ich sehe, stellt mir die Härchen an den Armen auf. Mein Vater krallt seine Finger in den Kragen von Ryans Hemd, reißt ihn abwechselnd vor und zurück.

»Ich fasse es nicht«, schreit er. »Unerhört. Eine Sauerei. Eine Sauerei. Köpfen sollte man Euch. Hängen solltet Ihr.«

Seine gefletschten Zähne blitzen im schummrigen Gang immer wieder auf.

»Bitte«, das Flehen in Ryans brechender Stimme schickt mir kalt-heiße Stürme den Nacken hinab. »Bitte, hört auf. Ich bin der Einzige, der ihre Identität aufdecken kann. Ihr. Braucht. Mich.«

Einen Moment lang überlege ich ernsthaft, mich in den Gang zu stürzen und meinen Vater von Ryan wegzuzerren. Doch bevor ich diese Dummheit in die Tat umsetzen kann, lässt er Gott sei Dank von ihm ab.

»Das ist der einzige – der *einzige* – Grund, warum Ihr leben werdet. Und wenn Ihr diesen Zustand beibehalten wollt, rate ich Euch, mir erst wieder unter die Augen zu kommen, wenn Ihr sie gefunden habt, Ihr miese kleine Ratte.«

Ein letztes Knurren und mein Vater wirbelt davon. Ryan rutscht an der Wand auf den Boden, verbirgt sein Gesicht in den Händen. Sein Schluchzen hallt durch die Nacht. Leise tapse ich davon, Grauen schüttelt mich. Wie gerne würde ich für Ryan da sein, auch wenn wir uns kaum kennen. Aber ich kann ihm wohl kaum dabei helfen, ein Mädchen wie ein Lamm zur Schlachtbank zu führen. Das arme Ding. Sie ist die Beute und wir die Jäger. Das wäre unmenschlich. Die Zähne aufeinanderschlagend beschließe ich, sie auf eigene Faust zu suchen. Ich werde sie finden und dafür sorgen, dass sie vom Hof verschwindet. Leise jault es in mir, dass dies für Ryan wohl kein gutes Ende nehmen wird. Kopfschüttelnd vertreibe ich den Gedanken an sein Schicksal. Man wird ihn wohl kaum bestrafen, bloß weil das Mädchen nicht mehr aufzufinden ist. Ryan trifft keine Schuld, rede ich mir immer wieder gut zu. Solange er nicht mit dem Mädchen erwischt wird, würde er schon durchkommen. Aufregung saugt sich in mir fest, klebt mir im Kopf wie eine Made. Wer ist sie? Was verschlägt sie hierher? Was will sie? Ist ihr Blut wirklich dem unseren überlegen? Mein Instinkt bestärkt mich, der Sache nachzugehen. Irgendetwas stimmt nicht daran, dass mich dieses Mädchen durcheinanderbringt, obwohl ich seit Jahren nicht mehr an sie gedacht habe. Obwohl sie nicht mehr als ein Traum sein kann. Eine Legende. Aber auch Legenden leben nicht ewig. Und das ist auch gut so. Allerdings sollten sie nicht in der Hülle eines Teenagermädchens sterben. Das Luftholen fällt mir schwer. Der Staub frisst sich durch meinen Körper, lässt mich husten.

In meinem Zimmer werfe ich mich auf mein Bett, lege einen Arm über meine Augen. Mir den Kopf zermarternd, komme ich dennoch zu keiner Lösung. Dafür wusste ich einfach zu wenig über dieses Mädchen. Wen könnte ich aushorchen? Wer könnte über sie Bescheid wissen? Ich drücke meinen Arm fester auf. *Denk nach,* herrsche ich mich an, *denk nach!* Aber außer einem heftigen Pochen regt sich nichts hinter meiner Stirn. Irgendwann rolle ich mich schließlich zu einem Häufchen Elend zusammen, ziehe eine Decke über mich und rutsche in einen unruhigen Schlaf.

Am nächsten Morgen wache ich grunzend auf, wische mir Spucke aus dem Mundwinkel. Oh, morgens können Menschen echt sexy sein. Die Hände in die Luft reckend, bin ich froh, dass mich noch nie jemand in diesem Morgenmuffelzustand gesehen hat. Ein bisschen muss ich über meinen eigenen Anblick kichern. Aber ein Blick auf die Uhr und meine gute Laune perlt schneller von mir ab, als mir lieb ist. Neun Uhr? Hastig strample ich Decke und Kissen von mir und sprinte ins Bad. Während ich mir Wasser ins Gesicht spritze, um wach zu werden, fluche ich leise vor mich hin. Wie hatte ich nur die ganze erste Stunde verschlafen können? Hoffentlich schaffe ich es rechtzeitig zu Professor Owens Unterricht. Ohne recht darauf zu achten, in welche Klamotten ich mich schwinge, stürme ich aus meinem Zimmer Richtung Klassenraum. Als ich mit einem Hundehecheln ankomme, lehnt Lou in seinem Sessel und grinst mich schelmisch an.

»Na? Verschlafen?«

»Neee«, entgegne ich mit gespieltem Gezanke. »Wie kommst du auf die Idee, Sherlock?«

»Deine Pyjamahose verrät dich ein wenig, Watson.«

Oh Himmel. Nein!, schreie ich innerlich, als ich mich zum ersten Mal richtig betrachte und entsetzt feststelle, dass meine Beine tatsächlich in einer blau-weißen Pyjamahose stecken. Mit hochrotem Kopf lasse ich mich auf meinen Platz fallen, senke den Kopf auf den Tisch.

»Morgen, du Sonnenschein«, zieht mich Lou auf.

Die Retourkutsche für unsere erste gemeinsame Schulstunde. Trotz der ulkigen Situation, oder vielleicht gerade deshalb, breche ich in schallendes Gelächter aus.

»Jaja, du mich auch, Sawyer.«

»Dich doch immer.«

Ich nehme Lou in den Schwitzkasten, strubble ihm über den Wuschelkopf.

Professor Owens unbeholfenes Räuspern unterbricht das Gerangel und wir fahren auseinander. Sein plötzliches Auftauchen lässt mein Herz schneller pumpen.

»Guten Tag allerseits«, spricht er verschmitzt. »Wenn wir uns nun auf den Unterricht konzentrieren könnten, wäre mir dies ein ebenso großes Vergnügen.«

Peinliches Schweigen bettet sich über uns, während uns Professor Owen tadelnd ansieht. Er kramt zwei schwere Bücher aus seiner Aktentasche, lässt sie auf den Tisch krachen. Erst sein ernster Ausdruck erinnert mich an meinen Vorsatz von letzter Nacht. Warum habe ich nicht gleich an den Geschichtsunterricht gedacht? Meine Hand schnellt in die Höhe.

»Was gibt es denn, bevor wir anfangen, Mister Camper?«

»Mir ist da etwas zu Ohren gekommen und ich kann mir einfach keinen Reim darauf machen.«

»Und das wäre?«

»Eine Legende. Ein Mädchen, dessen Gene alles bisher Dagewesene in den Schatten stellt.«

»Ach Sie wollen über ein Märchen reden?«

»Ein Märchen, Sir?«, hake ich ungläubig nach.

»Gewiss, Junge. Niemand glaubt wirklich an dieses Mädchen und sein übernatürliches Blut. Angeblich soll sie immun gegen Krankheiten sein und eine ausgezeichnete Wundheilung ihr Eigen nennen. Aber bei allem, was heilig ist, das kann es nicht geben.«

»Aber wenn es doch Menschen gibt, die daran glauben. Wenn sie dieses Mädchen unbedingt finden wollen«, setze ich unsicher an. »Was würde ihnen dieses Blut bringen?«

»Vermutlich reden sie sich ein, dass man sie lange genug erforschen kann, bis man einen Trank ableitet, der ebenso stark, ja beinahe unbesiegbar macht. Es wäre dann viel schwerer, betreffende Person zu töten, aber selbstverständlich nicht unmöglich. Und ich könnte mir auch vorstellen, dass man das Mädchen dann tötet und seine Blutlinie ausradiert. Damit einem allein die Macht dieses Tranks gehört. Aber warum spekulieren wir hier über ein Märchen, wenn wir uns auch der Wirklichkeit zuwenden können?«

Ich runzle nachdenklich die Stirn. War es das, was sich mein Vater erhoffte? Macht? Den Trumpf, über alle Seuchen erhaben zu sein?

»Das ist doch Wahnsinn«, stelle ich bang fest.

»Willkommen im Leben, Camper«, zischelt mir Lou ins Ohr.

Marvin

Professor Owen war stets eine Quelle der Ruhe für das Schloss. Die Verlässlichkeit in Person. Man möge sich also meine Überraschung vorstellen, als er mit wirrem Blick und gehetzt auf mich zueilt.

»Professor? Alles in Ordnung?«, frage ich zunehmend besorgt.

Es ist früher Vormittag, sollte er nicht unterrichten?

»Es ist vermutlich nichts allzu Dringliches«, erklärt er, »aber ich komme gerade vom Unterricht mit Jared und diesem Sawyer-Jungen.«

»Und?«

»Und Ihr wolltet Bericht haben, wenn es zu weiteren … unangenehmen … Annäherungen kommt.«

Zorn lodert in mir auf. »Schon wieder?«

»Ich fürchte, Euer Plan hat nicht funktioniert.«

»Dann werde ich andere Dinge in die Wege leiten müssen.«

»Andere Dinge, Majestät?«

»Jared muss verheiratet werden, damit das elende Drama endlich ein Ende hat. Mit dieser neuen Verpflichtung wird die unerhörte Freundschaft zwischen den Jungs endgültig beendet. Außerdem …«

»Außerdem?«, fragt der Professor zaghaft nach.

»Außerdem könnten sich auf diese Weise zwei Reiche zu einem großen vereinigen. Ich habe da schon länger eine Familie im Norden im Kopf. Die Verhandlungen laufen bereits eine geraume Weile. Es wird also nicht viel Zeit in Anspruch nehmen, ein Arrangement zu treffen.«

Jared

Die darauffolgenden Tage versinken in einem Sumpf aus Verzweiflung. Meine Nerven sind ununterbrochen zum Zerreißen gespannt. Der Schädel droht mir zu zerplatzen, zu oft stürze ich mich in eine wilde Theorie nach der nächsten. Zwischenzeitlich habe ich nachgeforscht, aber nur noch mit dem Ergebnis, dass ich stets verbissener nach dieser verschollenen Legende suche. Auch Ryan und mein Vater können ihre Angespanntheit nicht länger verbergen, stellen das ganze Schloss auf den Kopf. Jedes Mal, wenn unsere Wege sich kreuzen, könnte es das letzte Mal sein. Und nach Stunden der Suche bleibt nur ein Mensch, den ich noch nicht verdächtigt habe. Lou.

Lou

Nachdem sich Jared dieser Tage besonders griesgrämig und geheimnistuerisch gibt, werde ich das Gefühl nicht los, dass er mich loswerden will. Ständig diese Blicke. Der Zweifel. Der Ekel. Und als er mitten in meinem Dienst in der Küche auftaucht, um mich erneut skeptisch zu mustern, platzt mir der Kragen. Ich will in Ruhe das Püree vorbereiten, aber nicht mal das darf ich mehr. Gott sei Dank sind alle anderen in der Pause.

»Ich werde noch wahnsinnig mit dir. Du machst es mir echt schwer, dich lieb zu haben. So viele Geheimnisse. So viele Abgründe. Ich kann sie fühlen und du lügst einfach weiter, Lou.«

»Na los, dann tu dir keinen Zwang an, Camper. Schrei mich an. Knall die Türen. Verpiss dich doch *endlich,* wie es immer alle tun! Aber hör auf, mir nachzustellen, wenn es dich ach so fertig macht.«

Tränen der Wut brechen aus meinen Augenwinkeln hervor. Kann man die nicht wegsperren? Warum muss ich immer flennen? Es ist zum Mäusemelken. Meine Fäuste verkrampfen sich. Eine Millisekunde lang dachte ich wirklich und vollkommen, Jared wäre *mein* Idiot. Aber in Wahrheit ist er einfach nur ein Idiot. Bloß einer dieser Vollpfosten, die einen erst dazu bringen, sie zu mögen, und dann Herzen zertreten, als wären sie auf einer verflixten jüdischen Hochzeit. Ich bin aber mehr als zerschmettertes Glas. Mag ich auch in Scherben liegen, irgendwer wird mich schon kleben. Aber das Geklebe hat sich für Jared wohl erledigt, oder wie oft will er mich noch fallen lassen?

»Ich werde meinen süßen Hintern nirgendwo hinschaffen«, raunt er mir zu.

Wie kann er ruhig bleiben, nach dem, was er mir gerade an den Kopf geworfen hat?

»Du bist so unlogisch, dass ich kotzen könnte«, brülle ich aus den tiefsten Abgründen meiner Brust.

Seine Lippen zucken unheilvoll. Sein Grinsen, ein Kratzen auf einer Tafel.

»Warum macht es dich fertig, dass ich nicht gehen will?«

»W-weil alles, was du in den letzten Tagen tust und sagst, danach schreit, dass du mich loswerden willst! Du spionierst mir doch nur hinterher, um mich dabei zu erwischen, wie ich etwas falsch mache.«

»Du bist nicht nur süß, sondern auch noch dumm, Kartoffelchen …«

ICH GEBE DIR GLEICH KARTOFFELN. Voller Wut schnellt meine Hand in den Kübel voller Kartoffeln neben mir, fischt nach einer Knolle und pfeffert sie Jared an den Kopf.

»Autsch«, flucht er und reibt sich mit der Hand über die Schläfe. »Herrgott noch mal! Alles in mir schreit danach, dass du *bleiben* sollst. Und genau deswegen will ich dich loswerden. Ich hab noch nie was ganz gelassen, das bei mir war.«

»Ich hab grad genug Hass in mir, dass es für die ganze Menschheit reichen würde. Und. Zwar. Zwei. Mal!«, entgegne ich schwer atmend.

Aber schon merke ich, wie die Wut in meine Beine sackt und im Boden versiegt.

»Ach Looouu«, seufzt Jared und schenkt mir ein Streuner-Grinsen.

»Looouu mich nicht!«, fauche ich und blase Luft in meine Wangen.

Das bringt Jared nur noch mehr zum Lachen. Oh Gott, wie schön er lacht. Zärtlich legt er seine Finger an mein Gesicht und drückt meine Wangen, sodass ich die angehaltene Luft auspusten muss. Was ein ziemlich unangenehmes Furzgeräusch mit sich bringt. Ich kann ja SO sexy sein. Auf dem Mars vielleicht.

Trotzdem drückt mir Jared seine Lippen auf den Mund.

Dieser Weltraumstreuner zerrt mich doch glatt durchs Universum. Er kann mich durch sämtliche Galaxien und Träume beamen. Stürzt mich auf Planeten, auf denen Liebe kein Schlachtfeld und Schwäche Stärke ist.

»Hass mich ruhig. Ich küss dir jedes schlechte Gefühl weg«, brummt Jared an meinen Lippen. »Und außerdem hältst du dann endlich mal die Klappe.«

Als ich verspielt in seine Unterlippe beiße, seufze ich.

»Ich hasse doch nur, dass ich dich nicht hassen kann. Keine fünf Sekunden lang.«

»Ich will dich auch nicht hassen, dir nicht hinterherspionieren, Lou. Aber das geht nur, wenn wir das jetzt endlich hinter uns bringen. Wenn du ihn mir zeigst.«

Völlig geschockt stoße ich Jared von mir. Er redet doch nicht etwa von …?

»Zeig ihn mir!«, fährt mich Jared an.

Rückwärts stolpernd weiche ich seinen Händen aus, die nach mir fischen.

»Was?«, stöhne ich zitternd. »Wovon redest du?«

Als seine Finger sich grob um mein Handgelenk schließen, weiß ich, dass es zu spät ist. Tränen schießen mir in die Augen. Scheiße.

»Nicht …«, flüstere ich, »bitte nicht.«

Als er meine Hand umdreht und den Ärmel meines Pullovers hochschiebt, spuckt Jared ein grimmiges Brummen aus. Die Innenseite meines Handgelenks entblößt meine zarte rosa Haut. Haut ohne Verletzungen, Narben oder Eingriffe.

»Keine Narbe, also auch kein Chip … Interessant«, faucht er mit dem Ölgrinsen meines Stiefvaters.

Dumm von mir zu glauben, niemand würde kontrollieren, ob ich gechipt bin. Wo sich doch alle mit miesen Genen registrieren lassen müssen. Verdammter Mist. Meine Maske ist gefallen.

Fassungslos starre ich ihn aus großen Augen an, aber ich bringe kein Wort heraus. Nicht so. Nicht jetzt. Nicht, wenn er es weiß.

Plötzlich reißt Jared mich noch näher an sich, sodass seine Brust gegen meine schlägt.

»Ungechipt, heeeh?«

Seine Finger drücken fester zu, als seine Zähne sich in meine Unterlippe schlagen. Er küsst mich nicht, sondern schnappt nach mir. Beißt mich. Biss für Biss ein Zeichen dafür, wo ich hingehöre. Und wohin nicht. Wieder mal wird unser Kuss von Tränen und Blut umspült. Keuchend stößt mich Jared so heftig von sich, dass ich mit dem Rücken gegen eine Wand knalle. Doch keine Sekunde verstreicht, bis er sich schon wieder auf mich stürzt.

»Warum hast du mich angelogen?«, knurrt er an meinen Lippen.

Als ich nicht antworte, lässt er endlich von mir ab und sieht mich verzweifelt an.

»Ich habe gespürt, dass du was planst. Aber ich dachte nicht … nicht dass …«

»Was … was … WAS dachtest du?«, schreie ich. »Dass nur jemand mit schmutzigen Genen dazu imstande ist, zu hassen? Zu rebellieren?«

Zu lieben, setze ich in Gedanken hinzu.

»Nein«, er schüttelt den Kopf, seine blonden Strähnen wirbeln durch die Luft. »Ich dachte nur nicht, dass du mir misstraust.«

Erneut zerrt er meine Hand in seine Klauen und schleppt mich ein Stück weiter zu einer Schublade, von der ich nur zu gut weiß, was darin aufbewahrt wird. Das Besteck scheppert, als Jared die Schublade herauszerrt und sich ein riesiges Küchenmesser greift.

»Jared, was … was hast du vor?«

»Das einzig Richtige«, murmelt er traurig.

Schweigend lässt er das scharfe Metall auf mich niederschnellen.

Ich schreie auf, zucke zurück.

Der Schmerz zieht sich trotzdem über mein Handgelenk.

»Bitte … Auuuuuuuuh …«, brülle ich.

»Das ist zwar nicht besonders ordentlich … aber du kannst immer noch behaupten, die Ärzte hätten's verkackt.«

»W-was?«, stottere ich ungläubig.

»Na, die Narbe? Du brauchst doch eine«, erklärt Jared stirnrunzelnd.

Er geht mit mir um, als hätte *ich* sie nicht mehr alle. Obwohl *er* mich gerade mit einem Messer geschnitten hat! »Was, wenn noch jemand deinen Status überprüfen möchte?«

Sanft drückt er mir ein Geschirrtuch auf den blutenden Schnitt, nachdem er das Messer klappernd in die Spüle fallen lässt. Und einfach so rettet er mich und ist wieder das, was er schon immer war: mein fallschirmloser Sprung vom Himmel. Noch leicht benommen entscheide ich, auch ihn zu retten. Die Rebellen müssen erfahren, dass er auf meiner Seite ist. Dass sie noch länger warten müssen. Dass wir vielleicht sogar mit Jared zusammenarbeiten können.

Aber es dauert grauenhafte drei Tage, bis der Adler meines Bruders wieder an mein Fenster pickt. Panisch zerre ich den Brief von seinem Fußknöchel, woraufhin er entrüstet nach meinem Arm hackt.

»Entschuldige«, murmle ich abwesend, ehe ich erfahre, was mein Bruder mir zu sagen hat.

Vulkan,

seit deiner Nachricht habe ich alles versucht, die Meute zu beruhigen, aber lange gelingt mir das nicht mehr. Was ist da los bei dir? Willst du sterben, oder was?!

A.

In meiner Antwort flehe ich ihn um Geduld an. Nur noch ein, zwei Monate. Nur etwas mehr Zeit. Nur ein bisschen. Nur genug, um endlich auf etwas Brauchbares zu stoßen. Warum bin ich auch so unfähig? Außerdem merke ich mit Schrecken, dass mein Haar ein wenig blasser wird. Ich muss in der nächsten Zeit nachfärben, was einen unangenehmen Besuch im Dorf notwendig macht. Zu viel. Das ist einfach alles viel zu viel.

Jared

Ungefähr ein Monat ist vergangen seit der unschönen Sache mit Lou und dem Messer, aber anstatt uns auseinanderzubringen, hat uns dieser Zwischenfall einander nur noch näher gebracht. Mittlerweile lacht er auch ein bisschen öfter.

»Lou.«

Die Stimme meines plötzlich aufgetauchten Vaters fegt Lous Unbeschwertheit jedoch viel zu schnell wieder weg.

Einen Tick zu mechanisch dreht er sich um, blickt Dad an.

»Ja, Majestät?«

»Bei deiner Unterweisung, mein Lieber, ist uns wohl ein kleines Malheur passiert«, während mein Vater spricht, fixiert er unentwegt Lou. Als wolle er den Moment nicht verpassen, in dem er zerbricht.

Lous Hände zittern leicht. Wie gerne würde ich ihm sagen, dass er keine Angst haben muss. Nie mehr. Nicht mit mir.

Schummriges Licht flackert vergnügt in Dads Blick: »Dein genetischer Status ist zwar *offensichtlich,* dennoch würde ich gern ein ärztliches Attest sehen – von deiner Narbe mal ganz abgesehen.«

Fast schon kann ich fühlen, wie es um Lou kalt wird. Mit einem Lächeln auf den Lippen, das mich frieren lässt (dein Porzellanpuppengrinsen lass mal stecken, Alter!), schreitet er auf meinen Vater zu und zieht sich gleichzeitig den Ärmel am rechten Arm hoch.

»Das«, zischt Papa und sein Blick bleibt an Lous Handgelenk haften, »ist aber sehr unschön.«

Die Herausforderung in seinen Worten klingelt mir giftig in den Ohren.

»Waren wohl nicht die besten Ärzte«, nuschelt Lou.

»Bis Freitag liegt eine neue Bescheinigung vom Krankhaus vor, du kannst das an einem freien Nachmittag erledigen.«

Lou nickt steif und ignoriert sichtlich angestrengt das Herumgescheuche eines Mannes, der sich eigentlich zu benehmen wissen müsste. Mit einem letzten grimmigen Blick verschwindet Dad endlich wieder. Seine Schritte hallen noch lange wider, nachdem er gegangen ist.

»Mist«, flucht Lou und fährt sich durch das zerzauste Haar.

Heute ähneln seine Haare so sehr verbranntem Kuchen, dass ich die Mischung aus Schokolade und Feuer riechen kann. Ohne darüber nachzudenken, ob es ihn oder mich erschrecken könnte, schlinge ich die Arme von hinten um ihn. Das erste Mal, seit der Streuner in mein Leben gestolpert ist, zuckt er nicht zurück. Und da weiß ich es: Wenn wir sterben, dann sterben wir zusammen. Aber ich werde verdammt noch mal dafür sorgen, dass der Penner nicht vor mir abkratzt.

»Was sollen wir jetzt machen, Jared? Die werden mir dieses Attest nie ausstellen …«

Lou löst sich aus unserer Umarmung und dreht sich zu mir um. Auf seiner Lippe kauend, graben sich Lous Nägel in seinen Hals. Gepeinigt hüpft er von einem auf den anderen Fuß. Sein Gezappel macht mich noch nervöser, als es die bevorstehende Krankenhauskatastrophe ohnehin tut.

»Wenn … wenn wir nur jemanden mit schlechten Genen hätten …«, murmelt er nachdenklich.

Wenn, ja was wenn … ich? Langsam rastet in meinem Kopf eine Kette ein und die Räder meiner Gedanken überschlagen sich. Mein Blick fixiert Lous Sommersprossen, die ihm über die Nase tanzen wie Sonnenstrahlen.

»Bevor ich dir *Penner* den Arsch rette – *schon wieder* – muss ich eins wissen.«

Lou erstarrt in seiner Bewegung, zieht eine Augenbraue herausfordernd in die Höhe.

»Nenn mich nicht immer Penner …«

»Ich beschimpf die Leute, die ich gern hab. Hast du ein Problem damit?«, fahre ich ihn an.

Mit einem grimmigen Flackern um die Mundwinkel tritt Lou einen Schritt auf mich zu.

»Deine Schwester beleidigst du aber nie …«

»Ich mag dich ja auch nicht wie eine Schwester, Mann!«

Lou legt eine Hand an meine Wange.

»Wie denn dann?«, flüstert er provozierend.

Meine Finger krallen sich in seine und reißen sie mir vom Gesicht. Verwirrt starrt mich Lou an, während ich seine Hand weiter umklammere.

»Du … du …«, knurre ich, »du bist die reinste Geschmacksverirrung.«

Der Schock in Lous Augen schlägt in Herzschmerz um. Hinter dem Glitzern blitzen Wut und Trauer auf, explodieren in einem einzigen Feuerspeien.

»Warum willst du mich dann retten, P-E-N-N-E-R?«, schluchzt Lou.

Er zerrt an mir, um sich loszureißen, aber ich presse meine Hand nur noch stärker um seine.

»Weil … wenn ich mich schon verirren muss, dann mit dir!«

Sichtlich zerstreut darüber, ob er es hassen soll, mich zu lieben, oder es lieben soll, mich zu hassen, schlägt Lou die Wimpern nieder. Schatten überziehen seine Stupsnase.

»Jared«, Lou haucht meinen Namen, als fürchte er ihn auszusprechen. Weil er in seinem Mund irgendwie sicherer wäre. »Woher soll ich wissen, dass du morgen auch noch mit mir verloren sein willst, anstatt gefunden zu werden?«

»Das ist es doch, was ich von dir hören wollte.«

Ich hole tief Luft, weil ich Angst vor den nächsten Momenten habe.

»Lou, kann ich dir vertrauen? Kann ich mit dir zusammen verschollen bleiben?«

Lou schließt die Augen, ehe er spricht. Für die großen Dinge im Leben tun wir das, hat er mir mal verraten.

»Meine Blutlinie ist genetisch perfekt. Deine Familie will mich tot sehen. Denn ich bin das Mädchen, nach dem alle suchen.«

Fassungslos starre ich den Streuner an – ohne dass ich die volle Wucht seiner Worte realisiere. Angewidert verpasse ich ihm eine, schrecke zurück.

»Du … du … bist gar kein … Nein, was … warte … was?«

Meine Fingerabdrücke prangen rot auf Lous Wange.

»Nein, ich bin kein Junge, aber das hättest du Blitzchecker auch schon längst selbst merken können.«

»Ich habe einfach nicht damit gerechnet. Wer kommt auch auf so eine bescheuerte Idee, verdammt?«

Wütend und verletzt darüber, dass ich wochenlang betrogen worden war, verstehe ich einfach gar nichts mehr.

»Und warum nun? Warum sagst du mir plötzlich die Wahrheit?«, unterbreche ich das sich ausdehnende Schweigen.

»Weil du jetzt mein Leben und mein Sterben bist, Jared. Das sollte dir beweisen, dass ich dir mit allem, was ich habe, vertraue.«

Lou hat mir mit diesem Geständnis praktisch eine Waffe entgegengeschleudert, die entweder *sie* oder mich erschießen wird. Lou als Mädchen zu bezeichnen, fühlt sich merkwürdig fremd an. Als würde ich sie durch ein Fernrohr beobachten. Aber die Frage, wen von uns beiden es treffen soll, bleibt.

Mich. Die Antwort jagt mir Strom durch die Beine, als sie vor meinem Tod davonlaufen wollen. Aber Herz über Kopf habe ich über unser aller Schicksal entschieden. Und in jedem weiteren Leben, zu jeder Zeit und jedem Ort würde ich immer Lous Leben statt ihr Sterben sein wollen.

»Ich geh für dich ins Krankenhaus. Meine Gene sind schlecht genug dafür.«

Obwohl ich ruhig bleiben will, bebt meine Stimme. Die Waffe in meinem Kopf ist auf mich gerichtet. Lou reißt die Augen auf.

»Das kann gar nicht sein«, stellt sie nüchtern fest.

Knurrend antworte ich: »Hab ich mir auch jahrelang eingeredet. Bis ich es nicht mehr ertragen konnte zu warten, und dann habe ich mich einfach als genetisch perfekt ausgegeben. Später, als meine Mutation dann doch endlich einsetzte, merkte ich sehr schnell, dass ich eigentlich ein Brauner bin, aber bis heute habe ich niemandem davon erzählt.«

Lou stellt sich auf die Zehenspitzen und ihre Sommersprossen wirbeln ganz nah vor mir durchs Universum.

»Es geht nicht darum, welche Farbe deine Augen haben. Sondern ob du jemanden so ansehen kannst, dass er das Gefühl hat, als hätte er beim Treppenlaufen eine Stufe verpasst.«

Lou drückt mir einen kurzen Kuss auf die Lippen. Süß und warm. Mit ihr bin ich ständig nur am Stufen verpassen.

Kapitel 4

Hirn an Herz: Mach die Lichter aus!

Jared

Ich werde versuchen, während der Jagd zu verschwinden«, erkläre ich Lou mit einem knappen Nicken. Sie legt ihre Hand auf meinen Oberarm. »Jagd?«, flüstert sie mit Augen groß wie Tennisbälle. Mein Blick schweift in die Ferne. Anschauen mag ich Lou nicht. Der Strom aus Erinnerungen ist kaum zurückzuhalten. Ich stehe da in Stille. Aber in mir reißt und tobt die Flut. Wie Lou mich anstarrt, brennt mir auf den Wangen, direkt in die Seele.

Nein …«, stoße ich mit einem Schwall Luft aus. » Lächerlich, zu behaupten, es wären jene Momente im Leben, die einem den Atem rauben, auf die es ankommt. Atmen kann ich nicht, wenn ich Angst habe. Wenn ich in die Tiefe stürze. Sterbe. Und obwohl ich Lou spüre, bekomme ich kaum Luft. Meine Lungen fühlen sich an, als hätte jemand einen zu großen Luftballon in ihnen aufgeblasen.

»Nein … ich will nicht jagen. Wollte ich nie«, beende ich endlich den Satz.

Vor mir sehe ich noch immer den ersten Bogen, der mir in die Hände gedrückt wurde. Fühle seine Kälte. Rieche das Blut, als die Soldaten ein Tier vor meinen Augen abschlachteten. Ich war sechs Jahre alt. Es war ein Rehkitz. Darauf zustürzend, fragte ich mich, wer da so entsetzlich schrie. Es schickte mir Schauer über Ärmchen und Beinchen. Meine Hände drückten auf die Wunde des Tieres, doch das Blut brach zwischen meinen Fingern hervor. Wie ein Bach, der sich durch Stein frisst. Die warme Brust des Kitzes blähte sich auf und mit einem Seufzer entwich das Leben daraus. Das Schreien wollte und wollte nicht aufhören. Schrill und fremd hallte es in meinem Kopf. Sei doch endlich leise! Still, nur still. Meine Hände auf die Ohren pressend, wünschte ich mir, das wäre ein Albtraum. Ich wollte aufwachen. Dringend wach sein. Einer der Soldaten hockte sich neben mich. Sein zerfurchtes Gesicht war starr und ausdruckslos. Er berührte mich an der Schulter. Es war nicht mehr als ein Tätscheln, aber es zerrte mich von dem toten Tier weg und das Gebrüll riss ab. Die ganze Zeit über hatte ich selbst geschrien. Und das erste Mal musste ich feststellen, dass ich inmitten einer Menschentraube stehen und mir die Seele aus dem Leib brüllen konnte – ohne dass es auch nur irgendjemanden wirklich kümmerte.

Einen Tag später, als ich mich aufmache, an der nächsten Jagd teilzunehmen, grüble ich immer noch über das Rehkitz von damals nach. Am Versammlungsort – dem Waldrand hinter dem Schloss – angekommen, zähle ich fünfzehn Köpfe. Fünfzehn. So viele hat mein Vater also für die Jagd zusammengetrieben, aber er selbst kommt fast nie mit. Unter den Menschen erkenne ich Adelige und deren Kinder. Ein oder zwei Mal im Jahr geben sie sich gezwungenermaßen mit ihrem Nachwuchs ab, um nicht als Rabeneltern dazustehen. Aber genau das sind sie, wenn sie ihre Kinder vom Internat zerren, um sie zum Töten anzustiften. Außerdem haben sich einige Soldaten unter die Gruppe gemischt. Angeblich sind diese leblosen Schachfiguren zu unserem Schutz da, doch wenn man mich fragt – nur mich fragt niemals jemand –, sollte man das Volk vor uns schützen und nicht umgekehrt.

Mittlerweile ist es keine Frage mehr, ob sich die Rebellen für die Verbrechen meiner Familie rächen, sondern nur noch wann. Einen Moment lang rauschen Bilder durch meinen Kopf, wie wir überfallen und gefangen genommen werden. Mein Nacken glüht und meine Fingerspitzen werden taub. Vor meinen Augen sehe ich einen Rebell mit seinem Schwert auf mich zustürmen. Doch statt zurückzuzucken, lächle ich. Gewöhnlich lasse ich die Bilder irgendwann abreißen, immerhin liege ich blutend am Boden – doch diesmal ist es anders. Diesmal schiebt sich Lou über mich und drückt ihre zarten Hände auf meinen Bauch; all das Blut. Nicht nur Lous Gesicht, sondern auch mein Herz ist tränenverschmiert bei der Vorstellung, sie allein zu lassen. Und plötzlich will ich zurückzucken. Nicht mehr lächeln. Gänsehaut überzieht mich, als mir eines klar wird: Seit Lou sind die Träume, in denen ich sterbe, *nicht* mehr die besten, die ich jemals hatte.

Nach einer kurzen Unterweisung für die Kinder werden den Älteren Waffen ausgehändigt. Wir schultern sie und machen uns auf den Weg, um zu töten. Ich will nicht und doch wird mir keine Wahl gelassen; den angespannten Gesichtern der Kinder nach zu urteilen, fühlen sie genauso. Alles in mir und um mich sträubt sich gegen dieses Gefühl. Diese Ahnung, dass an diesem Tag etwas Entscheidendes geschehen würde. Etwas, ein Ding, das darüber bestimmen wird, ob ich den Himmel oder die Hölle wert bin. Ein Schaudern kriecht in meinen Nacken, als wir über den dreckigen Waldboden stapfen. Ein Wispern zieht durch unsere kleine Gruppe. Sie sind aufgeregt. Erregt vom Gedanken, ein Leben zu nehmen. Am liebsten würde ich ihnen meine Faust ins Gesicht rammen. Es ist grausam, wie viel Abschaum sich in ihnen sammelt, aufbläht und alles vergiftet. Aber stattdessen verkrampfen sich meine Finger um den Schulterriemen, der mein Gewehr festschnürt. Wenn ich jetzt breche, wenn ich vergesse, warum ich hier bin … dann könnte ich Lou genauso gut selbst erschießen. Denn das Ergebnis bliebe dasselbe jämmerliche Resultat: ihr Verlassen. Ihr Alleinlassen. Mein Sterben.

Jeden Tag wäre da mehr Leere in ihr. Innere Leere ist … merkwürdig. Paradox könnte man es nennen. Manchmal ist sie leicht wie eine Feder und lässt dich durchs Universum schweben. Und ganz plötzlich ist sie wieder schwer wie Blei. Reißt dich zu Boden und verschluckt den Schrei, den Schmerz beim Aufprall. Es ist, als würdest du in deiner Dunkelheit ertrinken. Als strampelst du tief unten in einem Eismeer. Aber ohne dass du Angst empfindest. Oder irgendetwas anderes. Alles schmeckt nach Salz und Finsternis. Und unerträglich schwerer Leichtigkeit. Lange Zeit war ich selbst in einem Windkanal aus innerlicher Taubheit verschluckt und bin nur vor mich hingetrieben. Bis Lou zu mir hinabgetaucht ist und ich endlich wieder was gefühlt hab. Hass. Ärger. Lachen. Freude. Zuneigung. Liebe? Deinen Seelenverwandten erkennst du nur in den seltensten Fällen auf den ersten Blick. Zwei, die sich irgendwann so nahe stehen, als wären sie füreinander geschaffen … So etwas schlägt nicht einfach in dich. Es wächst mit gemeinsamem Leid und Freud. Du stürzt dich in eine Seelenverwandtschaft wie ins Meer am ersten Frühlingstag: Erst nur mit dem großen Zeh, dann alles auf einmal.

Ein Lächeln kriecht mir ins Gesicht, während die Soldaten links und rechts von mir endlich von Ruhe umfangen werden. Sie haben wohl realisiert, dass wir schon ziemlich weit in den Wald vorgedrungen sind und die potentielle Beute vertreiben, wenn wir nicht auf unsere Laute achten. Ein Stich wie ein Pfeil in meiner Brust. Beute. Unsere. Es sollte aber nicht unsere sein und schon gar keine Beute. Entweder ist es ein Fuchs, ein Rehkitz oder ein Hase. Lebewesen, warm und schön, voller Energie. Wenn ich die Gruppe verlasse und nicht dafür sorgen kann, dass ein weiteres Tier entkommt, bin ich für dessen Tod verantwortlich. Früher habe ich mir unendlich viele Tricks ausgedacht, um die Tiere zu verscheuchen oder wieder freizulassen, ohne dass es jemand bemerkt hätte. Doch diesmal werde ich nicht hier sein, um das Schlimmste zu verhindern. Mein Bauch zieht sich schmerzhaft zusammen. Aber wenn ich bleibe, kann ich nicht ins Krankenhaus, um Lous Attest zu fälschen und nur Gott weiß, was dann mit ihr geschieht. Ich schüttle energisch meinen Kopf. Nein, daran darf ich nicht mal denken. Die Bäume sehen wie runzelige alte Männer aus und vereinzelt erwische ich ein Gesicht, das unsere schleichende Gruppe neugierig oder verärgert mustert. Ein Geruch nach Erde, Moos und Regen hängt in der Luft, während sich graue Wolken über den Horizont schieben.

Lou

Jared machte sich vor noch nicht mal einer halben Stunde auf den Weg und schon kann ich nicht mehr klar denken. Hin und her hastend versinken meine Füße in meinem Zimmerteppich. Ich ziehe Kreise, die denen von Außerirdischen auf den Kornfeldern ähneln. Ob es ihm gutgeht? Fast erleichtert vernehme ich ein heftiges Klopfen an der Tür, das mich aus meinen trübsinnigen Sorgen reißt. Ich öffne, verliere aber binnen Sekunden meine bessere Laune.

»Emil«, sage ich knapp. »Was willst du?«

Er lehnt sich mit der linken Schulter lässig an den Türrahmen.

»Aber, aber. Warum so unfreundlich?«

»Das weißt du ganz genau«, herrsche ich ihn an.

Seine Arroganz blättert ein wenig, ohne sie wirkt er fade und spröde, wie die Wände, die uns umgeben.

»Hinten im Garten gibt es ein größeres Blumenbeet, das gejätet werden muss. Von den anderen hat niemand Zeit dafür. Kümmer dich drum. Anordnung von oben.«

»Ist gut, wird gemacht.«

»Sofort.«

Die Luft zwischen uns wird gefährlich dünn, Emil spannt unbewusst seine Muskeln an.

»Gut, dann eben sofort.«

Ich ziehe die Tür geräuschvoll hinter mir zu, Emil zuckt zurück und ich eile an ihm vorbei. Die Klamotten, die ich trage, gehören sowieso schon längst aussortiert, weshalb ich sie einfach anbehalte. Auf dem Weg nach draußen besorge ich mir noch Werkzeug und einen Müllsack. Als die frische Luft schließlich um meine Wangen streift, atme ich tief durch. Ich habe ohnehin nur zugestimmt, um nicht vor Sorge um Jared wahnsinnig zu werden. Als sich jedoch weiße, leicht geschwungene Blüten vor mir auftun, muss ich mich fragen, ob ich nicht ein Übel gegen das nächste ausgetauscht habe. Als würde mich statt eines Baumstammes ein Stein erschlagen. Lilien? *Ausgerechnet Lilien soll ich hübsch machen,* ärgere ich mich, während ich mich hinhocke, um meine Arbeit zu erledigen. Meine Nägel ramme ich in die feuchte Erde, zupfe Unkraut wie mein Stiefvater mir die Unschuld rausriss. Jedes Mal schenkte er mir danach einen Strauß dieser widerlichen Blumen, mit dem Versprechen, es würde nie wieder passieren. Ein ganzes Fußballfeld hätte ich mit den Mistdingern bepflanzen können. Nicht zu vergessen die Rosen. Ihre Dornen rissen meine Haut auf, wenn er … Übelkeit regt sich in mir. Ein Monster brüllt in meinen Eingeweiden. Und dann würge ich und kotze mitten in die Blumen. Hätte ich schon längst mal machen sollen. Mit einer kleinen Harke will ich sie zerschneiden, die Blumen vor Wut zerfetzen. Aber stattdessen grabe ich die Erde um, säubere, was ich verdreckt habe. Und als würden mich Himmel und Wolken bedauern, fängt es an zu regnen. Sie weinen um ein Häufchen Elend inmitten eines Blumenbeets, das sich am liebsten in einem Meer aus Lilienfetzen ertränkt hätte.

Jared

Ein heftiger Regenschauer lässt uns Matsch entgegenspritzen und durchweicht uns bis auf die Knochen. Doch an aufhören ist nicht zu denken und bald kämpft sich auch die Sonne wieder hinter den Wolken hervor, verdrängt den Regen. Nach weiteren fünfzehn Minuten beschließen wir wispernd, uns aufzuteilen. Auf diesen Augenblick warte ich, seitdem wir diesen beschissenen Wald betreten haben. Bevor jemand Einwand erheben kann, eile ich hastig davon. Nach einigen Metern Entfernung erregt Blätterrascheln meine Aufmerksamkeit. Hektisch trabe ich auf das Geräusch zu, in der Hoffnung, wenigstens ein Tierchen zu vertreiben. Aber als ich durch das Unterholz sprinte und entdecke, was mich angezogen hat, stutze ich.

Der kleine Junge hat durchaus etwas von einem umherstreunenden Tier. Aber nicht auf die süße Art. Oder die beschützende Weise. Nicht auf Lous Art und Weise. Eher wie ein fauchender Kater, der sich auf der Straße durchschlägt und Hunden die Augen auskratzt. Die Augen des Jungen funkeln grimmig und stachelbeerfarben, über das rechte zieht sich eine lange, gezackte Narbe. Ein Kratzer quer über sein Gesicht, ein Sprung in der Skulptur. Über seinem kantigen Kinn verzieht er seine schön geschwungenen Lippen zu einem Strich. Mein Blick streift über seinen Mund und bleibt an seiner Nase hängen. Klein und knubbelig wie seine ganze Gestalt. Trotz seiner schmuddeligen Erscheinung ist er bildhübsch, muss ich gestehen. So wie ein Kind nun mal hübsch sein kann. Mit seiner Unverdorbenheit. Unschuld. Noch klebt kein Blut an ihm, das kann ich fühlen. Er kommt eindeutig nicht aus dem Dorf, hat keine adeligen Eltern – also hat er hier nichts zu suchen. Mein Atem geht schwer und trotzdem kann ich nicht anders, als zu lächeln. Das letzte Mal, als mich ein Junge so … voller Abscheu anknurrte – mit allem, was er hatte –, konnte ich nicht wissen, dass er mich für immer verändern würde. Plötzlich reißt mich ein Rascheln nur wenige Meter von uns entfernt aus meinen Gedanken. Mein Puls schnellt in die Höhe. Der Kindskopf muss hier verschwinden. Gehetzt sehe ich mich um, aber schon kommen die Soldaten näher. Ihre Schatten schlagen sich durch den dichten Wald. Sie kreisen uns ein und ich muss handeln, bevor sie ihn festnehmen. Also stürze ich mich auf den Jungen, kralle meine Finger in seinen Oberarm und flüstere ihm ins Ohr:

»Vertrau mir oder du bist schneller tot, als dir lieb ist!«

Ich drücke ihn etwas von mir, um ihm in die Augen sehen zu können. Trotz spiegelt sich in ihnen. Und Hochmut. Er reckt zitternd das Kinn in die Luft. Genervt rolle ich mit den Augen und verpasse ihm eine Ohrfeige.

»Tu, was ich dir sage, Knirps, oder du wirst es bereuen«, zische ich.

Na toll, ich mache sicher einen richtig sympathischen Eindruck. Herrgott noch mal, Jared, das geht auch freundlicher. Aber eine Sekunde später kriechen die Soldaten zwischen den Bäumen und Büschen hervor und umzingeln uns. Keine Zeit mehr für Freundlichkeit.

»Mister Camper, Sir. Gibt es ein Problem?«, will der erste Offizier zögernd wissen. Seine Hand ruht auf seinem Gewehr. »Sollen … wir?«

»Nein«, fauche ich, »ich werde mich um diesen Bengel hier kümmern.«

Um die Härte meiner Worte zu unterstreichen, lasse ich den Arm des Eindringlings los und schlage ihm meine Hand in den Nacken. So drücke ich ihn vor mich und schubse ihn zwischen den Soldaten durch. Kein Augenkontakt. Kein Zögern. Es ist wie mit einem Hund spazieren zu gehen. Nicht nachdenken, einfach machen. Das geringste Zögern, Abweichen oder Nachlassen bedeutet den Verlust von Macht und Kontrolle. Einem Rudel Soldaten zeigt man nicht, dass man sich fürchtet oder nicht Herr der Lage ist. Mein Vater duldet keine Nachlässigkeit. Ein paar Schritte weiter stolpert der Junge über eine hervorstehende Wurzel und stürzt zu Boden.

»Autsch«, heult er auf.

Ich lasse ein bellendes Lachen los, fische nach dem Kragen seiner schmuddeligen Jacke und zerre ihn wieder auf die Beine. Gut, dass die Kinder mit ihren Eltern unterwegs sind, so etwas Ekelhaftes sollten sie nicht mit ansehen müssen.

»Sogar zum Laufen zu blöd. Ein Brauner, ganz klar«, rufe ich feixend, während ich einen Blick über die Schulter werfe.

Vier oder fünf der Soldaten stimmen in mein hohles Gelächter ein, aber viele sehen uns immer noch mit skeptisch verzogenen Gesichtern nach. Schnell wende ich mich wieder ab und eile mit dem Jungen weiter über Schutt und Waldboden. Einzelne Spinnen fliehen, während wir vor uns her trampeln.

»Wie heißt du eigentlich?«, flüstere ich nach einigen Minuten.

Er lässt seinen Kopf hängen und seine Schultern knicken ein, als hätte jemand eine zentnerschwere Last auf seinen Rücken geschnürt.

»Charlie«, seufzt er und ich schwöre, er schrumpft ein paar Zentimeter in sich zusammen.

Nicht wirklich natürlich. Eher so, als würde man die Luft aus einem Ballon rauslassen und er sackt in sich zusammen. Kaum bin ich sicher, dass wir außer Hör- und Sichtweite der Soldaten sind, lockere ich meinen Griff und schaue mich noch mal um. Erleichtert atme ich aus.

»Ich glaub, wir haben es geschafft.«

Vor Erleichterung lasse ich Charlie los und er bleibt stehen. Mit geballter Faust dreht er sich um und blickt zu mir auf.

»Warum?«, knurrt er.

»Warum was?«, frage ich gespielt doof und kratze mich am Kopf.

Die dunklen Ringe unter seinen Augen schimmern tintenfarben, erzählen von Knochenarbeit und Schlafmangel. Dennoch glimmen Charlies Augen wach und klug. In diesem ausgemergelten Kinderkörper blitzt eine Kämpferseele auf. Schreit danach, befreit zu werden. Seufzend strecke ich die Hände gen Himmel, gähne ausgiebig und zucke mit den Schultern.

»War nicht in Stimmung, dich abkratzen zu sehen. Was soll's. Mach kein großes Ding draus, Knirps.«

Charlie runzelt seine Knubbelnase und zieht eine Augenbraue in die Höhe, was seine Narbe verzieht. Aber nach ein paar zögernden Sekunden streckt er mir die Hand entgegen. Lachend drücke ich sie. Der Handschlag strahlt eine Wärme aus, wie ich sie nur ein paar wenige Male in meinem Leben spüren durfte. Ein Versprechen von Freundschaft und Kameradschaft.

»Hättest mich schon umlegen können, wenn du wolltest«, brummt Charlie, zieht seine Hand wieder zurück. »Bist wohl doch ganz in Ordnung.«

»*Mehr oder weniger*«, flüstere ich mehr zu mir selbst als zu jemand Bestimmten.

Charlie drückt seine Schultern durch und strafft seinen Rücken. Diese Geste lässt ihn viel ernster – ja erwachsener – wirken. Irgendwie zu alt für einen winzigen Kinderkörper.

»Du hast was gut bei mir«, meint Charlie knapp, als würde er von einer Packung Zigaretten sprechen.

»Jaaaah«, knurre ich gespielt, während ich ihm durch die Haare wuschle. »Ein ganzes Leben, Kleiner.«

Ein Zucken durchfährt seinen Körper, dann lässt er den Blick sinken.

»Ich weiß«, haucht er und ballt die Hände.

Er schüttelt den Kopf, atmet durch und sieht mich wieder an.

»Da du mein Leben ja kaum haben kannst, werd ich dir eben deins retten.«

»Wer sagt, dass ich es nötig hätte, gerettet zu werden? Und das von einem Dreikäsehoch wie dir?«

Charlie verschränkt die Arme vor der Brust und seufzt ungeduldig.

»Du warst bei keiner der Soldatengruppen. Hast dich also weggeschlichen. Und das als Königskind. Du hast was zu verbergen.«

Ein Gefühl wie kalter Tau legt sich auf meine Brust.

»Woher … weißt du …?«, schlottere ich.

»Deine Hände sind nicht verkratzt, dreckig oder sonst was.«

Zitternd blicke ich auf meine Finger. Dermaßen leicht bin ich also zu durchschauen? Diese Schlussfolgerung ist absurd, ich muss schon wieder grinsen. Wusste ich doch, dass der Kleine was im Köpfchen hat.

»Ein Mini-Watson also …«, murmle ich.

»Bitte?«, grummelt Charlie und hüstelt leicht. »Ich bin mehr als ein *Sidekick*. Ich bin der Holmes der Straßen. Kaum jemand kennt sie besser als ich.«

»Na, wenn du das sagst …« Lässig schlendere ich auf Charlie zu, lege einen Arm um ihn und kann mein Glück kaum fassen. »Dann bist du Kerlchen ab sofort mein neuer bester Freund.«

Nach einigem Zögern beende ich die anbrechende Stille, ehe sie unangenehm auf uns beiden lastet.

»Aber als dein Freund muss ich wissen, was du in der Nähe des Schlosses zu suchen hast. Fremde Halbblütler sind hier nicht gern gesehen …«, erkläre ich Charlie mit herablassendem Schnauben.

Er muss merken, dass ich ihn zwar gern habe, er aber in dieser Gegend nicht willkommen ist, nur auf diese Weise wird er nicht noch mal zurückkommen. Die Gefahr, erwischt zu werden, ist einfach zu groß. Röte schlägt in sein Gesicht, verläuft um seine Nase. Erst als sein Magen knurrend aufheult, wird meinem lahmen Hirn bewusst, wie dürr der kleine Kerl ist. Seine Schulterknochen stechen unangenehm bei der halben Umarmung, in der wir verharren. Auch seine Schlüsselbeine treten kräftig aus seiner Haut hervor. Sein fahles Gesicht wirkt eingesunken, während er allmählich beginnt, unter meinem Gewicht zu wanken. Langsam lasse ich den Arm von seiner Schulter gleiten und klopfe ihm zwei Mal kräftig auf den Rücken.

»Du wirst nicht noch mal hier auftauchen«, knurre ich böse.

Dank dieses rüden Befehls ernte ich einen verletzten Blick von Charlie.

»Weil«, seufze ich leise, »ich dir genug Essen besorgen kann, sodass dein Herumlungern unnötig wird. Natürlich nur, wenn du mir hilfst.«

Charlie kneift die Augen zusammen, als er mich skeptisch mustert.

»Du hilfst mir also nicht einfach aus reiner Herzensgüte, sondern willst eine Gegenleistung dafür?«

»Was denn sonst? Soll ich etwa Mitleid haben? Wäre dir das lieber?«, zische ich in einem ganz und gar unköniglichen Ton.

»Nein«, brummt Charlie, ehe er lächelt, »aber das weißt du genau.«

»Als ob«, säusle ich verlegen, bevor ich die Hände über den Kopf strecke.

Was soll ich auch groß dazu sagen? Für rebellische Herumtreiber mit zu großem Herz für ihren Körper habe ich nun mal offensichtlich was übrig. Deshalb ist mir auch klar, dass ich ihm am besten helfe, indem ich seine Hilfe nötig habe. Und ein bisschen Glück und Verstand kann ich gut gebrauchen, wenn ich ins Krankenhaus und rechtzeitig wieder zurück sein will.

»Also, schieß los«, Charlie gestikuliert wild. »Wobei brauchst du meine Hilfe?«

»Nicht hier«, raune ich, als hätten die Bäume Ohren.

Wahrscheinlich haben sie das auch, so viele Soldaten, wie sich dort vermutlich verstecken.

Als unsere Füße wieder über Stock und Stein knirschen, werde ich das dumpfe Gefühl nicht los, dass wir beobachtet werden. Schritte schlagen um uns ins Unterholz und aus der Vorahnung wird schallende Gewissheit. Sie verfolgen uns. Also bewegen wir uns stets einen Funken hektischer, stolpern öfter und fangen schließlich an, im Zickzack zu rennen, um sie abzuhängen. Als wir schließlich schwer atmend den Waldrand erreichen, wechselt der Boden von erdigem Lehm zu hartem Asphalt. Die Schritte hinter uns verklingen langsam, wir haben sie wohl in die Irre geführt.

»Wohin willst du eigentlich?«, schnauft Charlie.

Seine Haare hängen ihm schweißgebadet ins Gesicht.

»Ins Krankenhaus.«

Charlie nickt und zerrt mich nach rechts. Mehr taumelnd als rennend hetzen wir die Straße entlang. Die Welt um uns taucht in einem Nebel aus Erschöpfung ab. Nach gut fünfhundert Metern bleiben wir stehen.

»Warum riskierst du eigentlich alles? Die hätten uns eben fast erwischt. Und für mich allein machst du das bestimmt nicht. Du kennst mich doch kaum.«

»Für Lou«, sage ich schlicht, nachdem ich wieder zu Atem komme.

»Ein Freund?«, fragt Charlie interessiert nach.

»Nein, eine Freundin.«

»Ein Mädchen also.«

»Etwas, von dem du keine Ahnung hast, also«, witzle ich, nehme Charlie in den Schwitzkasten und reibe ihm mit den Fingerknöcheln über den Kopf.

»Woher weißt du, dass sie das ganze Theater wert ist?«

»Keine blassen Schimmer. Sie ist es einfach. Weil sie für mich Regen anzünden würde, sollte so was Absurdes je notwendig sein.«

»Du bist noch verrückter als ich. Und ich wollte das Königshaus – *deine* Familie bestehlen. Also nur ein bisschen, aber trotzdem.«

»Ich bin auch mit dem König der Bekloppten zusammen.«

»Was soll das denn heißen?«

»Nichts«, schmunzelnd betrachte ich das Fragezeichen in Charlies Gesicht. »Das erzähle ich dir ein anderes Mal. Ist eine ganz schön lange Geschichte.«

»Sind sie das nicht immer?«

»Wie kommen wir am schnellsten weiter?«, werfe ich dazwischen, um nicht länger über die Bekloppte meines Herzens reden zu müssen.

Charlie zeigt zitternd nach Norden – oder ich schätze zumindest, dass Norden in dieser Richtung liegt. Jetzt aber nichts wie los, bevor uns die Soldaten noch einholen.

»Noch ungefähr ein Kilometer.«

Nach einem anstrengenden Lauf, der sich bestimmt länger als nur einen Kilometer hinzieht, baut sich endlich das örtliche Krankenhaus vor uns auf. Die weißen Mauern stechen schmutzig und böse am Horizont hervor. Die dunkel flirrenden Fenster machen den Anblick noch unerfreulicher.

»Charlie, ich brauche noch ein letztes Mal deine Hilfe.«

»Das macht aber eine Extraportion Spaghetti, damit das klar ist«, scherzt er müde, steht gebückt da und stützt seine Hände auf den Oberschenkeln ab.

»Gebongt«, verspreche ich, wische mir Schweiß von der Stirn. »Hast du eine Idee, wie ich kurzfristig zu braunen Haaren komme?«

Charlie japst von Grauen gebeutelt.

»Bist du lebensmüde, oder was? Mann, was hast du vor?«

»Ich habe vor, heute gleich noch jemandem den Arsch zu retten.«

Erst zweifelt Charlie an mir, das kann ich fühlen, als würde man den Inhalt seines Köpfchens über mich kippen. Aber schließlich nickt er.

»Ich wüsste da was, aber das wäre Wahnsinn«, gesteht er.

»Also genau das, was wir jetzt brauchen.«

Der Kleine schlägt sich eine Hand vor die Stirn.

»Dir ist echt nicht mehr zu helfen, Mann.«

»Das stimmt. Und nun spann mich nicht auf die Folter. Schieß los.«

»In der Nähe gibt es eine uralte Fabrik. Ich weiß, dass man dort schon seit Ewigkeiten Perücken und so einen Dreck verscherbelt. Allerdings stinkt die ganze Sache. Alles ein riesiger Schwindel. Eine Falle von eurem Regime. Soll heißen, wen sie dort beim Kauf erwischen, der … na ja …«

Charlie setzt sich zwei Finger an die Schläfe und drückt ab. Er zuckt, als hätte er eine echte und keine imaginäre Waffe am Schädel gehabt. Wenn ich eine dieser Perücken besorgen könnte, bräuchte ich nur noch meine Kontaktlinsen rauszunehmen. Und schon könnte ich als Lou Sawyer ins Krankenhaus spazieren und mich registrieren lassen.

»Du hast recht. Das ist Wahnsinn.«

»Meine Rede. Willst du es trotzdem versuchen?«

»Wenn ich nicht hätte sofort aufbrechen müssen, wäre mir vielleicht noch Zeit geblieben, mir etwas Vernünftiges auszudenken. Aber ...«

Ich beiße mir auf die Lippe.

»Gut, ich habe keine Wahl. Wo finde ich diese Fabrik?«

»Du willst da doch nicht etwa alleine hin?«

»Natürlich. Glaubst du wirklich, ich spaziere mit dir fröhlich pfeifend in eine Falle und werfe dich zwinkernd dem Regime zum Fraß vor?«, ich tippe mir an die Stirn. »Du tickst ja nicht richtig.«

Charlie plustert sich auf, versucht sich groß zu machen.

»Nur dank mir weißt du überhaupt von den Perücken, also komm mal runter. Ich werde schon nicht draufgehen. Ohne mich überfahren die dich doch schneller und härter als ein Rennauto.«

»Muss ich dich dran erinnern, wer hier wen gerettet hat?«

Er fuchtelt ungeduldig mit der Hand und zieht mich mit sich fort.

»Keine Zeit für Details. Wir müssen eine Fabrik stürmen.«

Babysitter für ein Rebellenkind zu spielen, das Hals über Kopf in wütende Schlachten, aufziehende Kriege und den eigenen Tod springt, klingt absolut bescheuert. Ist es auch. Hinter Charlie herhechtend, kann ich nur hoffen, dass er weiß, was er tut. Viel zu schnell erreichen wir die Fabrik und aus einem entsetzlich dummen Plan wird Realität.

Das alte Gemäuer wirkt instabiler als ein Kartenhaus im Wind. Kaum zu fassen, dass es noch nicht in sich zusammengestürzt ist. Die Fenster sind nur notdürftig mit riesigen Streifen geklebt. Wie überdimensionale Pflaster auf Bisswunden gepresst.

»Kapuze auf«, befiehlt Charlie mir. »Sicherheitshalber. Obwohl hier sowieso gleich die Hölle losbricht, wenn wir uns nicht beeilen.«

Ich ziehe die Kapuze tief in mein Gesicht. Wir schleichen um das Backsteingemäuer bis zum Hintereingang.

»Und wie hast du dir das vorgestellt, Charlie? Sollen wir einfach anklopfen oder zuerst noch ein paar Pralinen besorgen?«

»Bist du blöd oder nur blind?«, will er bissig von mir wissen, deutet dabei auf ein Fenster rechts oberhalb vom Eingang.

»Wir schlagen das Glas ein, du hilfst mir hoch. Und sobald ich mit einer Perücke zurück bin, hüpfe ich direkt in deine Arme, *Prinzessin.*«

Mich Mädchen zu schimpfen, soll ihn wohl besonders keck und mutig wirken lassen, aber ich nehme ihm die überhebliche Kein-Ding-Nummer nicht ab.

»Auf gar keinen Fall. Wenn du denkst, du brichst da alleine ein, hast du echt ein Rad ab.«

»Wir haben keine Zeit für so einen Stuss. Und übrigens passt dein Hintern da nie durch, also bereue entweder deine letzten drei Packungen Schokochips oder hilf mir durch das verdammte Ding.«

Erst bei genauerer Betrachtung fällt mir auf, wie winzig das Fenster ist. Völlig unmöglich, dass ich mich durch dieses kleine Loch zwängen könnte. Zähneknirschend muss ich Charlie recht geben. Ich bücke mich nach dem größten Stein, den ich auf die Schnelle finden kann, und werfe ihn schwungvoll gegen das Fenster. Mit einem fürchterlichen Krachen splittert das Glas.

»Guter Mann«, brummt Charlie anerkennend, als ich ihn auf meine Schultern gehievt zum Fenster trage.

Er stemmt sich von mir ab und schiebt sich mit dem Bauch voraus fluchend durch das Loch.

»Autsch, überall Scherben.«

»Pass auf. Beeil dich«, rufe ich ihm noch nach, da hat ihn die Fabrik schon verschluckt.

Geschlagene fünf Minuten, die sich vielmehr nach fünf Jahrhunderten anfühlen, tigere ich auf und ab. Bis ich vom Fenster ein Quietschen hören kann.

»Hab einen Stuhl gefunden«, schreit Charlie nach draußen, der hörbar etwas hinter sich herschleift. Ein letztes lautes Ruckeln und Charlies Gesicht taucht am Fenster auf. Er zieht sich auf eine Fensterbank im Inneren – was soll es sonst sein, er wird kaum mitten in der Luft schweben … Vorsichtig setzt er sich hin, schiebt dann ein Bein nach dem anderen nach draußen. Eine seiner Hände umklammert einen Büschel Haare. Vor Freude will ich laut losschreien, aber noch haben wir es nicht geschafft. Ich stelle mich mit dem Rücken zu ihm, damit er sich wieder auf meine Schultern gleiten lassen kann. Als sein Gewicht auf mich plumpst, wanke ich gefährlich, kann aber gerade noch verhindern zu stürzen. Meine Hände umfassen seine Füße, als ich schließlich in die Hocke gehe, um ihn absteigen zu lassen. Sobald er mir vom Rücken gerutscht ist, wirble ich zu ihm herum.

»Hat doch wunderbar geklappt«, freut sich Charlie und überreicht mir die braune Kurzhaarperücke.

»Ich danke dir. Und jetzt nichts wie weg. Da wartet ein Krankenhaus auf mich.«

»Auf uns, du Schrumpfkopf. Wirst du wohl verstehen, dass wir da beide drin hängen?«

»Tun wir das?«

»Logo, du Spätzünder. Immerhin schuldest du mir mittlerweile«, Charlie zählt seine Finger ab. »Ungefähr einen Laster voll Essen. Und den lasse ich mir nicht entgehen, nur weil du hopsgehst.«

Ungefähr hundert Meter vor dem Krankenhaus ziehe ich mir die Kapuze runter und stülpe die Perücke über meine Haare. Ein wenig daran rumzupfend, versuche ich sie so gut es eben geht zu richten. Bleibt nur zu hoffen, dass es einigermaßen echt aussieht. Schnell fische ich mir die Kontaktlinsen aus den Augen und lasse sie in einem kleinen Behälter in meiner Hosentasche verschwinden, den ich immer bei mir trage.

»Wow«, röhrt Charlie. »Du siehst wie einer aus der Gosse aus.«

»Danke auch«, knurre ich.

»Warte«, stoppt er mich. »Wir müssen das Gesamtbild abrunden.«

»Das Gesamtbild abru…?«

Mit einem Mal schmiert mir Charlie Dreck vom Boden ins Gesicht. Ich weiche hustend und prustend zurück, klopfe Staub von mir ab.

»Spinnst du?«, fahre ich ihn irritiert an.

»Nicht mehr als du. Die Haare und die Augen haben schon gepasst, aber du bist noch zu *sauber* gewesen. Richtig abgeschleckt.«

Charlie streckt mir die Zunge raus.

»Dann soll ich dich auch noch dafür bewundern, dass du mich mit Matsch einreibst?«

»Oh ja.«

»Du wartest auf mich«, befehle ich, ohne mit mir reden zu lassen.

»Ist in Ordnung, ich weiß, dass ich drinnen«, er nickt in Richtung Krankenhaus, »nur zu viel Aufmerksamkeit erregen würde.«

»Genau. Wir sehen uns in spätestens einer halben Stunde wieder. Versprochen?«

»Versprochen.«

Von falschem Ehrgeiz gepackt sprinte ich auf den gläsernen Eingang des Krankenhauses zu. Bereits als ich hineinschlüpfe, schlägt mir der beißende Geruch nach kranken, alten Menschen und Desinfektionsmittel entgegen. Alles glänzt, versprüht Ungemütlichkeit. Auf meinem Weg zum Empfangsschalter versuche ich niemanden anzusehen. Zu sehr fürchte ich mich davor, aufzufliegen. Rechts und links nichts wahrnehmend, steuere ich stur auf die Schwester hinter dem Empfangstresen zu.

»Guten Tag. Ich würde mich gerne registrieren lassen.«

Die Brille rutscht ihr ein ganzes Stück nach vorne, als sie von ihrer Zeitung zu mir aufblickt.

»Name?«

»Lou Sawyer.«

»Alter?«

»Sechzehn.«

»Sechzehn? Warum kommen Sie so spät?«

Ich schlage einen Ton an, der ihr deutlich machen soll, wie bescheuert diese Frage ist.

»Ein Spätzünder halt. Was kümmert es Sie?«

»Drei Jahre zu spät?«, fragt sie skeptisch.

»Ach du meine Güte. Menschen sind verschieden. Ich bin nicht mehr als ein statistischer Ausreißer. Machen Sie kein großes Ding draus. Ich kann auch nichts dafür.«

»Schon gut, schon gut, Junge. Setz dich, man wird dich aufrufen und dir Blut abnehmen.«

»Gut«, grunze ich vor mich hin, schlendere ohne weitere Diskussion zu einem Sitzplatz.

Der Plastiksessel beginnt in meinem Rücken zu drücken, als ich endlich aufgerufen werde. Eine halbe Stunde und eine Ampulle Blut später stürme ich mit dem Attest in den Händen aus dem Krankenhaus. Die Narbe meines Chips zieht unangenehm unter dem Verband am rechten Arm. Schnell schüttle ich die Hand, damit mein Ärmel darüberfällt.

»Charlie«, rufe ich glücklich und stürme auf den Jungen zu, ohne den diese halsbrecherische Aktion niemals geklappt hätte.

Das geknüllte Papier in meine Tasche stopfend, reiße ich mir abseits vom Krankenhaus die Perücke runter. Ich werfe sie Charlie im Laufen zu.

»Hier, du kleiner Held«, juble ich, »kannst du behalten, falls du sie mal brauchst.«

»Da du noch alle Gliedmaßen an dir hast, hat es wohl funktioniert?«

»Und ob, Charlie, und ob.«

Ich umarme ihn kurz, aber kräftig. »Danke.«

Ein simples Wort, das niemals genug sein konnte. Ich verdankte Charlie alles. Obwohl ich ihm erst vor Stunden begegnet bin, hat er bereits Lous Leben gerettet. Eine Kämpfernatur. Genau wie es seine Augen versprochen haben.

»Kein Problem.«

Während wir uns davonmachen, schiebe ich mir die Kontaktlinsen wieder blinzelnd über die Iriden. Das Königskind ist wiederhergestellt.

Nachdem wir eine Weile nebeneinanderher getrabt sind, bleiben Charlie und ich gleichzeitig mit solch einem Ruck stehen, als wären wir gegen eine Wand geknallt. Wie sehr ich mir wünsche, es wäre lediglich eine unsichtbare Mauer aus Glas, die uns aufhält. Aber es ist eine Horde Soldaten.

»Treten Sie zurück, junger Herr«, brüllt der an der vordersten Stelle schroff.

Mist. Es sind andere Wachen als die von der Jagd. Die Mittags-Patrouille? Mit den anderen hätte ich vielleicht reden können.

Mit einem unangenehmen Ziehen bis in die Zehenspitzen stelle ich mich halb vor Charlie, um ihn etwas zu verdecken. »Gibt es ein Problem?«

»Allerdings. Der Junge hinter Ihnen. Er wird wegen schweren Diebstahls und vermuteten Hochverrat gesucht.«

»Ich verstehe nicht …«

»Was *ich* nicht verstehe«, unterbricht er mich rüde, »ist, warum Sie sich in der Gegenwart dieses Abschaums befinden.«

»Wie können Sie es wagen, mit mir zu sprechen, als wäre ich ein B-Bengel?«, brause ich auf. »Ich bin der verdammte Sohn des Königs und im Übrigen sind wir uns nur zufällig über den Weg gelaufen. Der Knirps kommt mir auch gar nicht bedrohlich vor.«

Ich habe große Mühe, meine Stimme zu zügeln und ein Schnaufen zu unterdrücken.

»*Zufällig*. Nachdem oder bevor der Knirps in eine Fabrik eingebrochen ist und eine Perücke entwendet hat?«

Oh verdammt, hätte ich Charlie doch nie die verflixte Perücke gegeben. Auch ohne hinzusehen, weiß ich, dass er sie nicht rechtzeitig verstecken konnte. Vielleicht hätten wir alles abstreiten können, aber dafür ist es zu spät. Der Rest der Soldaten sammelt sich um uns, umstellt uns in einem Halbkreis wie Löwen ihre Beute.

Ich drehe mich halb zu Charlie und forme mit den Lippen nur ein einziges Wort:

LAUF!

Er versteht sofort, wirbelt herum und rennt um sein Leben. Augenblicklich stürzen die Soldaten ihm nach, richten ihre Gewehre auf ihn. Unter Schock sprinte ich hinterher.

»Charlie«, brülle ich so laut über das Donnern der Schüsse hinweg, dass es mir beinahe die Stimmbänder zerreißt.

»NEEEIIIN.«

Meine Füße knallen über den harten und erdigen Boden.

»Duck dich«, schreie ich ihm zu und hoffe, dass er sich verstecken kann. Doch im nächsten Moment wird er vom tobenden Chaos verschluckt. Wer hat uns verraten? Gehetzt blicke ich mich um, verschwommene Fratzen, die mal Gesichter waren, tauchen vor mir auf. Aber ich kann sie nicht erkennen. Es ist, als ob jemand die Kamera unscharf gestellt hätte. Deshalb hetze ich weiter und habe nur ein Bild im Kopf: Charlie. Tot.

Er muss es schaffen, hier rauszukommen. Doch die Soldaten scheinen erbarmungslos und abgebrüht zu sein. Programmiert wie Maschinen. Nicht nachdenken, einfach schießen. Eine Kugel streift mit lautem Getöse nur um Millimeter an meinem Gesicht vorbei. Kurz flammt Hitze dort auf, aber ich glaube, nicht getroffen worden zu sein. Eine Hand – etwa meine Hand?! – schlägt auf mein Ohr und hält sie dann vor mein Gesicht. Blutverschmierte Finger zittern durch meine Sicht, während ich immer noch schwer atmend laufe.

Charlie kann nicht mehr weit weg sein. Erneut drehe ich meinen Kopf in alle Richtungen, aber alles, was ich sehe, sind grüne Uniformen, die immer näher rücken. Charlie ist unbewaffnet, will ich aus Leibeskräften schreien. Warum tut ihr uns das an? Aber kein Laut entweicht mir, meine Kehle ist eingefroren. Stolpernd springe ich über Steine und Äste, immer noch kein Charlie. Wo bist du? Und plötzlich zerreißt ein Schrei die Luft. Das Rehkitz in meinen Armen hatte bei meiner ersten Jagd genauso gekeucht. Dass es zu Ende geht, weiß ich, bevor mein Kopf es auch nur annähernd realisieren kann. Es sind die Tränen, die mir die Sicht verschleiern. Sie verraten mir, dass es zu spät ist. Am Waldrand sehe ich einen gekrümmten Körper liegen und rase darauf zu. Mein Herz zieht sich zusammen, als ich auf einen kreidebleichen Charlie treffe. Meine Beine knicken ein, ich stürze auf meine Knie und schlinge meine Arme um seinen Körper. »Charlie! Charlie«, winsle ich, während immer mehr Tränen meine Wangen hinabströmen. Sein Gesicht ist fahl, von Schmerz verzerrt. Dennoch bewegt er leicht seinen Kopf und blickt mich an. Ein Lächeln auf den Lippen, hustet er heftig. Verkrampft haucht er Worte, aber der Lärm ist zu laut, als dass ich ihn verstehen könnte. Also beuge ich mich zu ihm und sein Atem kitzelt an meinem Ohr. »Flenn jetzt ja nicht. Pass auf dich auf. Du schuldest mir ein Leben.«

»Ich schulde dir alles«, schluchze ich. »Es tut mir so leid.« Eine kalte kleine Hand drückt sich auf meinen Rücken. Charlie umarmt mich, flüstert mir ein letztes *Danke* zu und schließt die Augen. Der Luftballon wurde zum letzten Mal seines Atems beraubt, sackt in meinen Armen zusammen. Ein Schauer überzieht meine Haut. Charlie ist … tot. Meinetwegen. Alles meinetwegen. Schluchzen schüttelt meinen Körper und mit bleischwerer Schuld in meinen Adern streichle ich sanft seine türkisen Haare. Selbst im Schock ist mir klar, dass mir mit Charlie etwas genommen wurde. Ein Spritzer meiner Seele ist mit ihm gestorben. Alles und jeder, den du liebst – egal auf welche Weise – nimmt ein Stückchen von dir. Gleichzeitig reißt er sich auch einen Fetzen seines Herzens raus und drückt ihn dir in die Hände. Doch schon packen mich starke Hände unter meinen Armen, schleppen mich mit sich fort.

Lou

Als ich mit frischen Klamotten aus dem Schloss komme – wegen des Regens stanken meine anderen fürchterlich und ich musste sie wechseln –, sehe ich eine Gruppe Soldaten Jared an den Hof zerren. Mein Magen zieht sich zusammen. Zwei von den Wölfen schlagen ihre Krallen jeweils links und rechts von Jared in seine Oberarme, ziehen ihn mit sich. Er selbst scheint nicht mehr fähig, zu gehen, seine Füße kleben am Boden wie zäher Kaugummi. Von Grauen gepackt, laufe ich auf die Meute zu. Knapp fünf Meter vor Jared schüttelt mich Kälte, obwohl die Sonne in meinem Nacken glüht. Um Jareds Nase schmiert sich Schlamm und Blut. Es trieft ihm von Armen und Beinen, selbst seine Haare fallen ihm in einem matschigen Braun-Rot ins Gesicht.

»Was ist passiert?«

Eigentlich will ich ihn berühren, doch durch die Gruppe aus Soldaten zieht ein Brummen. So bleibe ich in viel größerem Abstand zu Jared stehen, als es mir lieb ist. Anstatt zu antworten, schüttelt er nur stumm den Kopf. Sie befördern ihn weiter ins Schlossinnere, aber ich verharre wie erfroren und starre auf den Fleck Erde, wo Jared eben noch stand. Erst jetzt bemerke ich die vielen Blutspritzer, die er beim Gehen verloren hat. Was hat das alles zu bedeuten? Wurde er im Krankenhaus geschnappt? Ist nun alles zu Ende? Jegliches Gefühl für Zeit schleicht an mir vorbei. Vielleicht stehe ich minutenlang bibbernd mitten im Eingang. Vielleicht sind aber auch Jahre vergangen, bis ich endlich wieder zu mir komme. Schließlich hetze ich durch die Gänge zum Loch-Ness-Flügel. Wenn Jared verletzt wurde, mussten sie ihn dorthin gebracht haben. Außer Atem stoße ich die riesige Schiebetür auseinander und stürme durch den Raum. Überall stehen Betten, um die ein Gestell für Vorhänge angebracht wurde, aber kaum ein Bett ist belegt. Deshalb hetze ich geradewegs auf den einzigen Vorhang zu, der zugezogen ist und hinter dem schwaches Licht hervorbricht. Ein widerlicher Geruch – erinnert mich an Krankhaus und Desinfektionsmittel – sickert durch den Raum.

»Jared?«, rufe ich panisch, während der Vorhang zur Seite gerissen wird.

Jared liegt im Bett und verschmilzt mit dem Weiß des Lakens. Er sieht wirklich elend aus.

»Lou«, flüstert er schwach, bevor er sich umsieht. »Du solltest nicht hier sein.«

»Das Gleiche könnte ich von dir behaupten«, antworte ich, ohne den Blick von ihm lösen zu können.

Er fischt nach seiner Jacke, die über einem Stuhl neben dem Bett liegt, zerrt etwas aus einer Tasche hervor. Bebend streckt er mir ein zerknautschtes Blatt Papier entgegen.

»Ist das etwa?«

»Das Attest, ja. Nimm es. Ich werde schon wieder. Aber du musst leider verschwinden. So kurz nach dem ...«, seine Stimme bricht fürchterlich kratzend ab. »So kurz nach dem, was passiert ist, wäre es nicht gut, zusammen gesehen zu werden. Keine Angst, die Sache wird sich klären. Komm später in mein Zimmer, es ist auf dem gleichen Gang wie Chiaras, nur zwei Türen weiter links. Aber pass auf, dass dich niemand sieht.«

Ich nehme das Papier entgegen, falte es, um die Zeit mit Jared hinauszuzögern, und lasse es in meine Hosentasche gleiten. Zweifelnd verharre ich, beuge mich ein wenig zu ihm. Meine Nähe scheint ihn aufzuplustern. Vor mir will er anscheinend nicht den Verwundeten geben.

»Nein, ich bleibe«, sage ich bestimmt. »Warum sollte ich auf dich hören?«

»Weil dein ganzes *Du*«, Jared seufzt und fuchtelt mit den Händen vor meiner Nase rum. »Wie du bist, wie du gehst ...«, haucht er und legt den Kopf leicht schief.

»Ich stolpere eigentlich mehr durchs Leben«, unterbreche ich ihn und boxe ihn sanft in den Oberarm. Er stöhnt nicht vor Schmerzen auf, was ein gutes Zeichen ist. Aber trotz meiner Ablenkung vergisst er nicht, was er mir zu sagen hat.

»Klappe«, brummt Jared mit verschmitztem Flackern um die Mundwinkel. »Wie du lachst ... Das ist, als zündest du ein Feuerwerk in meinem Herzen und lässt es meinen Kopf zerfetzen. Der Rest der Welt ist dagegen nicht mal das Flirren einer Glühbirne. Glaubst du wirklich, ich würde dich einfach so hängen lassen? Kannst du nicht einmal auf mich hören, wo du mir doch so viel bedeutest?«

Rührung ergreift mich, schnürt mir den Hals zu. Doch das würde ich ihm nie gestehen. Nicht in diesem Augenblick zumindest. Stattdessen kann ich nicht anders, als ihn aufzuziehen.

»Wer von uns beiden ist jetzt der Poetenarsch?«

»Immer noch du«, faucht er dunkel und gibt mir einen Klaps auf den Kopf. »Und jetzt ab mit dir.«

»Ist ja gut«, stöhne ich, drücke ihm einen flüchtigen Kuss auf die Nase und mache mich viel zu schnell wieder davon.

Ich habe auf die harte, unbarmherzige Tour lernen müssen, Jared zu vertrauen. Das ist der einzige Grund, warum ich ohne zu zögern seinen kränkelnden Hintern zurücklasse. *Wenn es ihm später allerdings nicht besser gehen sollte,* grummle ich vor mich hin, *sorge ich dafür, dass er weiß, was* echte *Schmerzen sind.* Frustriert stampfe ich mit meinen Füßen auf. Wann würde dieser Kerl wohl anfangen, besser auf sich achtzugeben? Ich brauche ihn doch so sehr. Denn zu oft bin ich Schiffbrüchige meines Lächelns, zerschelle und ertrinke daran. Aber in letzter Zeit raubt mir nicht mehr mein Grinsen den Atem, sondern Jareds. Wäre ich gefroren, er hätte mich aufgetaut. Wäre ich kaputt, hätte er mich repariert. Wäre ich idiotischerweise perfekt, er hätte mich wieder unperfekt gemalt. Wie ein Picasso auf Drogen. Denn das ist, was Menschen mit dir machen: Sie umarmen deine Monster, kitten deine Wunden, klatschen überall Farbe und Kleber hin. Und nennen es Kunst.

Um mich von Jareds Qualen abzulenken, mache ich mich direkt auf den Weg, den König zu finden. Am liebsten würde ich ihm das Attest in den fetten Rachen rammen, aber ich bemühe mich, ruhig zu bleiben, als ich im Foyer auf seine Wampe stoße. Ich zerre das Stück Papier, welches lächerlicherweise über so viel entscheidet, aus meiner Hose und würde es ihm nur zu gern an die Brust tackern. Aber dann wäre alles umsonst, was Jared für mich getan hat.

»Hier«, meine ich in einem unbekümmerten Ton und übergebe das Attest.

»Du wirst verstehen, dass ich das überprüfen lasse.«

»Natürlich.«

Mit einer knappen Verbeugung verabschiede ich mich und will nur noch weg von diesem Mann, der mich mehr anwidert als Erbrochenes.

Lou

Zittrig klopfe ich an Jareds Zimmertür. Obwohl seit unserem kleinen Loch-Ness-Fiasko nicht mehr als ein halber Tag verstrichen ist, zapple ich von einem Fuß auf den anderen. Warum er mich wohl hergebeten hat? Was er mir zu sagen hat? Als er mich mit einem Glucksen in der Stimme reinbittet, kann ich nicht verhindern, dass mein Herz stolpert. Etwas unbeholfen schiebe ich mich in sein Zimmer und muss bei Jareds Anblick schmunzeln. Er hat sich einen viel zu großen tintenblauen Pullover übergeworfen, auf dem gekritzelt prangt: *Normal just doesn't work for me.*

Die Buchstaben strahlen schneeweiß, blenden fast ein bisschen. Außerdem hat er sich in blaue Leggings gezwängt. Ich hätte nie gedacht, dass ich mal einen Mann in Leggings hübsch finden würde, aber Jared trägt sie mit dermaßen viel Witz, dass es schon wieder sexy ist.

»Was guckst du so?«, fragt er, kaum dass er meinen Blick bemerkt hat.

»Wie gucke ich denn?«

»Als ob ich einen Monsterpickel auf der Backe habe und du nicht weißt, wie um alles in der Welt du mir diesen tragischen Schicksalsschlag beibringen sollst.«

»Depp.«

»Idiotin.«

»Kartoffel.«

»Pflaume.«

»Ich liebe dich.«

»Ich dich auch.«

Langsam schreite ich auf ihn zu, will ihn schon den ganzen Tag einfach nur spüren. Fühlen, dass er lebt. Dass es ihm gut geht. Kurz umarme ich ihn, dann zieht er mich mit sich aufs Bett, sodass wir uns gegenübersitzen. Aber anstatt mich weiter an sich zu drücken, lässt Jared sich rücklings auf die Matratze fallen, sinkt düster in sich zusammen. Er vergräbt sein Gesicht in seinen Händen.

»Ich bin ein Monster.«

»Jep, genau so siehst du aus.«

Jared schüttelt den Kopf.

»Nicht lustig. Bitte nicht. Nicht heute«, nuschelt er zwischen seinen Fingern.

»Tut mir leid«, hauche ich und ziehe ihn wieder hoch zu mir.

Nur Zentimeter vor mir entfernt, könnte er trotzdem nicht weiter weg sein, nicht verlorener wirken, wie er die Arme um die Knie schlingt.

Ich streiche ihm sanft über einen Arm.

»Was ist passiert?«, will ich vorsichtig wissen.

Dann bricht es aus ihm hervor. Hicksend. Bebend. Schluchzend. Innerhalb einer halben Stunde erzählt Jared mir alles. Von der Jagd. Charlie. Der Fabrik. Dem Krankenhaus. Den Soldaten. Charlies Tod.

Jared

Eigentlich habe ich meine Arme fest um die Knie geschlungen. Doch Lou schlüpft halb durch sie hindurch und legt ihren Kopf in meinen Schoß. Blickt mit einer Mischung aus Angst und Schmerz zu mir auf. Ihre Augen – Blitze, die diese Nacht zerreißen. Automatisch drehe ich mein Gesicht weg, will nicht, dass sie mich weinen sieht. Sie schiebt ihre schlanken Finger in meine Haare und streichelt mich sanft. Ihr Daumen zieht kleine Kreise; im Takt zu meinem Atem. Meiner Lunge, die sich zusammenkrümmt. Als ihre Finger in meinen Nacken schlittern, stolpert mein Herz ein paar Schritte weit. Dass sie hier bei mir liegt, sollte sich schlecht anfühlen und mich nicht vor Glück schluchzen lassen. Mit der anderen Hand zieht Lou meinen Kopf in ihre Richtung. Zaghaft tasten ihre Lippen nach meinen. So prallen sie aufeinander, lassen Funken rieseln. Und obwohl ich keine Luft bekomme, habe ich noch nie besser geatmet. Mit ihrem Mund auf meinem, pressen wir uns aneinander und atmen auf – ein – durch. Unser Kuss schmeckt salzig und entsetzt muss ich feststellen, dass ich ihr verfallen bin. Mit ihrem Straßenköterlächeln und ihren Straßenköteraugen hat sie es geschafft, dass ich sie bemitleide. Aber mit ihrem verdammten Welpenherzen hat sie mich dazu gebracht, ihr meins zu Füßen zu legen. Winselnd, versteht sich.

»Danke«, hauche ich an ihren Lippen, unfähig, mich von ihr zu lösen.

»Wofür?«

»Alles.«

Manchmal braucht es nicht viele Worte, um dem anderen klarzumachen, wie wichtig er einem ist. Meine Liebe, meine Gefühle für Lou werde ich nie so intensiv in Gedanken und Worte kleiden können, dass es einen Sinn ergeben würde oder auch nur annähernd beschreibt, was ich empfinde. Aber ich werde ihr meine Zuneigung den Rest meines Lebens zeigen. Jeden Tag aufs Neue.

»Tut mir leid, dass du ihn verloren hast«, flüstert Lou.

Ich nicke, obwohl sie mich mit geschlossenen Augen küsst.

»Mir auch.«

Meine Stimme klingt fremd und brüchig in den Ohren.

»Du hättest ihn sicher gemocht, Lou. Er hat mich an dich erinnert.«

»Eeeey«, lacht sie und gibt mir einen Klaps auf den Kopf. »Er ist doch noch ein Kind.«

»Depp«, gluckse ich vergnügt, ehe ich kurz stutze. Wenn Lou mich zum Lachen bringt oder mich aufzieht, sehe ich immer noch den Jungen in ihr, der mein bester Freund wurde.

»Ich hab doch nicht *so* an ihn gedacht. Aber er hatte dieses Funkeln. Ein Kämpferherz. Er war stark.«

»Das klingt gar nicht nach mir …«, grummelt Lou, kuschelt sich an mich.

Sachte schiebe ich sie ein Stück von mir, um die Umrisse ihres Gesichtes anzufunkeln.

»Warum zum Teufel ist mir nie aufgefallen, dass du ein Mädchen bist?«, frage ich mit hochgezogener Augenbraue. »Ihr Mädels und eure Selbstzweifel.«

Kopfschüttelnd ziehe ich sie wieder an mich und drücke ihr Gesicht an meine Halsbeuge.

»Du bist einer der stärksten Menschen, die ich kenne. Geht das in deinen Dickschädel?«

»Kann ja nicht jeder so eingebildet sein wie du«, murmelt sie mit gespieltem Entsetzen.

»Alles nur Fassade.«

»Weiß ich doch längst.«

In Wahrheit sind es nämlich nicht die schlechten Entscheidungen, die bessere Geschichten machen, sondern schlechte Menschen. Und obwohl Lou Sawyer einer der besten Menschen ist, die ich kenne, ist sie auch eine der besten Geschichten. Gut und schlecht müssen nicht immer unvereinbar sein. Alles in unserer Welt sprüht vor Widersprüchen, warum also nicht auch sie?

»Würdest du heute Nacht bleiben?«, bitte ich mein Mädchen.

»Nur, wenn du mich nicht anfasst.«

Ich ziehe leicht an ihren Haaren, auch wenn ich sie mehr zwischen meinen Fingern zerstrubble.

»Ich kann für nichts garantieren.«

Ihr Kichern ist die Branddecke, um das Ölfeuer in mir zu ersticken. Zumindest eine Zeit lang kann Lou meinen Fettbrand in Schach halten, indem sie einfach nur bei mir ist und mit mir redet.

Lou

Da ihn unsere Gespräche abzulenken scheinen, frage ich Jared einfach immer weiter aus.

»Ab wann wusstest du eigentlich, dass du mich … na ja …«

»Ab wann wusste ich was?«, frage ich süßlich und stelle mich blöd.

Jared lacht verlegen, streicht sich durchs Haar.

»Dass ich ein Gott bin, was sonst?«

Okay, das hatte ich verdient fürs Dummchen spielen. Ich kneife ihn spielerisch in den Arm. Er mag selbstbewusst klingen, aber er sieht nicht danach aus. Zur Hölle mit der ganzen Falschheit, sein arrogantes Gehabe ist doch nicht mehr als eine Show.

»Jep, du bist ein Gott«, stimme ich mit falscher Süße zu, »aber eine Halbbrut von einem.«

»Hey, kannst du mal ernst bleiben?«

Ein Boxhieb gegen mein Schlüsselbein lässt mich auflachen.

»Kannst du es denn?«

Bevor Jared protestieren kann, hebe ich beide Hände als Zeichen der Kapitulation.

»Schon gut. Schon gut. Du erwartest bestimmt was Großes. Irgendeinen spektakulären Augenblick. Im Leben sind es aber die vielen kleinen Momente, die das große Ganze formen. Und ich glaube, ich wusste es von Anfang an. Als du mich Emil vorgestellt hast und der mich wie Dreck behandelt hat, da …«, ich werde ganz heiß und rot im Gesicht, »da hast du ihm einen Blick zugeworfen, den ich erst im Nachhinein verstanden habe. Er schrie danach, dass nur du … du allein mich so offen hassen darfst. Dass nur du mich zu hassen und zu lieben hast. Und alles dazwischen.«

Jared lächelt mich stumm an. Durchdringend. Sodass ich meinen Blick nicht von ihm loseisen kann. Jedes meiner Nervenenden gurrt danach, von ihm berührt zu werden. Nur noch ein Blick. Noch einmal seine Hand in meiner spüren. Noch einen Kuss mehr. Wie ein Buchsüchtiger, der nur noch dieses eine Kapitel lesen will. Wir wissen doch alle, wie es enden wird: essen, trinken – die ganze Welt – wird vergessen und um vier Uhr morgens drückt man sich das Buch unter Tränen an die Brust. Sollte ich es wagen, ihm dieselbe Frage zu stellen? Ich fürchte, dass er mich leid ist. Mich und das Chaos, mit dem ich durch die Welt fege. Wer würde schon ein Mädchen mit Narben lieben? Eins, in dem Schmerz und Düsternis wüten. Eins, das außen Sonnenschein und innen Sturm ist? All das Strahlen bloß Fassade. Aufgemalt – schlimmer als ein Clownsgrinsen. Mutig sein heißt nicht automatisch, keine Angst zu kennen. Im Gegenteil, denn dieses Gespräch jagt mir Angststürme die Arme rauf und runter. Mutig zu sein bedeutet, trotz der lähmenden Panik vor dem Sprung an die Dachkante zu treten. Selbstverständlich nur, wenn am Boden ein Sicherheitsnetz auf einen wartet. Sonst ist man nicht mutig, sondern einfach nur dämlich. Und irgendwo in meinem Bauch schnurrt es, dass es zwischen Jared und mir Sicherheit gibt. Dass ich es wagen kann, ihn zu lieben. Dass er mich schützen wird. Dass er mein Netz für den ersten, den letzten und all die Sprünge dazwischen sein wird.

»Und was ist mit dir?«, wundere ich mich mit klopfendem Herzen. »Wann hast du es gewusst? Oder … ähm …«

Stotternd breche ich ab. Trotz meines Mutes kann ich es nicht über mich bringen, zu fragen, ob sich an seinen Gefühlen etwas geändert hat. Es versetzt mir einen Schlag in den Magen, als Jareds Blick über den Boden wandert. Kann er es nicht mal ertragen, mich anzusehen, weil er mir gleich gestehen wird, dass er sich die ganze Zeit getäuscht hat und ich doch nicht mehr als eine kurzzeitige Verwirrung war? Er starrt auf meine Schuhe, ehe er schluckt. Sein Kehlkopf springt dabei hoch und runter. Sein Kinn streckt er mir trotzig entgegen.

»Auf dem Dach hab ich es gemerkt. Also so richtig. Beim Gedanken daran, dich zu verlieren, hab ich nur noch rotgesehen.«

Jareds Worte erreichen mich in Strömen aus Gänsehaut.

Nachdem wir uns die halbe Nacht um die Ohren geschlagen haben, entscheiden Jared und ich uns dafür, doch noch etwas Schlaf zu finden. Er macht das Licht aus und fast zeitgleich gehen in mir alle Lichter an. Ich kann ihn neben mir atmen hören, weiß jedoch nicht, wie nah oder fern er in unserem Universum ist. Irgendwie hat der Rest der Welt aufgehört zu existieren. Über den Rand dieser Bettkante würde ich vermutlich nicht mal dann springen, wenn es um Leben oder Tod ginge. Eigentlich ist es zu dunkel, um seine Umrisse zu erkennen, aber ich spüre, dass Jared mich anglotzt. Mit diesem Blick, bei dem du Angst davor haben musst, ihn aufzufangen. Weil du weißt, wenn du erst in diesen Augen versinkst, gibt es kein Entkommen mehr. Weil du weißt, dass sie dein Bermuda-Dreieck sind und ihr Atlantik dich mitreißen wird. Instinktiv drehe ich mich auf den Rücken und starre an die Decke. Und da sehe ich sie. Plastiksterne und ein Mond tanzen über die Zimmerdecke. Sie leuchten in einem kränklichen Gelb und sind zweifellos für die dreijährige Ausgabe Jareds dahin geklebt worden.

»Peinlich, ich weiß«, lacht Jared leise.

Anscheinend sieht er wesentlich besser in der Dunkelheit als ich, erkennt, wohin mein Kopf sich richtet.

»Nein, süß. Erinnert mich an draußen.«

Die Bettdecke raschelt und schon drückt sich Jareds Hand in meine.

»Weißt du … eigentlich, warum ich …«, er hustet gekünstelt, »dich nicht total nervig finde?«

Stumm schüttle ich den Kopf. Zu einer Antwort bin ich nicht fähig, mein Körper ist zu sehr damit beschäftigt, computermäßig abzustürzen. Selbst wenn es ein Anti-Jared-Virenprogramm gäbe, könnte ich es wohl kaum zum Laufen bringen. Seine Liebe ist mir nicht nur unter die Haut gekrochen, sie hat sich in jeden Winkel meines Systems verschanzt. Irreparabel. Nicht löschbar.

»Weil du in allem was Besonderes siehst. Selbst in diesen hässlichen Sternen.«

Mit keinem anderen würde ich lieber mitten in der Nacht auf hässliche Plastiksterne glotzen.

»Und weißt du, warum ich dich nicht total zum Kotzen finde?«, frage ich in die tintenfarbene Finsternis.

»Will ich das überhaupt wissen?«

»Weil du der hässlichste Stern von allen bist.«

»Du starrst mich also gern an?«

Jared will mir einen Kuss auf die Lippen drücken, rutscht jedoch ein Stück zu hoch und erwischt meine Nasenspitze.

»Oh ja«, säusle ich gespielt. »Vor allem dann, wenn es so dunkel ist, dass ich dich nicht sehen kann.«

Ehe ich verstehe, was passiert, landet ein Kissen auf meinem Gesicht.

»Rache«, murmle ich erstickt unter dem Kissen, schnappe mir das erstbeste, das zwischen meine Finger gleitet, und schlage um mich. Nach einer unerbittlichen Schlacht hecheln wir beide angestrengt und irgendwann fallen wir aneinandergekuschelt doch noch in den Schlaf.

Lou

Orientierungslos und mich windend werde ich zwischen Jareds Laken wach. Er hat einen Arm über mich gelegt, stelle ich überrascht fest und muss mich einfach darüber freuen. Ich schmiege mich an seinen warmen Körper, wäre beinahe wieder zurück in einen wunderschönen Traum geglitten. Doch ein fürchterliches Krachen im Gang durchzuckt die Stille und mit einem Schlag bin ich hellwach. Ich hebe leicht den Kopf, versuche etwas in der Dunkelheit zu erkennen, aber nichts bewegt sich. Mit leichtem Grunzen rollt sich Jared auf die andere Seite und zieht seinen Arm mit sich. Ein erstickter Schrei dringt zu mir. Ohne zu überlegen, schlage ich die Bettdecke zur Seite, schwinge die Beine über die Bettkante und im nächsten Moment tapse ich unbeholfen durch den Raum, bis ich schließlich die Tür ertasten kann. Auf dem Gang stelle ich verwundert fest, dass in einem Zimmer in der Nähe noch Licht brennt, es stiehlt sich unter dem Türspalt hindurch. Wer ist denn auf diesem Stockwerk noch wach? Leise schleiche ich den Gang entlang und lege ein Ohr an die Zimmertür. Ob von hier auch die Schreie gekommen waren?

»Chiara.«

Ihr Name ist nicht mehr als ein Brummen. Eines voller Verlangen und Sex. Eines, das fordert und kein Nein akzeptiert. Das Ölgrinsen meines Stiefvaters kommt mir in den Sinn, stellt mir sämtliche Härchen auf, als ich die Stimme sowie die Bedeutung dieses ausgesprochenen Namens erkenne. Der König mitten in der Nacht im Zimmer seiner Tochter? Oh lieber Gott, lass das ein Missverständnis sein. Nicht. Bitte nicht. Aber alles Flehen nützt nichts, denn ich höre ein halblaut geschrienes *Nein* aus dem Raum. Der Türknopf blitzt mich verstohlen an, verhöhnt mich. Als ich sein Gold umklammere, fühlt es sich an, als ob er mich verbrennen würde. Nichtsdestotrotz drehe ich ihn, stoße in das Zimmer des Grauens vor. Eine bizarre Sekunde lang sehe ich mich selbst auf dem riesigen Hochbett kauern, das Gesicht vor Übelkeit verzogen, die Hände schützend um mich gelegt. Strampelnd. Während sich mein Stiefvater auf mich wirft, seine fette Wampe gegen meine Knochen reibt. Aber nach und nach zerbricht etwas in mir. Ich erkenne König und Prinzessin. Vater und Tochter. Vergewaltiger und Opfer. Noch haben sie mich nicht bemerkt, also drehe ich um, stürze aus der Tür und knalle sie mit aller Wucht ins Schloss. Übelkeit beutelt mich, als ich im Halbdunkel davonhetze. Trotzdem entgeht mir das erneute panische Türschlagen nicht. Ich wage es nicht, mich umzudrehen. Will nicht wissen, wer mich gleich verfolgen wird. Flach atmend muss ich aber bald anhalten, also lehne ich mich mit dem Rücken gegen eine Wand. Da spüre ich, dass er näher kommt. Manche Forscher glauben, dass man die Aura anderer Menschen schon aus zwanzig Meter Entfernung erfühlen kann. Bis zu diesem Moment wusste ich nicht, ob ich daran glauben soll, aber die tiefschwarze Aura des Königs fließt auf mich zu, droht mich in ein Vakuum aufzusaugen.

Meines Verfolgers Diamantenaugen sprühen Funken im Dunklen, als etwas Mondlicht durch das einzige Fenster im Korridor bricht. Woher ich trotzdem weiß, dass es König Marvin sein muss? Mein Körper drückt sich wie ferngesteuert gegen die Wand, weg vom Licht. Zitternd wünsche ich mir, die Schatten könnten mich verschlingen – immer noch besser, als vom König verschluckt zu werden. Sein Atem schlägt durch die Nacht, verrät mir, dass er Verdacht geschöpft hat. Er rührt sich nicht mehr, sondern sucht die Dunkelheit nach einer Bewegung ab. Nach einem Herzklopfen. Nach MIR. Seine Schritte knallen hart auf, als er sich in meine Richtung stürzt. Verzweifelt kneife ich meine Augen zusammen, will nicht sehen, wie sich sein Gesicht auf meines legt. WUMM. Ein kräftiger Schlag in den Bauch lässt mich taumeln. Doch bevor ich fallen kann, drückt eine seiner haarigen Pranken meine Kehle zu und presst mich an sich. Nach Luft japsend flackert mein Blick zu seinem. Ekelhaft grün.

»Was …?«, zischt er an meinen Lippen, »… hast du gesehen?«

Vehement schüttle ich den Kopf. *Nichts, nichts, ich habe nichts gesehen …* will ich sagen, doch ich zapple nur unter Tränen wie ein Fisch in seinen letzten Zügen. In den Fingern der falschen Männer war ich ohnehin nie mehr als die elende Forelle eines Fischers gewesen.

»Lüg … mich … nicht … an.«

Jedes Wort begleitet von einem Stoß gegen die Wand in meinem Rücken. Mein Kopf schlägt immer wieder gegen die raue Mauer und ich spüre, wie etwas Warmes in meinen Nacken rinnt. Blut? Angestrengt zerre ich an seiner Hand, um ihm meine vermutlich letzten Worte entgegenzuspucken:

»Ihr. Seid. Krank.«

Als hätte er sich an mir verbrannt, lässt mich Marvin plötzlich los und ich gleite keuchend zu Boden. Sein Fuß trifft meine Rippen; er tritt nach mir und schreit: »Gesindel wie du ist krank. Ihr und eure Kötergene!«

Nach wenigen Augenblicken krümme ich mich vor Schmerz und kann mich kaum noch in der Wirklichkeit halten. Verschwommen sehe ich, wie sich dieses Monster neben mich kniet.

»Wenn du auch nur ein Wort darüber verlierst …«, flüstert es, »ist Jared tot.«

Das Ungeheuer erhebt sich und lässt mich auf dem bitterkalten Boden liegen. Wimmernd und blutend. Tat es das Monster eigentlich der Liebe oder die Liebe dem Monster gleich?

Jared

Ich wache mit dem brennenden Gefühl auf, dass etwas fehlt. Als ob deine Mutter vergessen hätte, deine Lieblingsschokolade zu kaufen. Es ist zwar immer noch dein Haus, aber ohne Schokolade geht dir ein riesiges Stück des *Ich-fühle-mich-zu-Hause-Parts* ab. Benommen wälze ich mich in meinem riesigen Bett hin und her und heiß-kalt wird mir bewusst, was fehlt. Lou ist nicht hier. Es kann noch nicht Morgen sein, wo steckt sie? Mit klopfendem Herzen haste ich aus dem Bett und auf den Gang. Als ich mich nach links und rechts umsehe, fällt mir das Häufchen Schatten am Ende des Ganges sofort auf. Es wölbt sich so deutlich gegen das schwache Schimmern des Mondlichts, dass dort nur jemand liegen kann. Sofort keuche ich auf, stürze darauf zu. Immer näher kommend, erkenne ich Lou. Oh Gott, bitte lass es ihr gut gehen.

»Lou«, rufe ich, ehe ich zu ihr auf den Boden sinke.

Ihr Atem geht schwach, sie scheint starke Schmerzen zu haben. Grauen erfasst mich, als ich ihre Wunden erkenne. Sie blutet, wirkt, als hätte man sie brutal zusammengeschlagen.

»Wach auf«, flehe ich, schüttle sie.

Aber sie reagiert nicht, also ziehe ich sie in meine Arme, stemme mich mit ihr hoch. Mehr stolpernd als rennend mache ich mich auf zum Loch-Ness-Flügel. Ihr zarter Körper glimmt gebrochen in der Dunkelheit. Wer hat ihr das angetan? Warum? Warum nur hat sie mein Zimmer verlassen? Mich nicht geweckt? Kopfschüttelnd eile ich ein paar Schritte schneller, ein Gedanke brennt mir fast die Sicherungen durch: Lou. Muss. Leben.

Mit dem Fuß kicke ich die Flügeltür zum Krankenbereich auf, brülle sofort um Hilfe und lasse Lou in eines der Betten gleiten.

»Hilfe, jemand wurde verletzt«, schreie ich erneut.

Gestresst trifft es nicht annähernd, wie ich von Angst gepeinigt auf und ab schreite. Als endlich eine verschlafene Krankenschwester im Pyjama aus einem Hinterzimmer auf mich zustürmt, zerre ich sie sofort zu Lous Bett.

»Was ist passiert, Prinz Jared?«

»Da«, ich deute auf die Wunden in Lous Gesicht. »Hab ihn so gefunden.«

Die Schwester beugt sich über Lou, nimmt ihr Gesicht prüfend zwischen ihre Hände.

»Wer hat den Armen denn so zugerichtet?«

»Das«, zische ich böse, »würde ich auch gern wissen.«

»Aber ich kann Euch beruhigen. Er wird durchkommen«, teilt sie mir mit, nachdem sie Atmung und Puls überprüft hat.

Erleichterung überschwemmt mich.

»Ich werde eine gründliche Wundreinigung durchführen und Verbände anlegen müssen. Und um eine Nacht zur Beobachtung wird er nicht herumkommen.«

»Solange Sie ihm helfen, geht das klar«, willige ich ein.

»Das werde ich. Einen Augenblick bitte.«

Sie wuselt davon, kommt kurz darauf mit Verband und Salben zurück, bereit, die immer noch bewusstlose Lou zu verarzten. Doch bevor sie damit beginnt, drückt sie sachte auf Lous Arme und Beine. Auch ihre Rippen und ihren Bauch befühlt sie durch den dünnen Stoff ihres Hemdes. Mit flinken Bewegungen schiebt sie das Hemd ein ganzes Stück hoch und mir bleibt das Herz stehen. Scheiße. Vor lauter Angst um ihr Leben habe ich nicht an ihre Verkleidung gedacht. Lous nackter Bauch macht mich nervös, und dann streift die Schwester das Hemd noch weiter hoch. Ich keuche im Glauben, dass nun alles vorbei sei. Aber dort, wo ihre Brüste sein sollten, prangt ein dicker Verband. Verwirrt starre ich den weißen Stoff an. Was …?

»Anscheinend eine alte Verletzung«, erklärt mir die Krankenschwester, während sie weiter Lous Bauch und Rippen abtastet. »Aber offensichtlich nichts Gravierendes und der Verband sieht noch gut aus. Ich werde ihn erst morgen wechseln.«

Als sich schließlich ein riesiger Verband um ihren Kopf schlingt und einige Kratzer am Schlüsselbein versorgt sind, kann ich mich erschöpft in einen Sessel neben Lous Bett sinken lassen.

»Morgen werde ich den jungen Mann nochmals untersuchen, um innere Verletzungen auszuschließen, aber er scheint so weit in Ordnung. Er hatte wirklich Glück. Und es ist nicht unüblich nach einer

Kopfverletzung erst mal eine Menge Schlaf zu brauchen. Das würde Euch übrigens auch nicht schaden.«

»Haben Sie vielen Dank.«

»Nicht dafür.«

Sie verbeugt sich kurz und verabschiedet sich in ihr anliegendes Zimmer. Ich lasse mich tiefer in den Sessel sinken. Meine Finger aneinanderlegend, schließe ich die Augen.

»Sawyer«, seufze ich. »Bist wohl immer für einen Schocker gut, was?«

Lou

Eine Woche nach diesem furchtbaren Zwischenfall verlasse ich mein Zimmer nicht mehr ohne Waffe. Niemals. An meinen Körper gepresst, verstecke ich sie entweder unter einem weiten Pullover oder in einer Jackeninnentasche. Nur zum Dienst gehe ich ohne, aber das auch nur so lange, bis mir eine Möglichkeit eingefallen ist, sie unter der Küchenuniform zu verstecken. Trotz der verstrichenen Zeit muss ich mich immer noch abreagieren, also schnappe ich mir meine Sporttasche und verziehe mich in den Trainingsraum des Schlosses. Viel zu viel schwirrt mir durch den Kopf. Zum Beispiel die elenden Nachrichten. Charlies Gesicht hat uns tagelang von allen Zeitungen und Fernsehern, die ich zu Gesicht bekommen habe, entgegengestarrt. Sein Name und der angebliche Hochverrat sind über das Land gewirbelt wie ein Tornado. Es grenzt beinah an ein Wunder, dass nirgends Jareds Namen aufgetaucht ist. Obwohl er mich gerettet hat, kann ich seine Gegenwart nicht ertragen. Wie könnte ich auch? Sobald ich ein richtiges Gespräch mit ihm anfangen würde, müsste ich ihm gestehen, was sein Vater seiner Schwester antut. Was für ein grausamer Scherz, dass ausgerechnet ich ihm das klarmachen muss. Wo ich doch vor so etwas erst geflüchtet bin. Und trotz der Schläge und Drohungen bin ich entschlossen, es ihm zu sagen. Aber noch bin ich nicht bereit dafür, kann mich einfach nicht überwinden. Ohne groß darüber nachzudenken, schwinge ich mich nach dem Umziehen auf eines dieser altmodischen Stand-Fahrräder. Der Hometrainer quietscht unter meinem Gewicht und ich genieße es, mich abzustrampeln, ohne vom Fleck zu kommen. Mit meiner Lieblingsmusik im Ohr vergesse ich die Welt um mich herum. Vergesse das Grunzen und Stöhnen. Dass es wehtut. Jared. Betäube meinen Schmerz mit noch mehr Schmerz, trete heftiger in die Pedale. Als sich ein leichter Schweißfilm auf meiner Stirn bildet, schließe ich die Augen. Die Musik dröhnt in meinem Kopf, reißt mich mit. Ganz leicht öffne ich die Lippen und plötzlich drückt mir jemand einen Kuss auf. Noch bevor mein Verstand zurückschrecken kann, registriert mein Körper, dass es keinen Grund zur Furcht gibt. Zu vertraut ist der Schwung dieser Lippen, das Gefühl des Springens. Mit einem Störsender im Kopf, der es mir unmöglich macht, zu denken, lasse ich mich weiter in den Abgrund fallen. Nach wenigen Minuten schmecke ich Salz. Es dauert Sekunden, bis ich verstehe, dass es nicht mein Schweiß, sondern Jareds Tränen sind. Mit einem Schluchzen reißt er sich von mir, geht davon und ich stürze nicht länger. Nein, ich schlage auf den Grund auf. Egal, ob ich ihn sehen will oder nicht, schneidet seine Abwesenheit tiefer als jedes Messer.

Irgendwann – keine Ahnung, ob es Minuten oder Tage später ist – drängt mich die Last auf meinen Schultern doch zu Jared und ich fange ihn vor einer weiteren Unterrichtstunde ab. Die Schuld wiegt einfach zu schwer.

»Wir müssen reden. Dringend«, erkläre ich ihm, während ich ihn in mein Zimmer ziehe.

Trauer und Frucht brauen sich in meinem Kopf zusammen.

»Okay. Das klingt nicht gut.«

»Ist es auch nicht«, sage ich traurig.

Wie beim Pflaster abreißen. Schnell und erbarmungslos.

»Es geht um Chiara.«

»Was ist mit ihr?«

»Dein Vater missbraucht sie.«

Als Jared nicht reagiert, fürchte ich, die Worte gar nicht wirklich, sondern nur in meinem Kopf gesprochen zu haben.

»Warum sagst du das? Soll das lustig sein?«, will Jared verärgert wissen.

»Traust du mir echt zu, darüber zu scherzen?«

Eigentlich macht er mich derart wütend, dass ich ihm am liebsten schlagen würde, aber am Anfang glauben sie es nie. Auch Adam konnte es damals nicht fassen. Das änderte sich schlagartig, als ich ihm die tiefen Schnitte über meinem Rücken zeigte.

»Nein, das habe ich nicht gemeint. Wie hast du …?«

Jared bricht mitten im Satz ab, schlägt sich die Hand vor den Mund.

»Oh Gott«, raunt er. »Die Nacht, als ich dich zusammengeschlagen gefunden habe. Das war *er*. Du hast ihn erwischt …«

Erschreckend, wie tief sich dieses Ereignis in Jared festgekrallt haben muss, ansonsten hätte er wesentlich länger gebraucht, um den Zusammenhang herzustellen. Lange sehe ich einfach nur stumm dabei zu, wie Jared von Krämpfen geschüttelt wird. Er weint um seine Schwester. Um mich. Und in gewisser Weise um seinen Vater. Zumindest um das Bild von ihm, das er für immer verloren hat. Mit Mühe kann ich seine aufkeimenden Rachegelüste unterdrücken. Die Vernunft zwingt ihn schließlich in die Knie.

Als er sich wieder einigermaßen zusammennehmen kann, stottert er, dass er mit Chiara reden muss, und verschwindet.

Jared

Ich könnte kotzen. Wortwörtlich auf den Steinboden würgen, über den ich haste. Wie kann dieses Drecksschwein von Erzeuger meiner Schwester so etwas Grausames antun? Wie? Mit den Tränen kämpfend hetze ich umher. Doch bevor ich Chiara finden kann, laufe ich ausgerechnet ihrem Vergewaltiger über den Weg und sehe rot. Blind vor Wut stürze ich mich auf meinen Vater und schlage ihm auf die Nase. Meine Knöchel treffen ihn hart, ich kann es unter ihnen splittern hören. Sofort springen zwei Soldaten auf mich, verdrehen mir die Arme auf den Rücken und ziehen mich von meinem Vater weg.

»Jared, was zum Teufel ist in dich gefahren?«, schreit der Mistkerl und hält sich die blutende Nase.

Gut. Hoffentlich tut es richtig weh.

»Willst du wirklich dieses Gespräch führen? Über Chiara? Wenn die«, mein Kopf zuckt zwischen den beiden Soldaten hin und her, »dabei sind?«

Die Haut meines Vaters wird aschfahl, als wäre er mit einem Schlag um hundert Jahre gealtert.

»Geht«, faucht er den Soldaten zu.

Die zögern jedoch, aus Angst, ich könnte gleich wieder auf den König einprügeln.

»Geht!«, herrscht mein Vater sie energischer an. »Das ist mein Sohn. Mit dem komme ich gerade noch zurecht.«

Schließlich lassen sie von mir ab und tun, was man ihnen befohlen hat.

»Wie kannst du es wagen, sie anzufassen?«, gurgle ich aufgebracht.

»Beruhige dich, mein Junge. Es ist nicht das, wonach es aussehen mag.« Er hebt beschwichtigend die Hände.

»Das ist es allerdings nicht«, knurre ich böse. »Wenn du ihr in Zukunft auch nur ein einziges Mal zu nahe kommst, breche ich dir nicht nur die Nase, sondern beide Beine. Erst dann ist es, wie es aussehen *sollte.*«

»Woher weißt du eigentlich …?«

»Was für ein Schwein du bist? Mach dir nicht die Mühe, Leute danach zu fragen. Ich hab's selbst herausgefunden.«

Ich wusste, wozu dieser Mann imstande sein kann, wenn man ihm Menschen ausliefert. Das würde mit Lou nicht geschehen.

»Außerdem wirst du«, befehle ich, »mit Mum über alles reden und eine Therapie für Arschlöcher wie dich machen oder deine Krone verpisst sich schneller von deinem Schädel, als du vor Diätcola flüchtest. Und bis ich weiß, was ich machen soll, wird Chiara nicht mehr mit dir unter einem Dach wohnen. IST DAS KLAR? Wenn du meine Bedingungen nicht akzeptierst, weiß morgen das ganze Schloss Bescheid.«

Er sieht betreten zu Boden, nickt tonlos.

»Und jetzt geh dich verarzten lassen. Bei deinem Anblick muss man ja würgen.«

Lou

Später an diesem Tag mache ich mich auf den Weg zum Dienst. Aber noch bevor ich weit gekommen bin, erregt ein Gezischel auf dem Gang meine Aufmerksamkeit. Neugierig wie ich nun mal bin, bleibe ich stehen und spitze die Ohren. Vielleicht erfahre ich etwas mehr darüber, ob sie mich nun suchen. Das Getuschel dringt aus einem Zimmer.

»Natürlich wird Jared *sie* heiraten.« Ein Schnalzen der Zunge, gefolgt von hohlem Spottgelächter.

Die gedämpfte Stimme kriecht unter der Tür zu mir. Sie vibriert und brummt auf eine Weise, die mir die Nackenhaare aufstellt. Höre ich gerade, was ich denke, dass ich …? Nein. Verzweifelt kneife ich mich in den Oberschenkel. Wach auf. Das kann nur ein Albtraum sein. Ein Traum. Zugegebenen ein grausamer, aber solange ich nur träume, kann das nicht wirklich geschehen. Solange ich träume, kann ich den Schmerz verdrängen, der sich durch diese Welt frisst. Bitte nicht. Mir schießt die Röte ins Gesicht, als ich die Stimme dem Menschen, dem sie gehört, zuordnen kann. Entsetzt schnappe ich nach Luft. Der König. Wie kann er so grausam sein, Jared in eine Zwangsheirat zu treiben? Oder … ist es gar kein Zwang?

Dummes Mädchen, schnarrt es in meinem Kopf. *Hast du wirklich gedacht, du könntest genug sein? Gut genug, um bei Jared zu bleiben?* Vor lauter Bitterkeit presse ich die Lippen aufeinander, schüttle den Kopf und stehle mich wieder den Gang zurück in mein Zimmer. Dort knalle ich die Tür ins Schloss und lasse mich mit einem frustrierten Schrei ins Bett fallen. Meine Hände schlagen auf die Matratze ein, ich presse mein Gesicht auf ein Samtkissen. Aber da es noch Nachmittag ist, kann ich nicht lange liegen bleiben. Nichts zu tun und in seinem eigenen Schmerz zu baden, ist bei Weitem nicht so verführerisch, wie es einem in jeder Liebesschnulze aufgetischt wird. Also versuche ich mich abzulenken, indem ich durch das Schloss wandere. Ein wenig Bewegung wird mir guttun. An Arbeit ist ohnehin nicht mehr zu denken, als tausche ich vorerst meine Schicht und geistere weiter haltlos umher.

Jared

Schon einen Tag später ist Chiara unter Tränen in ein Internat verfrachtet worden. Bis wir entscheiden, was mit meinem Vater geschehen soll, muss sie in Sicherheit sein. Meine Mutter und ich sind gerade erst zurückgekehrt, da watschelt das fette Walross auch schon breit grinsend auf uns zu. Im Schlepptau hat er ein junges Mädchen, das in seinem Schatten hinter ihm herläuft.

»Was nun schon wieder?«, zische ich meiner Mutter besorgt zu, die kreidebleich geworden ist.

»Mein Junge, darf ich dir die bezaubernde Sophia Devigne vorstellen?«, erklärt mein Vater großkotzig, zeigt mit einer seiner Pranken auf das Mädchen, welches sich nun neben ihn stellt.

»Du bist also mein Zukünftiger?«, will sie mit glockenklarem Lachen wissen, während sie mir die Hand zum Gruß reicht.

Irgendwie habe ich erwartet, dass sie hässlich ist. Mein Vater schart meistens nicht wirklich hübsche Menschen um sich, um von seiner eigenen Hässlichkeit abzulenken. Aber ihre langen blonden Haare rauschen ihr glatt und fein den Rücken hinab. Ihre weiße Haut ist so rein, dass es wehtut. Ein eisblaues Seidenkleid schmiegt sich an ihre Figur, entblößt ihre ellenlangen Beine. Fast will ich blinzeln, weil mich ihre Schönheit blendet. Als meine Hand ihre ergreift, stößt mich mein Vater sanft in die Seite. Daraufhin stöhne ich genervt, verdrehe die Augen und ziehe ihre weiche Hand an meinen Mund, um ihr einen flüchtigen Kuss aufzudrücken.

»Entschuldige bitte die Manieren meines Jüngsten«, brummt mein Vater beinahe liebevoll, nickt in meine Richtung. »Er ist noch etwas überrumpelt.«

Am liebsten würde ich ihm meine Faust in seine miese Visage rammen. Aber Lou hat mir ausgeredet, weiterhin mit blanker Gewalt zu reagieren. Ich vertraue darauf, dass es die richtige Entscheidung ist.

»Das bin ich auch«, gibt sie zu und wird um die Nase etwas rot.

Als sie einen Schritt auf mich zu machen will, stolpert die nordische Schönheit in meine Arme und verliert dabei einen Schuh. *Wunderbar*, stöhne ich innerlich, als sie sich an mir festkrallt. Ich soll also Cinderella heiraten.

»Entschuldige, entschuldige«, nuschelt sie und blickt zu mir auf.

In meiner Brust flammt so etwas wie Mitleid auf, als sie es keine Sekunde länger erträgt, mich anzusehen.

»Ich bin übrigens Jared«, sage ich mit all der Wärme, die ich für die Eisprinzessin aufbringen kann, um die peinliche Situation zu überspielen.

»Sophia«, quiekt sie kurz angebunden.

»Louuu«, ruft mein Vater unvermittelt durch den Raum, da er sie wohl gerade entdeckt haben muss. Er winkt sie mit einer hastigen Handbewegung zu uns.

Mein Herz erlebt gerade einen Hörsturz. Überall dröhnt es. Alles ist taub und stumm und leise. Unerträglich leise. Von all den Dienern, die dieses elende Schloss angestellt hat, muss ausgerechnet der eine vorbeiziehen, von dem ich am allerwenigsten in solch einer Umarmung gesehen werden will. Als Lou an uns herantritt, verbeugt sie sich steif. Ihr Gesicht ist ausdruckslos, fast tot. Nur ihre Augen können die unglaubliche Wut nicht bannen, die sie wie ein stummer Wirbelsturm zu verschlucken droht. Verzweifelt versuche ich ihr mitzuteilen, was hier los ist. Aber wie soll das ohne Worte gehen? Alles, wozu ich imstande bin, ist ein hektisches Kopfschütteln. Ob sie es verstanden hat, weiß ich nicht, denn sie verengt nur die Augen und blickt meinen Vater fragend an.

»Sei so gut und zieh unserer jungen Dame ihren Schuh wieder an«, bittet Vater mit einem Grinsen im Gesicht.

Lou hebt den schwarzen Stöckelschuh auf, kniet sich hin und streift ihn mit zarten Bewegungen über Sophias Fuß. Eine Gänsehaut kriecht in meinen Nacken, da mir bewusst wird, wie gerne Lou diesen Knöchel vermutlich brechen möchte. Das ist es nämlich, was Schmerz aus dir macht: er quält und verändert dich.

Als Lou sich wieder aufrichtet, lässt mich Sophia los und spricht mit einem süßlichen Ton. »Danke, ...?«

»Sawyer«, entgegnet Lou und verschränkt ihren Blick mit Sophias. Mit einem Lächeln, das ich niemals sehen wollte. Die Qualen schreiben sich über ihr ganzes Gesicht. Es funkt, stürmt und blitzt darin. Es ist reinster Selbstmord. Breit und falsch in ihre sonst so schönen Züge geritzt. Ich will nach ihr greifen, sie berühren. Wenn sich ein Mensch jemals gewünscht hatte, einem Ertrinkenden einen Rettungsring um den Hals zu legen, dann ich. In den folgenden Sekunden lerne ich eine Menge über mich. Das Zittern meiner Finger verrät mir, dass ich Lou immer lieben werde, aber dass es auch stets dieses Arschloch namens Leben geben wird, das uns voneinander trennt. Ich habe keinen Schimmer, wie lange ich das noch aushalten kann, ehe ich auseinanderbreche. Als ich mich nach Lou ausstrecke, schüttelt sie nur kurz den Kopf. Das schlimmste *Nein,* welches ich je ertragen musste. Das erste, was mir wirklich wehtut. Sophia beobachtet das lautlose Schauspiel neugierig. Falls sie verstanden hat, was vorgeht, lässt sie es sich nicht anmerken.

»Dann danke, Mister Sawyer«, ein Nicken von Sophia macht deutlich, dass Lou jetzt gehen kann.

Eigentlich sollte sie nicht gehen müssen. Sie sollte bleiben dürfen. Vielmehr: Sie sollte neben mir stehen, wenn ich vor den Altar gezerrt werde. Stattdessen dreht sie sich um und geht, während sich Sophia bei mir unterhakt. Sie legt ihre Hände um meinen Arm, seufzt und quietscht beim Reden: »Sooo, führ mich mal rum.«

Nach der Führung schiebe ich das Prinzesschen zum Abendessen an meinen Vater ab, ich will nur noch Lou finden. Alles erklären. Ich muss nicht lange überlegen, wohin sie sich verzogen hat, sondern hetzte sofort in den obersten Stock. Als ich meinen Kopf aus der Luke stecke, sehe ich sie verloren in die Ferne starren. Langsam stemme ich mich hoch und mache mich durch ein Räuspern bemerkbar. Sie erschrickt nicht, sondern dreht sich zu mir.

»Herzlichen Glückwunsch, du Brautfänger.« Lou streckt mir die Zunge raus, verliert auf halben Weg ihr Lachen und fängt an zu weinen.

»War klar, dass du mich verrücktes Durcheinander nicht mögen kannst«, schluchzt sie und kaut auf der Unterlippe rum.

Mit einem kräftigen Ruck ziehe ich Lou in eine Umarmung. Die Berührung lässt sie schaudern. Ein Flüstern in der Nacht.

»Ich mag dich nicht, *obwohl* du verrückt bist. Sondern genau deswegen.«

Liebevoll streicht meine Hand über ihren Rücken. Während ich am Stoff ihres Shirts kratze, stehen wir einfach nur da. Herz an Herz gedrückt. In vollkommener Unvollkommenheit. Lou ist nun mal das wunderschönste Chaos von allen.

Trotzig löse ich mich aus der Umarmung. Sein Verrat schmerzt sogar noch mehr als sein Verkuppeln mit Emil.

»*Danke* übrigens!«, fauche ich.

Der Sarkasmus klebt mir beinahe die Kehle zu. Jared kratzt sich am Kopf und fährt sich verlegen durch die Haare.

»Ähhh, für was?«

»Fürs so tun, als ob ich dich kümmer.«

Mein Hals schwillt zu und ich schlucke schwer. Schwungvoll drehe ich mich um, ich will nur noch weg. Also laufe ich davon, schlittere durch die Luke zurück ins Schloss. Er muss nicht auch noch sehen, wie ich zusammenbreche. Nicht nachdem er mein Herz in Wackelpudding verwandelt und an einen Baum genagelt hat. Manch einer würde vielleicht behaupten, das wäre unmöglich, aber derjenige war eindeutig noch nie unglücklich verknallt. Fast muss ich lachen, als mir die Ironie dieses Wortes bewusst wird. Ver*knall*t. Ich hab eindeutig 'nen Knall. Für Jared. Meine Füße schlittern über den Boden, als er meinen Namen ruft. Erst sanft, dann verzweifelt. Fordernd. Und plötzlich reißt mich etwas am Handgelenk und ich pralle rücklings gegen Jared. Mit solch einer Wucht, dass wir stürzen. Dabei schlingen sich Jareds Arme um mich, damit ich auf ihm lande und nicht auf dem kalt-harten Steinboden.

»Aaauuuu«, flucht er, als sein Rücken aufschlägt.

Erst ist es drückend still und ich lasse mich einfach nur von seiner Wärme umfangen, doch dann spüre ich ein Seufzen, als Jared spricht.

»Den ganzen Tag kümmert mich deine jämmerliche Existenz«, knurrt er und hält mich weiterhin an sich gedrückt. »Jede Stunde. Jede Minute. Jede verdammte Sekunde.«

Seine Worte jagen mir Gänsehaut die Arme hinauf, direkt in die Brust.

»Aber, aber …«, stottere ich ziemlich geistreich.

»Halt doch endlich die Klappe, Lou. Verstehst du es immer noch nicht? Ja, ich würde für dich sterben. Aber vielmehr will ich für dich leben. Weil sterben leicht und leben schwer ist.«

Jared Arschgeigengott Camper kann also richtig tiefgründig sein. Na, dagegen war die Entdeckung der Schwerkraft ja der reinste Kinderkram. Mühsam eise ich mich von ihm los, rolle von ihm. Am liebsten würde ich einfach nur hier im Dreck liegen bleiben. Nie mehr aufstehen. Aber irgendwie raffe ich mich auf. Mache ich das nicht immer? Auch Jared springt auf die Beine, klopft sich Staub ab. Eine Weile spricht keiner von uns.

»Niemand hat gesagt, das mit uns würde einfach werden«, fleht Jared mit weinerlicher Stimme, »aber niemand hat mir gesteckt, dass es so hart sein muss.« Mir wird übel bei dem Gedanken, ihn zu verlieren. Ich muss aber auch würgen, wenn ich daran denke, bei ihm zu bleiben. Soll ich ihm allen Ernstes glauben, dass er von all dem nichts gewusst hat? Dass sein Arschlochvater von König wirklich so besessen und trunken von der Macht ist, um seinen eigenen Sohn im Stich zu lassen? Mein Blick klebt am Boden, meine Hände beben. Meine Gedanken schweifen zu Chiara ab, der besagter Arschlochkönigsvater auch unsägliche Schmerzen zugefügt hatte. Leider weiß ich, dass sie nicht glauben sollte, es könnte leichter oder gar gut werden. Das Gefühl, sich aus der eigenen Haut rausschneiden und seine Augen auskratzen zu müssen, ertrinkt bloß. Langsam. Ein wenig.

»Lou«, flüstert es an meinem Ohr. Plötzlich ist Jared ganz nah und sein Atem streift über meine Haut. Es ist nur ein Wort, das er säuselt, aber ich weiß, dass ich es nie wieder vergessen werde.

»*Bitte.*«

Es ist, als hätte jemand meine Abwehr gestürmt. Den Damm eingerissen, den ich ganze Ewigkeiten lang zwischen mir und der Welt aufgestellt hatte. Um die anderen aus- und mich einzusperren. Ein Jared Camper bittet nicht. Er befiehlt. Zumindest ist es bisher so gewesen. Voller Angst hebe ich den Kopf und blicke in seine wässrigen Augen. Kann es wahr sein? Kann er wirklich hier stehen, atmen und mich lieben? Mehr als sein Leben? Mehr als alles Böse auf der Welt? Seine Hand fährt mir durch die Haare und zieht an ihnen. Genüsslich lasse ich meinen Kopf in den Nacken sinken und schließe die Augen. Meine Brust hebt sich schwer, die Last der letzten Jahre drückt auf sie. Entschlossen richte ich mich auf und stoße Jared von mir. Mit geballter Faust und gebleckten Zähnen zische ich: »Du wirst mich nie wieder verletzen. Du wirst mich in den Wahnsinn treiben. Aber auf die gute Art und nicht auf die, bei der ich mich am liebsten von der Dachkante stürzen würde. Kapiert? Ich bin kein Spielzeug. Du musst mich lieben und reparieren und aufhören, so … ein …«

Jared lächelt traurig, während mir die Tränen kommen. Er schreitet auf mich zu und zieht mich in eine Umarmung.

»… ein Arsch zu sein«, lacht er.

Nach wie vor verärgert, drücke ich mich dennoch an seine Schulter und atme seinen wohltuenden Duft ein. Er versucht doch, mich ganz zu machen, warum will der Rest der Welt uns das vermiesen?

»Ich hasse dich und deine ganze Familie. Ihr macht mich kaputt. Vielleicht ist es leichter für alle, wenn ich gehe.«

Mein Scheitern länger zu leugnen, ist sinnlos. Vielleicht war mein Plan von Anfang an dermaßen dämlich, wie ich befürchtet hatte, und von vornherein zum Scheitern verurteilt. Mir bleibt einfach keine Kraft mehr. Jared schiebt mich ein wenig von sich weg, lässt die Hände sinken und bringt Abstand zwischen uns. Einen Krater, der sich womöglich nie wieder schließen wird.

Jared

»Du kannst nicht gehen. M-mein Leben … es … es wär … ohne dich wär ich voll am Arsch«, rufe ich mit zittriger Stimme und geballten Fäusten.

Dass sie einfach verschwinden will, macht mich richtig wütend. Lou lässt die Schultern hängen und ihre Augen glänzen wie ein Meer bei Sonnenaufgang. Nur dass ich ihr ein Meer aus Tränen und Kummer vor die Füße geklatscht habe.

»Lass stecken«, schluchzt sie und sieht mir fest in die Augen.

Könnten Blicke sprechen, dieser hätte mir geraten, mich zu vergraben. Lebendig.

»Weißt du, mein Leben wäre *ohne* dich auch im Eimer …«, Lou spricht mit einer derart nüchternen Stimme, dass meine Brust sich zusammenzieht.

»Nur zu blöd, dass es das auch *mit* dir ist«, faucht sie, dreht sich um und läuft davon.

Wie sie in ihrem Nebel aus Düsternis und Trauer abzieht, fühle ich mich, als wäre heute der letzte schöne Herbsttag und der Winter hätte soeben meine Sonne verschluckt. Als wäre ich eine Pusteblume und in alle Windrichtungen verstreut worden.

Da mir nichts anderes einfällt, mache ich mich auf die Suche nach Sophia, in der Hoffnung, ihr diese irrwitzige Hochzeit ausreden zu können.

Lou

Am nächsten Morgen wache ich mit roter Nase und schmerzenden Augen auf. Mein Gesicht fühlt sich aufgequollen an, als meine Finger darüberfahren. Ein paar verschwitze Strähnen hängen mir ins Sichtfeld. Noch etwas schwach auf den Beinen quäle ich mich aus dem Bett und wackle ins Bad. Mein Spiegelbild sieht genauso furchtbar aus, wie ich mich fühle. Meine Finger reiben über meine roten Augen. Offenbar habe ich im Schlaf geweint, ohne es zu merken. Wenigstens habe ich heute keinen Dienst, daher kann ich mich in meinem Zimmer verkriechen und in meinem Elend winden. Warum hatte Jared mir nicht selbst von der Zwangshochzeit erzählt? Denkt er wirklich, ich würde es nicht merken, wenn er von einem auf den anderen Tag verlobt ist? Kopfschüttelnd schleiche ich zurück zu meinem Bett, lasse mich wieder zwischen Decken und Kissen fallen. Schmerz ist etwas Absurdes. Er verseucht dich. Arbeitet sich von den Zehen bis zu den Haarspitzen. Nimmt dich ein, bis selbst deine Poren nur noch Schmerz absondern. Ein forderndes Klopfen an meiner Zimmertür reißt mich aus meinen trübsinnigen Gedanken.

»Jaaah?«, brumme ich, ziehe jedoch die Decke noch weiter über meinen Kopf.

»Mister Sawyer?«, eine piepsende Frauenstimme hallt durch den Raum zu mir. »Man hat mich gebeten, Sie zum Küchendienst zu zitieren. Einer der Wochenendarbeiter ist ausgefallen und Sie sollen laut Mister Robinson einspringen.«

Großartig. Was kann einem auch besser helfen, Liebeskummer zu überstehen, als ein aufgebauschter Emil Robinson.

»Komme gleich, muss nur vorher unter die Dusche«, stöhne ich entnervt.

Murrend schleppe ich mich ins Bad, streife meinen Pyjama ab und trete in die enge Dusche. Das Wasser schwemmt den Dreck der letzten Stunden weg. Auch wenn ich mich nicht besser fühle, immerhin etwas frischer. Rasch rubble ich mich trocken und schlüpfe in meine Küchenuniform. Als ich bei der Arbeit ankomme, stürmt mir schon ein aufgebrachter Emil entgegen. Wild mit den Armen fuchtelnd kämpft er sich durch den Trubel.

»Oh gut, dass du einspringen kannst. Vielen Dank«, meint er erleichtert, während er mir knapp zunickt.

»Kein Problem. Aber warum drehen hier alle am Rad?«, antworte ich und wundere mich, wie hektisch alle durcheinanderrennen, schreien und sich anrempeln.

»Heute Morgen hat der König ein Dinner angeordnet.«

»Jaaahh … Dinner kommt überraschend«, lache ich trocken, »jeden Abend wieder. Lästige Angewohnheit, nicht?«

Eine heiße Pfanne pfeift verdächtig neben mir, also drehe ich automatisch die Hitze zurück, schnappe mir einen Kochlöffel und beginne in der Pfanne zu rühren. Ein Riesenaufstand wegen eines Abendessens? Emil lässt hinter mir ein brummendes Lachen vernehmen. Es klingt fies, fast widerlich.

»Da hast du wohl recht, Sawyer. Aber ein Verlobungsdinner erlebt man nicht jeden Tag, oder?«

Meine Brust friert mir zu. So schnell schon?

»Verlobung?«, krächze ich, meine Finger krallen sich in den Griff der Pfanne.

»Ja, Jared und das Mädchen aus dem Norden. Kannst du dich nach dem Auflauf um die Deko draußen kümmern?«, will Emil beiläufig wissen.

Schwerfällig nicke ich. Selbstverständlich bricht für ihn nicht gerade alles zusammen. Die Titanic in mir hat soeben den Eisberg gerammt. Aber da weit und breit keine Rettungsboote in Sicht sind, treibe ich einfach im Eismeer dahin. Naiv wie ich bin, habe ich mir doch glatt die ganze Nacht eingeredet, dass alles ein Irrtum ist. Oder dass Jared auftauchen, sich entschuldigen würde. Mir unter Tränen lachend erklären würde, dass das alles ein schrecklicher Fehler ist und es kaum an Lächerlichkeit zu überbieten wäre, so was überhaupt zu glauben. Dass er mich lieben würde. Nur mich. Dass er mich wählen würde. Nur mich. Dass wir glücklich sein können. Stattdessen wanke ich in den Salon, um sein beschissenes Verlobungsdinner vorzubereiten. Die Trauer in mir schwappt in Wut über. Blaue Rosen sollen auf den Tischen platziert werden. Anordnung von Robinson. Auf jedem Tisch arrangiere ich die Rosen in eleganten Vasen mit langen Hälsen. Aber am Haupttisch – an jenem, wo das Verlobungspaar Platz nehmen wird, stelle ich keine Vase ab. Nein, stattdessen lasse ich die Rosen in einen weißen Keramikkrug gleiten. Mein stummer Schrei nach Liebe. Ein winziges Detail, das dieses perfekt hingezauberte Bild ins Wanken bringt. Der verfluchte Eisberg für seine Titanic. Rebellentochter, die ich bin, kann ich der Prinzessin aus dem Norden kaum das Schlachtfeld überlassen. Schon gar nicht kampflos.

Kapitel 5

Monster und Narben

Lou

Tage später bricht Hektik aus, als die Hochzeit für die nächste Woche angesetzt wird. An einen normalen Schlossbetrieb ist nicht mehr zu denken. Der Unterricht wurde für die Vorbereitungen abgesagt, aber dem trauere ich nicht wirklich nach. Keine Mathematikstunden mehr, in denen ich meine Klugheit unter Beweis zu stellen habe. Keine Genlehre ohne nützliche Informationen. Keine Sportstunden mit Jared und der heißen Französin. Kein Jared. Betrübt zerknülle ich eine Liste mit Emils Aufgaben für mich, stopfe sie in meine Hosentasche und lasse meinen Blick durch den ovalen Raum gleiten, in den es mich verschlagen hat. Zu viele durcheinanderrufende Menschen strömen in den Ballsaal im Westgebäude und wieder hinaus. Als würde der Raum ein- und ausatmen. Bei meiner Führung mit Jared hat er zwar erwähnt, dass der Westflügel nur für besondere Anlässe genutzt wird, aber ich hatte ja keine Ahnung, dass er damit besonders dämliche meinte.

Gesichter gleiten im Laufschritt an mir vorbei, aber über der Welt liegt ein Rauschen. Ich kann keine Farben, keine Menschen und kein Glück in ihr sehen. Mittlerweile hege ich die Vermutung, dass Emil mich mit Absicht für den ganzen Hochzeitskram einteilt, um mich zu quälen. Weshalb sonst sollte ich auch beim Dekorieren helfen, nachdem er mir schon das Verlobungsdinner aufgezwungen hatte? Mit einem Ziehen hinter meinem Nabel bemerke ich, dass Jared den Raum betritt. Er ist in einen marineblauen Anzug gekleidet. Das schmale Sakko ist im Rücken länger geschnitten als vorne, was mich an einen Pinguin erinnert. Die Hände hinter dem Rücken verschränkt, blickt er genauso zerknittert wie seine Leinenhosen. Eine junge Frau, vermutlich eine Zofe, folgt ihm auf Schritt und Tritt, zupft an seiner Kleidung rum. Schließlich bleibt Jared stehen, starrt betrübt zu Boden. Seine Zofe lässt den Blick aufgekratzt umherhuschen, bis er an mir hängen bleibt und sie zu mir eilt. Ihre dunkelbraunen Haare hat sie zu einem Pferdeschwanz gebunden, der beim Laufen in Wellen hüpft. Ihre puppenhaften Züge schimmern rot und glänzend, als sie vor mir steht und mich mit aufgerissenen Augen betrachtet.

»Perfekt, mit dir klappt es auch«, ruft sie geschäftig, während sie einen Arm bei mir unterhakt und mich Richtung Jared zerrt.

Völlig perplex darüber, dass sie mich trotz ihrer zierlichen Statur recht kräftig hinter sich herschleppt, folge ich dem Mädchen, ohne mich zu wehren.

»Ist zwar ein Junge«, keucht sie und stellt mich vor Jared ab, »aber er hat die richtige Größe. Das wird schon passen.«

Jared schluckt schwer, seine Wangen färben sich rot.

»Sicher, dass das sein muss?«, stammelt er.

»Für was habe ich die richtige Größe?«, will ich von der Zofe wissen.

»Für den Hochzeitstanz natürlich.«

Mit einem übertriebenen Stöhnen schubst sie mich grob gegen Jared. Im letzten Moment schlingt er die Arme um meine Hüfte, um mich aufzufangen.

»Prinzessin Sophia ist bis heute Abend verplant, also macht schon, ihr zwei.«

Das Mädchen fuchtelt ungeduldig mit den Händen, als wolle sie Fliegen verscheuchen.

Alle anderen scheinen abgelenkt, niemand interessiert sich für den Bräutigam. Oder die Braut. Die Hochzeit als solches ist alles, was zählt.

»Sobald ich die Musik starte, tanzt ihr einen langsamen Walzer. Verstanden?«

Feixend stemmt sie die Hände in die Seiten, ehe sie loseilt, um die Musik für den Tanz – diesen grässlichsten aller Tänze – aufzulegen. Nach Sekunden unnatürlicher Stille in Jareds Armen erschüttern die ersten Töne den Saal. Die Klänge kratzen in meiner Brust wie ein Tier, das mich von innen zerfleischt.

»Du musst das nicht«, stammelt Jared.

»Bleibt mir wohl nichts anderes übrig«, knurre ich und lege meine Hände auf seine Schultern, ehe wir langsam, eng umschlungen tanzen.

Ein verdammtes, perfektes *Nicht*-Märchen. Mein Poeten-Ich malt sich die Welt immer viel schöner als sie ist. In meinen Kopf gesperrt, bringt es mich fast zum Platzen, dass die Realität nicht ein einziges Mal auch nur annähernd meinen Vorstellungen und Wünschen entspricht. Vielleicht ist es aber auch nur Jared, der mich fast platzen lässt. Ich knurre. Wie kann er mich nur ständig quälen?

»Das alles«, Jared deutet mit dem Kopf in Richtung Plattenspieler. »Tut mir furchtbar leid.«

»Muss es nicht«, raune ich achselzuckend. »Ist sowieso meine Schuld. Ich hätte es wissen müssen.«

»Wie meinst du das? Ich wusste doch auch nichts von diesem Irrsinn.«

»Du hast mir oft genug gesagt, wie dämlich ich doch bin«, schluchze ich mit zitternder Brust und gesenktem Blick. »Und du hast recht. Ich bin dumm. Dumm genug, zu glauben, du könntest mich ernsthaft …«

Meine Finger graben sich in den glatten Stoff von Jareds Anzug. Sie liegen zart, aber dennoch fest auf seinen Schultern, als wollte ich einen Vogel am Fliegen hindern. Als hielte ich etwas Zartes, Zerbrechliches. Wahrscheinlich ist mein Herz ebenso leicht zu zerbrechen, und obendrein aus Glas gegossen. Wieder mal zerschmettert und zu Scherben zermahlen. Vom Baseballschläger Jared.

»Du weißt, dass ich keine Wahl habe, oder? Von allen Seiten werde ich gezwungen«, faucht Jared leise, sodass nur ich ihn hören kann.

»Das weiß ich«, stöhne ich traurig und sehe ihm seit einer Ewigkeit wieder in die Augen.

»Wahrscheinlich hab ich trotz allem gehofft … Gehofft, du würdest kapieren, dass deine Cinderella eigentlich eine streunende Rebellentochter ist.«

Jared zieht mich in seine Arme, drückt mich sanft an seine Brust. Mein Herz setzt ein paar Takte aus, während unsere Körper sich wie eine Symphonie aneinander schmiegen. So schwanken wir über die Tanzfläche. Einen Schritt nach dem anderen tänzeln wir dahin.

»Aber du bist doch die Rebellin meines Herzens. Du hast es mir gestohlen, mich über die Planke springen lassen … wie … wie ein dreckiger Pirat«, flüstert Jared mir zu, ehe er seine Hand sanft an meinen Kopf legt und seine Finger in meinen Haaren vergräbt.

»Dreckiger Pirat?«, kichere ich unbeholfen. »Du weißt, wie man einem Mädchen schmeichelt.«

Aber plötzlich schlägt meine Fröhlichkeit um und mich drängt es, ehrlich zu ihm zu sein. Nur einen Wimperschlag lang. Nur solange es noch nicht zu spät ist. Denn es gibt Dinge, die man sagen sollte, solange man es noch kann.

»All die Jahre war ich einsam. Aber du hast dir meine Einsamkeit gekrallt und sie zerquetscht.«

»Du bist nie verbittert oder einsam gewesen«, flüstert Jared, während seine Hand über meine Wange streicht, »Ich denke, du warst allein unter den falschen Menschen.« Smaragde flammen in seinen Augen auf. »Aber vermutlich bin ich auch der falsche Umgang für dich.«

Seine Stimme gurrt, vibriert in meinem Bauch. Ihm nahe zu sein, ihn zu berühren, zu riechen, ohne ihn wirklich anfassen zu dürfen, zerreißt mich. Mit erschreckender Klarheit ist mir bewusst, wie viel Betrieb um uns herum herrscht. Dass ich nur so eng mit ihm tanzen darf, weil gerade kein anderer dumm genug dafür ist. Liebe ich eigentlich ihn oder die Qualen, wenn wir zusammen sind? Ruckartig bleibe ich stehen. Beinahe stürze ich, weil Jared nicht rechtzeitig abbremsen kann, aber wie so oft – zu oft – fängt er mich auf. Die Zofe wuselt herbei, fragt, ob alles in Ordnung ist.

»Bestens«, keife ich angespannt. »Wenn unser Prinz aufhört, auf jedermanns Zehen zu treten, steht seinem Tanz nichts im Weg. Und alles ist nicht nur bestens, sondern *blendend* bestens.«

Automatisch fängt Jared an, mich zu korrigieren: »So was wie blendend bestens gibt es …«

Ich ziehe mich aus seiner halben Umarmung, starre ihn an. Seine ständige Besserwisserei treibt mich zur Weißglut.

»Natürlich gibt es ein blendend bestens.«

Angesichts des Streits, der gleich durch den Raum fegen wird, verdrückt sich Jareds Dienermädchen wieder.

»Dann erklär mir den Stuss mal bitte.«

Er stemmt eine Hand in die Hüfte, beugt sich ganz nahe zu mir. Nur mit Mühe widerstehe ich dem Reflex, ihm eine Kopfnuss zu verpassen.

»Bestens ist es, wenn man heiratet«, schleudere ich ihm entgegen. »*Blendend* bestens ist es, wenn es verdammt noch mal nicht die Falsche ist.«

Am liebsten würde ich ihn trotz seines Arschloch-seins einfach küssen. Oder ihm eine reinhauen. Wozu die Erbsenzählerei? Betrübt rausche ich davon, ehe Jared mir antworten kann. Soll er doch an seinem Glück ersticken. Zurück in meinem Zimmer versuche ich wenigstens etwas Schlaf zu finden und stürze mich in meine Träume. Dort tanzen Jared und ich ebenfalls. Aber zu unserer eigenen Musik. Nicht zur Prinzesschen-Sophia-Musik.

Jared

Vor Wut schäumend bleibe ich allein zurück. Fassungslos. Verletzt. Ratlos. Als ob ich mir die Scheiße ausgesucht hätte. In meiner Aufgebrachtheit läuft ausgerechnet Prinzesschen Sophia auf mich zu.

»Was?«, fahre ich sie genervt an, kaum dass sie vor mir zum Stehen kommt.

Diesmal trägt sie ein rotes, aber nicht weniger eng anliegendes Kleid.

Warum ist sie überhaupt schon zurück? Sollte sie nicht bis heute Abend zu tun haben?

Ihr koketter Augenaufschlag treibt mir Hitze in den Nacken.

»Bist du nicht superbeschäftigt?«

»Man konnte mir eine Pause einrichten. Eine Hochzeit vorzubereiten ist doch sehr anstrengend.«

Seit sie mich erpresst, verschleiere ich meinen Zorn auf sie nicht. Sophia weiß, dass ich sie heiraten muss. Aber das bedeutet nicht, dass ich mich darauf freue.

»Vor allem, wenn man damit beschäftigt ist, sie zu erzwingen, was? Also, was willst du?«

»Dich, Darling«, säuselt sie gekünstelt und schmiegt sich an mich.

»Schön, ich will dich aber nicht.«

Entsetzt stoße ich sie von mir. Das Prinzessin sein gleitet von ihr ab und darunter kommt eine hässliche Fratze zum Vorschein.

»Was willst du mehr? Ich bin sexy und werfe mich dir praktisch an den Hals.«

»Was ich will, ist mehr kartoffelig und weniger perfekt. Mehr Chaos und weniger Ordnung. Weniger dahingerotzte Schönheit und mehr Natürlichkeit. Mehr *sie* und weniger du.«

Mit diesen harschen Worten lasse ich sie allein.

Lou

All der Schmerz und der Verrat rauben mir schließlich doch den Schlaf. Frustriert schlage ich meine Decke zur Seite, schwinge die Beine über die Bettkante und stoße mich ab. Ich streife rastlos durch das Zimmer, bis es mir zu viel wird. Der Mondschein gleitet in Streifen über den Boden, taucht alles in eine friedliche Atmosphäre. Aber in mir gibt es nicht eine Zelle, nicht ein Blutkörperchen, das friedvoll gestimmt wäre. Irgendwie hoffe ich, dass ein Streifzug durch die Küche mich wenigstens für ein paar Augenblicke beruhigen wird. Und vielleicht bin ich danach vom essen müde genug, dass ich vor lauter Erschöpfung endlich schlafen kann. Meine Hand drückt die kalte Türklinke runter und ich schlüpfe so leise wie möglich auf den Gang. Obwohl ich es im Schloss knarzen und atmen hören kann, ist es ansonsten schaurig ruhig. Eine Gänsehaut überzieht mir Arme und Beine und ein beklemmendes Gefühl breitet sich in mir aus. Unwillkürlich muss ich daran denken, was das letzte Mal geschah, als ich nachts durch diese Gänge gewandert bin. Manchmal sind diejenigen unter uns, die umherirren, eben doch verloren.

Meine Füße tragen mich schon beinahe automatisch zur Küche. Zu oft habe ich die Strecke zwischen ihr und meinem Zimmer nun schon überbrücken müssen. Viele Male. Häufig genug, dass es sich in meinen Körper eingebrannt hat. Mein Verstand beginnt erst wieder zu arbeiten, als ich vor der Küchentür stehe und unter dem Spalt sanftes Licht durchschimmert. Wer außer mir schleicht noch um diese Zeit umher? Ein dröhnendes Scheppern, das eindeutig zerbrechendes Glas ist, und lallendes Fluchen dringen aus dem kleinen Raum zu mir.

Keuchend stoße ich die knarzende Holztür auf, bereue es aber schon Sekunden später. Fragt sich das Schicksal eigentlich, was wohl das Schlimmste wäre, das mir in absolut jeder Situation zustoßen kann, und lässt es dann einfach geschehen? Niemand anderes als eine verwirrt blinzelnde Sophia kauert in einer Ecke zu meinen Füßen, eine Schnapsflasche umklammernd. Um sie herum verteilen sich noch mehr Flaschen und Scherben über den Fliesenboden. Entnervt reiße ich ihr den Alkohol aus den Händen.

»Ich glaub, du hast genug«, zische ich mit aufschäumender Wut im Bauch.

Ihr verquollener Blick rutscht an mir auf und ab, ehe sie in Tränen ausbricht.

»Ja«, schluchzt sie hicksend, »isch hab genuhhug vom Leben.«

Der Schatten eines hilflosen Säuglings, der eigentlich nur an seiner Flasche nuckeln will, flackert über ihr zierliches Gesicht. Und in diesem Augenblick komme ich nicht umhin, sie ein bisschen weniger zu verabscheuen. Mit einem kräftigen Ruck setze ich die Flasche auf einer Arbeitsfläche ab und lasse mich neben Sophia auf den Boden gleiten. Es zerreißt mir fast die Brust, aber dennoch ziehe ich eine bebende Sophia in meine Arme, streiche ihr sanft über ihr Haar, um sie zu beruhigen.

»Was ist überhaupt passiert, dass du dich halb tot säufst?«, seufze ich mit einem fiesen Brummen in der Stimme.

Nach wie vor kann ich nicht begreifen, warum ich mir das antue. Warum ich die Verlobte meines … meines – ach, was auch immer Jared für mich gewesen sein mag – tröste. Als ich ihren zitternden Körper an meine Brust drücke, wird mir aber allmählich klar, was mich dazu treibt. Ich habe auch genug. Düsternis verbindet Menschen in einem einzigen elektrischen Schlag. Und plötzlich verkrampfen zwei Seelen, können sich nicht mehr loslassen. Wie gefrorenes Metall, an dem eine Zunge klebt.

»Jared«, schnieft sie an mich gedrängt, »er … findet mich eeeh-ekelhaft. Hat mich angeschrien, ich wäre zu … zu …«

»Zu was?«, will ich beinahe tonlos wissen.

Ein begrabener, besonders gemeiner Teil von mir hält freudig den Atem an. Zwischen den beiden hat es also nicht gefunkt. Absolut nicht, um genau zu sein.

»Zu nett, freundlich, zu perfekt. Er wär mehr für chaotisch und kartoffelig. KARTOFFELIG«, das letzte Wort brüllt sie wiehernd. »Was soll das überhaupt heißen?«

Ob ich weinen oder lachen soll, weiß ich nicht. Kartoffelig. Wirklich, Camper? Das bin ich für dich? Ein Kartoffelchaos? Vor meinen Augen blitzt sein Halbgottgrinsen auf. *Wunderschönes* Kartoffelchaos würde er korrigieren.

»Hast du denn was für ihn übrig?«, überwinde ich mich, mit klopfendem Herzen nachzufragen.

Sophia verstummt kurz, hört sogar auf, sich zu rühren. Erstarrt und offenbar tief in Gedanken. Als die Sekunden verstreichen, werde ich zunehmend unruhiger. Bitte sag einfach NEIN. Bitte. Langsam schüttelt sie den Kopf. Erleichterung überwältigt mich.

»Na siehst du«, spreche ich ihr zu, während ich sie leicht hin und her wiege. »Warum interessiert es dich dann, ob er dich leiden kann oder nicht?«

Sophias trübe Augen starren ins Leere. »Keine Ahnung. Ich muss ihn heiraten. Da könnte er mich doch wenigstens nicht abstoßend finden.«

Ihre Stimme klingt mittlerweile klarer, als hätte sie jene Trauer, die sie erst betrunken gemacht hat, wieder ernüchtern lassen.

»Du hast jemanden verdient, der dich liebt«, bekräftige ich sanft.

»Das habe ich allerdings«, stimmt sie mir zu, bevor sie den Rücken durchdrückt und etwas von mir abrückt. »Soll dieser Tölpel von einem Prinzen doch mit seiner Kartoffel glücklich werden.«

Wankend versucht Sophia sich an mir hochzudrücken. Ich stütze sie und stehe mit mir auf.

»Wie wärs, wenn ich dich auf dein Zimmer bringe, bevor noch jemand mitkriegt, in welchem Zustand du bist, hm?«

»Danke«, haucht sie und mir schlägt ein unangenehm scharfer Geruch nach Schnaps entgegen. »Eigentlich dachte ich ja, du kannst mich nicht ausstehen.«

Hüstelnd und stolpernd staksen wir Richtung Gang.

»Ahhhm«, entgegne ich zögernd. »Wie kommst du darauf?«

Sophia bleibt stehen, umklammert meinen Oberarm. Ihre Finger drücken sich in meine Haut.

»Du hattest da was in deinem Blick.«

»Ach ja, und was?«, will ich überrascht wissen.

»Rebellion.«

Erschöpft schleppe ich Sophia in ihr Zimmer und lasse sie schließlich auf ihr Bett plumpsen. Ein unheimlicher Geschmack nach Déjà-vu steigt in mir hoch. Mein erster Tag – es kommt mir vor, als läge er schon Jahre zurück – hatte auch mit einem Mädchen in einem Bett angefangen. Cinderella beginnt zu schnarchen, also werfe ich ihr eine Decke über und hoffe, dass die Prinzessin sich in Dornröschen verwandelt und erst in 1001 Nacht wieder aufwacht. Das wünsche ich mir aber nicht aus Boshaftigkeit. Nein, vielmehr fürchte ich mich davor, dass sie ihre Meinung über Jared im nüchternen Zustand noch mal überdenkt.

Am nächsten Tag will ich im Ballsaal nach dem Rechten sehen. Ich hoffe inständig, dass am Morgen bereits Dekoration, Plattenspieler und all der restliche Hochzeitsschnickschnack verschwunden ist. Mein Herz zerbricht, als ich die Flügeltür aufstoße und mich ein blau-weißes Meer aus Glitzer erschlägt. Die Sonne blinzelt durch die hohen Fenster des Saals und lässt die Girlanden, die Luftballone und die Blumen außerirdisch schimmern. Sophia hatte die Hochzeit also nicht abgesagt und der Prinz ebenso wenig. Mein Blick gleitet über die Deko und ich bemerke einen Schatten, der unruhig am Plattenspieler vorbeistreift. Es ist Jared. Der wohl letzte Mensch, den ich in diesem Augenblick sehen möchte. Da wir allein sind, kocht alles in mir hoch, was ich schmerzlich unterdrückt hatte.

»Was machst du hier?«, fragt Jared irritiert, als er mich entdeckt.

»Meinen Job. Es gibt noch viel zu tun vor dem *großen* Tag.«

Bitterkeit färbt meine Worte, ich ertrage es einfach nicht, Jared in diesem Märchenland aller Hochzeiten zu sehen. Galle steigt in mir hoch.

»Du Arsch bist doch das Papier nicht wert, auf dem ich dich schön kritzle«, jaule ich wie ein absterbender Motor.

Meine Wut verpufft so schnell, wie sie aufgekommen ist. Trauer bläht sich in meinen Lungen auf. Wieso kann er nicht mit den Traditionen seiner Familie brechen? Wieso kann er nicht einfach aufwachen und verstehen, dass wir Liebe in eine Welt pflanzen könnten, in der nur Tod wütet? Dass wir die verflixte frische Brise in der Wüste sein könnten? Jared drückt seine Finger in meine Schultern, fixiert etwas in der Ferne.

»Ich kann nicht anders«, fleht er. »Bitte glaub mir doch. Sie ... sie hat mich quasi in der Hand.«

Entsetzt weiche ich vor ihm zurück. »Du ...«, stottere ich verdutzt, »du lässt dich von einem Prinzesschen erpressen?«

Meine Stirn legt sich in nachdenkliche Falten. Jared geht auf meine Provokation nicht ein, ballt stattdessen seine Hände.

»Hätte ich doch nichts gesagt. Ich darf dich da nicht mit reinziehen«, murmelt er in sich hinein.

»Was hast du angestellt, dass sie dich überhaupt erpressen kann?«

»Nichts Schlimmes.«

Eine Braue hochgezogen, schreite ich wieder auf Jared zu und versuche mich zu voller Größe aufzurichten.

»Nichts Schlimmes? Du wirst mir vor der Nase weggeheiratet und ich soll das NICHT schlimm finden?«

»Ich wollte nur, dass du weißt ...«

»Was? Was soll ich wissen, Camper?«, unterbreche ich ihn zähneknirschend.

Seine Hände schlagen grob auf meine Schultern. Während Jared mich schüttelt, entfährt ihm ein Knurren.

»Dass ich dich immer noch liebe und so 'nen Scheiß.«

Dass er mich immer noch liebt und *so einen Scheiß.* Oh Herrgott noch mal, der Arschgeigengott ist einfach Romantik pur. NICHT. Seiner rauen und unverschämten Art zum Trotz muss ich lächeln. Er liebt mich noch. Immer. *Dummkopf,* klingelt es in meinem Kopf, *ist ja nicht so, als gäbe es einen Knopf, mit dem du das einfach abstellen könntest. Oder hast du schon mal auf einen gepatscht, der mit Gefühle abschalten beschriftet war?*

»Das ist ja schön und gut. Aber wieso werde ich dann das Gefühl nicht los, dass du das alles hier«, meine Hände fuchteln wild in der Luft, »einfach hinter dich bringen willst? Dass du kneifst und mich einfach allein lässt? Wir haben eine ganze Menge Geschichte, weißt du? Wir ... ich dachte einfach, wir würden halten. Und nicht kaputt gehen wie verdammt noch mal alles.«

Ich reibe mir mit der Hand über die tränenden Augen. Vermutlich sehe ich gerade aus, als wäre ich dreizehn und hätte zum ersten Mal Liebeskummer. Wenn du noch so jung bist, weißt du nicht immer, ob man dem anderen das Herz rausreißen oder ihn nicht doch lieber küssen sollte. Meine Finger krallen sich in Jareds Handgelenk.

»Du und ich«, wispere ich am Rande des Wahnsinns balancierend, »das ist größer als ein bisschen Seide hier und ein wenig Champagner da. Mir ist klar, dass wir nicht die letzten sechzehn Jahre miteinander geteilt haben. Aber in die Zeit, die wir zusammen waren, hast du so viel Leben reingeprügelt, es hätte für zwanzig gereicht. Und geht es nicht darum, den Jahren mehr Leben zu geben statt dem Leben mehr Jahre? Du hast mir diese Zeit zu viel mehr aufgebläht, als eigentlich reinpassen dürfte. Hast einen kleinen Stern explodieren lassen und ein ganzes Universum hervorgezaubert. Voll urknallmäßig.«

Nach all den Worten, die sich aus meinem Bauch in die Freiheit gekämpft haben, wird mir leicht schwindlig. Die Worte und die Last ihrer Bedeutung, ich kann sie in der dicken Luft zwischen mir und Jared fassen. Ich spüre, wie sie uns schneiden und uns gleichzeitig verbrennen. Ihr Feuer blendet, verkommt zu einem kleinen Funken in meiner Brust.

»Das war das Bescheuertste …«, setzt Jared an, aber ich will nicht hören, wie dumm und kindisch ich bin.

Das weiß ich doch selbst am besten. Also lasse ich seine Hand los und will davonstürmen.

»Wirst du wohl aufhören, ständig wegzulaufen?«, schreit Jared, während er die Arme von hinten um mich schlingt und mich mit einem kräftigen Ruck an seine Brust reißt.

»Nur wenn du endlich aufhörst, mich ständig zu beleidigen«, murmle ich in einem trotzigen Ton.

»Ich wollte sagen, dass dein Geschwafel das Bescheuertste …«

»Lass das!«, schnauze ich ihn an.

»Das Bescheuertste«, schiebt er hinterher, aber ich winde mich und fauche in seinen Armen.

»Ich will es nicht hören.«

»Das BESCHEUERTSTE«, wiederholt Jared stur und wird immer lauter, um mich zu übertönen, »und Süßeste war, das mir jemals irgendjemand an den Kopf geknallt hat.«

Mein Herz flattert wie damals bei meinem ersten Einbruch. Jared drückt mich kurz und kräftig. Ich glaube, niemand kann mich umarmen, wie er es tut. Es ist, als würde er mich in eine Decke einhüllen. Wenn ich mich je gefragt habe, wo die Engel tanzen, habe ich nun die Antwort.

»Du zitterst ja«, raunt Jared, noch bevor ich richtig spüre, wie sehr ich bebe.

Ich nicke stumm wie ein Fisch, löse mich aus der Umarmung und drehe mich zu ihm.

»Ist nicht so, als würde ich dich zum ersten Mal berühren, Lou …«

»Nein, ist es nicht«, japse ich. »Aber mit jeder Berührung tut es noch mehr weh.«

Als es still um mich wird, versteht Jared, dass ich betrübt vor mich hin grüble.

»Worüber denkst du nach?«

»Darüber, dass wir im Leben vielleicht nur einen einzigen Treffer erzielen. Nur ein Match für die Liebe deines Lebens. Und vielleicht endet die nun mal in einer Explosion, die dir den Kopf wegsprengt.«

»Ziemlich viel Schmerz für ein bisschen Seelenverwandtschaft und Liebe? Kartoffelchen, wer hat dich nur so verdorben?«

Ich zucke mit den Schultern.

»Das Leben, schätze ich.«

»Und warum reden wir überhaupt darüber?«

»Weil du dabei bist, deinen einzig richtigen Treffer einzutauschen gegen … gegen etwas, das nicht mal die Zielscheibe treffen könnte, wenn man sie ihm vor die Nase knallt!«

»Sei mal nicht so herablassend und besserwisserisch.«

»Sei du mal nicht so, so, so«, ich blase wieder Luft in meine Wangen, »*heiraterisch.*«

»Wenn du aufhörst, wie eine Dreijährige zu reden.«

Ich verpasse ihm einen Schlag auf den Hinterkopf.

»Erst, wenn du aufhörst, dich wie eine zu verhalten.«

»Ich dachte, du würdest etwas für mich empfinden?«

»Dachte ich auch. Aber ich liebe dich nicht. Ich. Liebe. Dich. Nicht.«

Jared war wohl der Einzige, der Worte gegen mich zu Dolchen schmelzen ließ. Hieb für Hieb in mein Fleisch. Aber nicht hier. Nicht jetzt. Nicht, wenn ich wusste, was er plant. Viel zu offensichtlich ist sein plötzlicher Umschwung. Seine Augen starren aus einem der weitläufigen Fenster, suchen einen Punkt im Himmel über uns. Hauptsache, Jared muss mich nicht ansehen, während er mir an den Kopf wirft, wie wenig er mich leiden kann. Als ob mir nicht klar wäre, was er da versucht. Er gibt sich die größte Mühe, damit ich ihn hasse – also richtig. Damit es mir leichter fällt, mit meinem Verlust klarzukommen. Sanft drücke ich meine Hand an seine Brust. Als meine Finger sich in den Stoff seines Pullovers krallen, weiß ich, dass sie nirgendwo anders hingehören. Dass das wilde Klopfen seines Herzens für ewig gegen meine Haut pochen soll. Mit trockenem Mund wird mir jedoch deutlicher denn je, das Leben besteht nicht aus Unendlichkeiten.

Denn mit den Schein-Ewigkeiten ist es wie mit den langatmigen Sommertagen als Kind: Man glaubte, sie würden nie enden, doch ganz plötzlich – ohne Vorwarnung oder Erbarmen – taten sie es doch. Unser Schlagabtausch findet ein jähes Ende, da allmählich andere Diener und Zofen in den Saal strömen. Kopfschüttelnd ziehe ich mich von Jared zurück. Er versucht nicht, mich aufzuhalten.

Jared

Eine Zeit lang starre ich betrübt ins Leere, bis mich Sophias wildes Fingerschnipsen vor meiner Nase in die Realität zurückholt.

»Wir müssen reden«, erklärt sie wichtigtuerisch.

»Dann rede«, knurre ich böse.

»Ich kann dich nicht heiraten.«

Sie schafft es, die Worte, die ich schon lange von ihr hören wollte, gleichgültig rauszuhauen. Fast fürchte ich, mich verhört zu haben.

»Was? Warum?«

»Weil«, ihre Augen funken böse. »Ich nichts Primitives wie dich gebrauchen kann. Das habe ich dank jemandem verstanden, von dem ich gedacht hätte, er wäre sogar noch dreckiger als du. Außerdem ging das alles von deinem Vater aus und der ist ja wohl nicht mein Problem. Viel Spaß dabei, ihm das hier zu erklären.«

Schock droht mich zu überwältigen. Kann das wirklich geschehen oder träume ich?

»Aber zuerst wolltest du mich dazu zwingen …«

»Da dachte ich auch noch, ich würde einen Prinzen heiraten und keinen Affen.«

»Heißt das … du wirst für dich behalten …«

»Dass du ständig aus dem Schloss abhaust, um Blumen an Charlies Grab zu bringen? Ja, das bleibt unter uns. Aber sieh zu, dass du dich in Zukunft weniger leicht verfolgen lässt. Schlimm genug, dass das ganze Land seinen Namen kennt. Dich dort zu finden …«

»Ist ein guter Grund, mich zu erpressen. Ja, das habe ich bemerkt.«

»Das hätte ich nicht tun sollen. Aber verzweifelte Zeiten, verzweifelte Taten …«

Mein Glück kaum fassend, landen meine Hände auf Sophias Schultern, ziehen sie zu mir. Vor Begeisterung, sie los zu sein, drücke ich ihr einen Kuss links und rechts auf ihre Wangen.

»Danke«, strahle ich sie an.

Meine Fröhlichkeit verletzt sie offenbar, aber es könnte mir nicht weniger leidtun. Sie ist die Einzige, die diese vermaledeite Hochzeit absagen kann. Wenn sie einen Rückzieher macht, muss mein Vater sein Gesicht wahren – er kann mich nicht für ihre Entscheidungen verantwortlich machen.

»Nicht gleich so traurig«, brummt sie noch, ehe sie abzieht und ich nur noch Lou die gute Nachricht überbringen will.

Lou

Nach einer anscheinend ewigen Eiszeit zwischen mir und Jared, kommt er doch wieder zu mir. Er sprintet wild fuchtelnd auf mich zu. Kurz vor mir bremst er hechelnd, stützt sich auf seinen Oberschenkeln ab.

»Gut, dass ich dich gefunden habe«, keucht er. »Ich hab dich schon überall gesucht.«

»Aha«, murre ich und versuche erst gar nicht meinen Ärger zu verbergen.

Er hebt abwehrend die Hände.

»Ich hab gute Neuigkeiten«, strahlt er.

»Findet die Hochzeit etwa noch früher statt?«, zische ich sarkastisch. »Das freut mich aber, Prinz *Charming.*«

»Was kann ich dafür, dass Sophia gern Prinzesschen spielt?«

Ich balle die Fäuste. Miss Aschenputtel konnte es ja kaum erwarten, ihren Schuh zu verlieren, um sich an ihren Prinzen zu klammern. Und anscheinend macht ihm das nicht mal was aus.

»Was willst du?«

Jared nimmt einen tiefen Atemzug, dann kann er den Sprudel an Worten in sich nicht mehr zurückhalten.

»Ich muss sie nicht mehr heiraten«, jauchzt er, die Hände in die Höhe reckend.

»Musst du nicht?«, frage ich völlig aus dem Konzept gebracht.

Hatte sein Vater doch eingelenkt? Hatte Sophia erkannt, wie dämlich ihr Erpressungsversuch ist?

»Nein. Sie hat es sich anders überlegt.«

Die Worte knallen wie die Patronen eines Maschinengewehres in mich.

»Tatsächlich«, zische ich mit zusammengepressten Lippen.

Sichtlich irritiert über meine Reaktion zieht Jared einen Schmollmund. »Solltest du dich nicht freuen?«

»Glaubst du wirklich, es gibt einen Grund, sich zu freuen, wie eine Puppe abgestellt und dann wieder zum Spielen aus der Kiste gekramt zu werden?«

»Aber nein, das habe ich nicht damit gemeint«, protestiert Jared aufgebracht.

»Wieso sonst denkst du, dass wir einfach weitermachen können?«

»Weil wir auch Freunde sind.«

Er schnappt sich meine Hand, tritt einen Schritt näher zu mir.

»Beste Freunde«, haucht er über meine Haare hinweg. »Und die bauen Scheiße, verlieren sich. Aber finden immer wieder zueinander. Machen weiter, egal, wie viel Schmerz und Distanz zwischen ihnen rauscht.«

»Manchmal reicht das aber einfach nicht.«

Trauer umfängt uns, zieht uns hinab in ein Meer der Dunkelheit.

»Und was ist mit Liebe? Ist es dir genug, wenn ich dich einfach nur liebe, wie ich es schon die ganze Zeit über getan habe?«

»Manchmal«, schniefe ich hauchdünn. »Manchmal reicht auch Liebe nicht mehr, auch wenn ich mir nichts anderes wünsche. Es tut weh, nicht zu wissen, ob sie genug ist oder nicht.«

Jared streift mir eine Strähne hinters Ohr. Ich bringe es nach wie vor nicht fertig, ihn anzusehen.

»Zum Beispiel dann, wenn man eine Verlobte hat?«

»Ja, zum Beispiel«, gebe ich tonlos zurück.

Meine Stimme gleicht einer gesprungenen Schallplatte, krächzt nur dahin. Sie klingt falsch, verzerrt in meinen Ohren. Ich lasse den Kopf sinken, lehne meine Stirn an Jareds Brust.

»Was, wenn ich dir nie verzeihen kann?«, schluchze ich verzweifelt, meine Beine schlottern dermaßen, dass ich fürchte, sie werden jeden Moment unter meiner Last zusammenbrechen.

Mir einen Kuss auf die Haare drückend, seufzt Jared.

»Du wirst es ganz einfach tun, wie du es immer gemacht hast. Auch wenn ich es nicht verdient habe. Auch wenn ich dich nicht verdient habe. Und genau das macht dich zum besten schlimmsten Menschen, den ich je kannte.«

»Den besten schlimmsten?«

Schniefend reibe ich mir mit dem Ärmel über die Nase, bevor ich zu Jared aufblicke und schmunzle. Er funkelt mich voll dunkler Sehnsucht an und die Luft zwischen uns beginnt zu flirren. Als würden Glühwürmchen durch die Nacht tänzeln. Es gibt nur zwei Kerle auf der Erde, die mir diesen verwunschenen Planeten wieder in seine Umlaufbahn schieben können. Und das sind Adam und Jared. Zu sehr versuche ich diese Tatsache zu verdrängen. Sie unter einem Berg von hasserfülltem Groll zu verschütten. Fast vergesse ich, ihn zu verabscheuen, kämpfe gegen den Drang an, mich in seine Arme zu werfen. Aber selbst ein Ninja müsste sich eingestehen, nicht stark oder flink genug dafür zu sein. Auch er würde sich von Jareds Wärme jagen und erlegen lassen. Man möge mich also nicht dafür verurteilen, ihm verfallen zu sein. Das Schweigen zwischen uns fühlt sich seit Langem wieder leicht an. Nach Geborgenheit. Verständnis. Mit Frühling auf der Haut, aber Winter im Herzen presse ich mich an Jared. Ihn zu berühren, die schönste Brise. Ihn loszulassen, der schlimmste Wirbelsturm. An seiner Brust kommen mir die Tränen. Sein Atem schnellt hoch.

»Überrascht mich jedes Mal aufs Neue, wie gut du mich trösten kannst.«

»Oh *Baby*, du könntest mir einen Ozean vor die Füße weinen und ich würde das ganze verdammte Ding trockenlegen.«

»Du hast mal gesagt, es sieht nicht danach aus, als ob ich dich mögen würde«, schniefend reibe ich meine Wange immer tiefer in seinen Pullover. »Und jetzt weine ich wie blöde, weil du … weil du mich wahnsinnig machst. Sieht es nun endlich richtig aus?«

»Nein«, raunt Jared mir zu, während seine Hand unter mein Kinn fährt.

Sanft drückt er es nach oben, damit ich ihn ansehen muss.

»Du solltest nicht wegen mir weinen müssen.«

»Tu ich aber«, schluchze ich. Leicht lächelnd füge ich hinzu: »Sei ein Mann und ertrag es.«

»Na, vom Mannsein kannst du mir ja jede Menge erzählen«, lacht Jared und streicht mir sanft übers Gesicht.

»Du, Jared Camper, bist das Beste und das Schlimmste, was mir je passiert ist.«

Lou

Da ich noch immer nichts Handfestes herausfinden konnte, werde ich bei meinen Nachforschungen ungehaltener, fange sogar an, Menschen auszufragen.

»Wie kommt's eigentlich, dass du hier arbeitest, Emil?«

Erst als mir die Frage rau entschlüpft, merke ich, dass es viel zu aufdringlich ist. Ich und mein vorlautes Mundwerk. Wär ich jetzt alleine, würd ich mich glatt selbst ohrfeigen. Irgendwann wird mich meine Klappe noch ins Grab bringen. Aber anstatt sich über mich zu ärgern, lehnt sich Emil gegen die Küchenwand und lässt seine ätzend schneeweißen Zähne blitzen.

»Soso, der kleine *Mister Perfect* glaubt also, ich wär zu schade für die Küche?«

Hätte ich doch nichts gesagt. Die reinste Beleidigung, ihn darauf hinzuweisen, dass er mit seinem Blutstatus eigentlich kein dreckiger

Diener sein dürfte … Meine Hände verkrampfen sich um das Geschirrtuch, mit dem ich gerade Besteck abtrockne.

»Na, du hast doch ganz gute Gene«, murmle ich meinen Händen beschwichtigend zu und zucke mit den Schultern. Verschwommen taucht Emils Gesicht vor meinem auf. Warum vernebelt mir seine Nähe bitte das Hirn?! Trotzig verenge ich die Augen und funkle ihn finster an.

»Was?«, knurre ich, aber schon legen sich seine langen Finger um mein Kinn.

»Sozialstunden. Ich war ein Dreckskerl und wenn du nicht bald ein wenig *netter* bist«, er schnalzt widerlich mit der Zunge, »kann ich dir gerne zeigen, wie wenig ich mich verändert hab.«

Und plötzlich reißt mich dieser Mistkerl an sich. Nahe genug, dass mir sein leichter Minzgeruch entgegenströmt und mir die Härchen auf den Armen aufstellt. Als mein Blick in seinen kracht, weiß ich, dass er es weiß. Verdammt. Seine Hände gleiten meinen Rücken hinab, tanzen mir zuerst über die Schulterblätter, meine Wirbelsäule entlang, bis … ja, bis sie an meinen Hüften streichen, als hätte ich ein hautenges Satinkleid an und keine Küchenkluft. Irgendwo in meinem Kopf schlägt jemand auf einen Gong und ich drücke Emil meine Nägel in die Haut. Mit einem gespuckten »Bist du schwul, oder was?« stoße ich ihn von mir. Er kann es nicht wissen, er darf es nicht! Ein hässliches Grinsen bauscht sich um seine Lippen auf, er spricht nicht mit normaler Lautstärke, sondern senkt seine Stimme zu einem drohenden Zischeln: »Ich bin so was von *nicht* schwul und das weißt du ganz genau …«

Jep, ich bin am Arsch. Zitternd und Halt suchend versuche ich etwas Abstand zwischen uns zu bringen, stoße jedoch viel zu schnell gegen eine Wand in meinem Rücken. Emil schwankt auf mich zu, er genießt es sichtlich, mich in der Hand zu haben. Seine Lippen flammen vor meinen Augen auf. Zu einem höhnischen Lächeln gekräuselt, spuckt sein Mund die nächsten Worte aus: »Aber keine Sorge, *Kleine.* Ich behalt dein Geheimnis für mich«, seine rechte Hand streicht mir über die Wange, »solange du tust, was ich von dir will.«

Und wie eine Schlange, die in der Wüste hochschreckt und angreift, stürzt sich Emil auf mich und stiehlt mir einen Kuss. Widerlich. Kurz wird mir schwindlig und übel vom Minzgestank, der mich einnebelt. Während Emil die Augen geschlossen hält, sind meine aufgerissen vor

Panik. Was zum Teufel …? Ich … nein! Er konnte nicht, er darf nicht. *WUMM.* Mit ungeheurer Wucht verpasse ich ihm eine Ohrfeige und er taumelt zurück.

»Duuu«, fauche ich etwas wackelig auf den Beinen, »wirst mich nie wieder anfassen oder irgendwelche Hirngespinste über mich verbreiten, oder …«

Lachend drückt sich Emil beide Hände auf den Bauch. Wie sehr ich mir wünsche, es würde ihm im Hals stecken bleiben.

»Oder was? Drohst du mir etwa, nachdem ich dir beim Rumschnüffeln gefolgt bin? Nachdem ich gesehen habe, dass du ein widerliches Mädchen bist?«

»Wenn man droht, ist das viel zu viel Gebell und zu wenig Biss«, ich verziehe mein Gesicht zu einer Maske aus Stein, »aber ich *verspreche* dir, der König wird erfahren, wenn du wieder Mist baust, und wie schnell bist du dann wohl ein Gechipter?«

Mit äußerster Genugtuung sehe ich Emils Lächeln verblassen und etwas wie Furcht an seine Stelle treten.

»Das würdest du nicht wagen«, knurrt er leise.

Aber er kann mir nichts vormachen, Emil hat Angst. Echte und vollkommene Todesangst. Wetten, er hört bereits das unaufhörliche Marschieren von Soldaten, die immer näher rücken. Gleichen Schrittes, laut und polternd, – geschaffen, um ihn hinfort zu geleiten. In eine Welt aus schwarzem Nichts. Oh ja, ich kann die Springerstiefel hinter seinen Augen trampeln hören.

»Monster«, keucht Emil.

Ich neige meinen Kopf leicht zur Seite und lächle entwaffnend, dass es fast charmant sein könnte. Wenn ich mir in diesem Moment nicht gerade wünschen würde, ihm ein paar Gliedmaßen abzureißen, versteht sich.

»Jemand hat mir mal gesagt, Beschimpfungen seien für die, die wir mögen. Also nenn mich nicht Monster, denn das Letzte, was ich will, ist, von dir gemocht zu werden. Und egal, was du von mir zu wissen glaubst. Bei deiner Vorgeschichte reicht eine Kleinigkeit – ein Fehler – und du wirst verabscheut wie ein Brauner. Weit entfernt bist du davon ja eh nicht mehr.«

Was mich an dem Kerl aufregt, ist sein aufbrausendes Wesen. In meinem Leben tosen auch ohne ihn schon genügend Wellen, die mich in die Tiefe zerren wollen. Brechen über mich herein, hinweg und mit jedem Schwappen, jedem Luft rauben schwinden meine Lebensgeister. Das funktioniert auch sehr gut ohne Emil Robinson. Was ich will, ist Drama – aber keines, das mich frisst. Sondern eines, von dem ich mich gern tragen lasse. Jareds Liebe mag auch ein Drama sein, aber sie ist die Shakespeare-Aufführung unter all den lachhaften Tragödien. Emil starrt mich mit einem Glimmen in seinem Blick an, das ständig zwischen Bewunderung und Missachtung schwankt.

»Glaubst du nicht, es ist schlimmer, was ich über dich herausgefunden habe?«

»Was denn bitte?«

Ich versuche mir nichts anmerken zu lassen.

»Dass du nicht nur ein Mädchen bist, sondern auch die elende Tochter dieses Edgar Holmes.«

»Was zum …«, stammle ich unbeholfen. »Wie?«

»Für jemanden, der hier seit einer Ewigkeit wohnt UND tagtäglich mit allen Schichten der Bewohner zu tun hat, war das lächerlich einfach. Allerdings habe ich ein paar der Dinge verschwinden lassen, aus denen man sich dein Geheimnis zusammenreimen könnte. Ich kann aber auch dafür sorgen, dass sie wieder auftauchen. Ist das klar?«

Nein. Oh nein, bitte nicht. Ich verstehe nicht, was ihn dazu gebracht hat, mich nicht zu verpfeifen.

»Du kannst mich nicht ausstehen. Warum verrätst du mich nicht einfach?«

Gehässige Blicke zünden zwischen uns.

»Weil man Jared unterstellen würde, mit dir gemeinsame Sache zu machen, du Balg. Das ganze Schloss weiß, wie viel Zeit ihr miteinander verbringt. Glaubst du nicht, dass sie meinem Freund eine Verschwörung anhängen würden? Dann wäre der einzige Mensch im Schloss ruhiggestellt, der sich mit dem Volk auf eine Ebene begibt.«

»Marvin würde doch seinem eigenen Sohn nichts antun«, werfe ich flehend ein.

»Die machen vor *niemanden* halt, der das System gefährdet. Weiß Jared eigentlich schon, *was* du bist?«

Ein Räuspern hinter Emil lässt ihn zusammenzucken. Jared ist plötzlich aufgetaucht und sieht gefährlich danach aus, als hätte er Lust,

Emil heute Abend als Hauptgang zu servieren. Emil wirbelt herum und wird – wenn überhaupt möglich – noch blasser. Die Farbe – seine Farbe – scheint aus ihm direkt in den Boden zu laufen.

»Nein«, faucht Jared. »Ich weiß nur, *wer* sie ist.«

Ein Hieb seiner Faust und Emils Gesicht bekommt einen neuen Anstrich.

»Meine«, zischt Jared noch, bevor er mich aus der Küche zerrt.

Auf den Flur hechtend, schleppt mich Jared hinter sich her.

»Was sollte das eben?«, frage ich verwirrt und starre dabei Jareds Rücken böse an.

Das alles ging viel zu schnell. War es möglich, dass Emil sich böser gab als er war? Warum sonst sollte er Jared schützen? Und mich? War es sogar die Tatsache, dass ich Jared gefährde, die Emil mich verabscheuen ließ? Wollte er mich damals an die Königin verraten, damit ich aus dem Schloss geworfen werde? Während Jared mich weiter am Handgelenk umklammert durch die Flure des Schlosses zieht, hüpfen seine Schulterblätter vor mir bei jedem Schritt auf und ab. Beinahe muss ich rennen, um Schritt zu halten und nicht zu stolpern. Ohne Vorwarnung bleibt Jared dermaßen schnell stehen, dass ich mit ihm zusammenstoße.

»Aaauuu«, stöhne ich und betaste meine Nase, die schmerzhaft pocht.

»Hör auf, an deiner Nase zu rubbeln«, seufzt Jared genervt, »dabei wirkst du immer wie 'ne Maus.«

Entsetzt weiche ich etwas von ihm zurück, sein Griff lockert sich aber kaum. Wie kann er bitte wissen, was ich gerade getan hab, wenn er sich noch nicht mal umgedreht hat?!

»Ist das nicht so ein Seelenverwandten-Ding, fast immer zu wissen, was der andere denkt oder tut?«

Jareds Stimme wird von den Wänden der schummrig beleuchteten Gänge hin und her geworfen. Hab ich irgendein telepathisches Gespräch weggedrückt, oder kann der Penner einfach nur Gedanken lesen? Noch bevor sich der Nebel in meinem Kopf lichtet, weiß ich, was Jared auf diese Frage hin wohl von sich geben würde: Sein fieses *Halbgottgrinsen* und ein gezischeltes *Du liebst mich also schon genug, um mich auch zu beschimpfen?* Bei dieser Vorstellung fällt die Furcht vor unserer Verbindung ab, stattdessen brennt es in meiner Brust. Aber nicht schmerzhaft, eher, als wenn einem die Füße nach einer durchgetanzten Nacht glühen und man schwer atmend mit roten Wangen ins Bett fällt. Also drücke ich mich an Jared.

»Wenn ich 'ne Maus bin«, murmle ich an seinem Schulterblatt, »musst du aber mein Kater sein.«

Denn ist es nicht genau das, was zwei Seelen aneinanderkettet? Eine gute alte *Tom-undJerry* Hetze durchs Universum und zurück?

Ich lasse Jared los, schreite um ihn herum, damit ich ihn ansehen kann. Doch auf dem Weg verliere ich, was ich eigentlich sagen wollte. Stattdessen brennt eine andere Frage in mir.

»Kennst du das Spiel *Küssen, töten, heiraten*?«, will ich nach einer Weile auf der Unterlippe kauend wissen.

»Eeehm nein, warum?«, gibt Jared zögernd zurück und sieht mich irritiert an.

Einen tiefen Atemzug nehmend, verschränke ich meine Finger ineinander. Nervös trete ich von einem Fuß auf den anderen.

»Es geht darum«, fange ich stockend an, bringe es jedoch nicht fertig, die Erklärung weiterzuführen. Zu groß ist der Kloß in meinem Hals.

»Na, worum denn?«

»Du … musst Personen zuordnen. Wen du küssen, töten oder heiraten würdest. Verstehst du?«

Jared nickt knapp, als Zeichen, dass er kapiert hat. Sein ernster Gesichtsausdruck macht die Situation irgendwie unwirklich. Fast komisch.

»Uuuund?«

»Und«, seufze ich, »du bist meine Person.«

Überraschung strahlt in seinem Gesicht auf.

»Für was?«

»Alles«, hauche ich ihm entgegen, ohne ihn ansehen zu können.

»Du willst mich also …«, ein Spitzbubenlachen schwappt zu mir über, »küssen und heiraten?«

Jared macht einen Schritt auf mich zu, seine Wärme umfängt mich in Wellen.

»Hmmm«, grummle ich böse, »aber manchmal auch töten. Und mit ‚manchmal' mein ich übrigens immer.«

Seine Hände gleiten an meinen Seiten hinab, graben sich in meine Hüften und ziehen mich ganz nahe an ihn.

»Wirklich?«, keucht er mit einem Feixen im Lächeln. »So böse?«

Als ich es wage, den Kopf zu heben, raubt mir der Ausdruck in Jareds Gesicht fast den Atem. Seine Lippen gleichen einem Versprechen an Boshaftigkeit. Aber gleichzeitig erzählen sie auch von Liebe. Schmerz. Blut. Sanft sucht sein hungernder Mund nach meinem. Wir verschmelzen an den Lippen. Wie ich diese Lippen jeden Tag die meinen nennen will, grenzt beinah an Willkür. Meine Seele hat sich ohne Logik oder System in Jareds festgekrallt. Jared war es, der literweise Farbe über meine schwarz-weiße Seele gekippt hat. Seither weigert sie sich loszulassen. Weniger zu fühlen. Ihn weniger zu lieben. Stattdessen lechzt sie nach einem Märchenleben. Nach glücklich bis zum Schluss. Man denkt doch nie, es ist das letzte Mal, dass man sich küsst. Oder sich in den Armen liegt. Aber früher oder später ist das allerletzte Mal gekommen und man wird es einfach nicht wissen. Das ist es, was einen Menschen zerstört. Andere zu verlieren, letzte Atemzüge mit ihnen zu teilen, ohne zu ahnen, wann sie gehen, um fortzubleiben. Oder wann sie fortgerissen werden. Wäre das Leben der Tee in einem Kriminalroman und die Liebe dein Süßungsmittel, wer kann dann schon sagen, ob man dir Honig oder Gift angedreht hat.

Jared

Dieser wunderbarste aller Küsse macht mir nur noch deutlicher, dass ich Lou beschützen muss. Zaghaft löse ich mich von ihr.

»Ich lasse nicht zu, dass sie dich kriegen.«

»Und ich nicht, dass sie dir etwas anhängen, nur weil du bei mir bist.«

»Ist gut. Ich werde zuerst herausfinden, wie weit sie mit der Suche nach dir sind.«

»Das würdest du für mich tun?«

Unglauben schüttelt ihren zarten Körper.

»Natürlich, aber versuch bis dahin in einem Stück zu bleiben.«

Ich umarme sie noch kurz, streiche ihr wie üblich über die Haare und lasse sie allein, um das Arbeitszimmer meines Vaters anzusteuern. Kurz vor dem Abendessen wird er wohl kaum da sein, trotzdem beutelt mich Erleichterung, als ich das leere Zimmer betrete. Hustend ärgere ich mich darüber, dass er nie lüftet. Die Luft ist verbraucht und widerlich. Schnell lasse ich Licht auffflackern und beginne wahllos, die Schubladen seines Schreibtisches zu durchwühlen. Ein ungehaltenes Räuspern lässt mich herumfahren und mir steht ausgerechnet Ryan gegenüber.

»Was suchen wir denn?«, fragt er in einem Ton, mit dem man nur mit Menschen spricht, die man gerade bei etwas Falschem ertappt hat.

»Ein Arbeitsblatt für die Schule«, lüge ich schnell, weil mir nichts Besseres einfällt. »Dachte, mein Vater hätte es vielleicht bei den Unterlagen, weil er doch alles vom Personal abheftet.«

Ryans Züge verklumpen zu Stein, ich kann keine Regung darin sehen. Nicht ablesen, ob er mir die plumpe Lüge abkauft oder nicht. Sein Kopf zuckt nach rechts zu einem Regal.

»Ich war oft genug in Besprechungen mit deinem Vater, um zu wissen, dass da drin alle Schulunterlagen sind. Greif dir, was du brauchst, und dann raus hier.«

Meine Haut knistert unangenehm, als ich unter Ryans hartem Blick zum Regal schleiche und mir das erstbeste Arbeitsblatt rausziehe, das ich finden kann. Das Papier schneidet wegen meiner Ungeschicktheit in meine Haut, aber ich lasse mir nichts anmerken. Schnell husche ich mit einem falschen Danke an dem Soldaten vorbei und bete zu Gott, dass er meinem Vater nichts hiervon erzählt. Detektiv Jared – offensichtlich begabt wie Beton weich ist.

Lou

Viel zu viele Tage ziehen ins Land. Die drohende Rebellion hängt über unseren Köpfen wie ein Gewitter. Emil behandelt mich seit Neuestem, als existiere ich nicht. Als wäre ich ein Geist, den er irgendwie ertragen muss. Er spuckt mir ein paar Befehle und Anweisungen entgegen, ansonsten bleibt er auf Abstand. Jareds Ansage hat definitiv Eindruck hinterlassen. Ich frage mich, ob mein Auftauchen ihre ohnehin schon zerbrechliche Freundschaft endgültig zerstört hat. Nach einer weiteren Schicht wanke ich mechanisch in mein Zimmer und ziehe mich um. In letzter Zeit ist die Stimmung im Schloss noch bedrohlicher geworden. Irgendwie sickern immer wieder Informationen über die Rebellen zu den Soldaten durch. Ich weiß nicht, was ich davon halten soll. Ob es extra falsch gesäte Infos sind? Oder gibt es einen Verräter in den Reihen meines Bruders? Ich habe vor, ihn zu warnen, sobald seine Antwort eintrifft. Jedenfalls sind alle angespannt.

Deshalb mache ich mich erst auf, Jared zu suchen, als ich mir ein weites Hemd übergestreift und meine Waffe sicher darunter versteckt habe. Da ich Jared schon länger nicht mehr gesehen habe, vermisse ich ihn. Wo steckt er eigentlich dauernd? Oft habe ich das Gefühl, er würde das Schloss absuchen. Doch was soll er schon finden? Ich vertreibe die Furcht in meinem Bauch, eile ein paar Schritte schneller, will ihn einfach nur aufspüren. Endlose Minuten später sehe ich ihn an eine Wand gelehnt. Er steht mit dem Rücken zu mir, drückt seine Stirn an die steinerne Wand. Eigentlich will ich freudig auf ihn zulaufen, mich bemerkbar machen. Aber bereits als ich ihn rieche, weiß ich, dass mit Jared etwas nicht stimmt. Ein brennender Geruch nach Chemie sticht mir in die Nase. Dieser Gestank schreit nach allem anderen, aber nicht nach Jared, sodass ich vor ihm zurückweiche. Das Fehlen seines mehr oder weniger natürlichen Himbeergeruchs verstört mich körperlich wie psychisch.

Als er sich schließlich umdreht und an seinen Lippen Schaum sprudelt, ist mir endgültig klar, dass das kein gutes Ende nehmen wird. Erst starrt er durch mich hindurch. Fast, als wäre ich Luft, doch dann stellt sich sein Blick klar und mit geblähten Nasenflügeln und gerunzelter Stirn fixiert er mich. In Bruchstücken von Sekunden schaltet er von Orientierungslosigkeit auf Angriff um. Nach Luft schnappend stolpere ich rückwärts vor ihm weg, drehe mich im Laufen um und wage kaum zurückzublicken. Was mich von Jared wegtreibt, kann ich nicht recht erklären. War es die Gier in seinem Gesicht? Die Abscheu in seinem Geruch? Das Grollen in seinen Beinen, die mir hinterherdonnern? Ich renne ohne zu denken durch die Gänge des Schlosses, bis mir die Füße brennen. Fenster und Zimmer fliegen in einem Rausch aus grauem

Nichts an mir vorbei, die Lichter flirren. Nach drei falschen Abzweigungen muss ich hart und plötzlich abbremsen, weil ich mich in eine Sackgasse manövriert habe. Keuchend wirble ich herum, um in einen anderen Gang abzutauchen, doch Jared hat bereits mit großen Schritten aufgeholt. Mit gefletschten Zähnen und irrwitzigem Glimmen in den Augen hechtet er auf mich zu. Steif ducke ich mich unter seinen schallenden Fäusten, sein kräftiger Körper schnellt über mich hinweg. Der Sprung federt leicht, als er mit den Füßen auf dem Boden aufknallt.

»Was zum Teufel ist nur los mit dir?«, stöhne ich voll Entsetzen.

Ein Knurren entweicht Jareds Kehle. Ein grauenvolles Geräusch, das mir sämtliche Haare zu Berge stehen lässt. Kaum hat er sich schwer atmend wieder in meine Richtung gedreht, ballt er die Hände und stürzt sich auf mich. Diesmal kann ich nicht schnell genug reagieren und die Wucht seines Sprungs reißt mich zu Boden. Mit einem hässlichen PONG landet mein Kopf auf den harten Fußboden.

»Auuuuu«, brülle ich unter Tränen, die mir über die Wangen strömen. »Was ist nur in dich gefahren? Hör. Auf.«

Die letzten beiden Worte unterstreiche ich mit je einem Schlag gegen seine Brust. Aber es zeigt keinerlei Wirkung. Also knalle ich meine Fäuste fester gegen ihn, lasse meine Nägel über seine Haut schaben. Verletzen will ich ihn unter keinen Umständen, es ist einzig mein Überlebensinstinkt, der mich dazu zwingt. Ich ekle mich zutiefst vor mir selbst. Verzweifelt stemmen sich meine Hände gegen seinen Oberkörper, wollen Jared nur noch wegdrücken, aber er ist einfach zu stark. Entsetzt bemerke ich, dass sein Gesicht gar nicht mehr nach meinem Jared aussieht. Es ist entstellt, zu einer Fratze verzogen. Hineingeritzt ein Gänsehautgrinsen, bei dem man am liebsten kotzen würde. Stummes Entsetzen schüttelt mich. Zitternd schluchze ich.

»Wer hat dir das nur angetan?«

Ich weigere mich zu glauben, dass er sich aus freien Stücken so verhält. Wenn ein Mensch plötzlich alles verliert, was ihn ausgemacht hat, kann das nicht natürlich sein. Es ist, als ob deine Lieblingskindersendung in einem neuen Zeichenstil zu bunt und zu farbenlos zur gleichen Zeit über den Bildschirm flackert. Ein weiteres unmenschliches Knurren, und Jared fischt nach meinen Händen, um sie festzuhalten. Aber ich bin zu flink und lasse meine Hände in seinen Nacken krachen. Wie war das noch gleich? Wenn ein Hurrikan über dich hinwegfegt, tanz im Auge des Sturms! Ohne allzu lange darüber nachzudenken, zerre ich Jared zu mir und unsere Münder knallen aufeinander. Voll. Hart. Aber als sich seine Zähne angriffslustig in meine Unterlippe schlagen, passiert etwas mit ihm. Unter meinen Fingern und den von Jareds Bissen brennenden Lippen spüre ich einen kräftigen Ruck, der durch seinen Körper jagt. Keinen Moment später schließt er die Augen, schlingt seine Arme liebevoll um mich und beginnt zu weinen.

»Was … was habe ich nur getan?«, wispert er völlig außer sich, als er sich schließlich von mir lösen kann.

Sanft fährt meine Hand über seine Wange.

»Mein Depp ist wieder da«, hauche ich voller entsetzlich erleichterter Liebe.

Jared versucht sich an einem zittrigen Lächeln, das ihm aber bald wieder entgleitet. Kopfschüttelnd bohrt er seinen Blick in meinen.

»Ich weiß nicht, was los war. Alles ist schwarz. Die letzten Stunden sind einfach weg und … und … mein Gedächtnis setzt erst wieder ein, als … als«, schockiert bricht er ab.

Von Erleichterung erdrückt lasse ich mich zurück auf den staubigen Steinboden sinken. Dabei schmerzt mir der Kopf an der Stelle, wo Jared mich hatte aufschlagen lassen. Als meine Finger darüberstreichen, fühle ich eine klebrig warme Flüssigkeit. Zäh und schmierig, wie nur Blut es ist. Von Müdigkeit übermannt flackert mir die Sicht. Oder ist es der Blutverlust? Die Welt um mich entschwindet in einem Strudel aus Farben. Bevor ich das Bewusstsein verliere, spüre ich noch, wie mich Jared sanft in seine Arme zieht und wankend auf die Füße springt. Das gleichmäßige Schaukeln, als er mich trägt, macht mich schläfrig.

»Jay? Was hast du gemacht, kurz bevor es schwarz in deinem Kopf wurde?«

Ich unterdrücke ein Gähnen.

»Hmmm«, überlegt er angestrengt, während es mich immer tiefer Richtung Erschöpfung zieht.

»Das Letzte, woran ich mich erinnere, ist das Abendessen.«

»Essen. Trinken. Drogen?«, murmle ich trunken vor bleischwerer Müdigkeit.

Keinen Augenblick später kippt mein Kopf zur Seite und ich schlafe ein.

Als ich schleppend wieder aufwache, spüre ich meinen unnatürlich schweren Körper auf ein Bett gedrückt. Blinzelnd versuche ich mich zu orientieren. Für ein paar Sekunden ist alles in mir und um mich friedlich. Ruhig. Unbeschwert. Aber dann überfällt mich die Wirklichkeit mit ernüchternder Kälte. Als würde jemand einen Eimer Eiswasser über mich kippen. Nach Luft schnappend schnelle ich hoch und will nach Jared schreien. Doch mitten in meiner Bewegung legt sich eine warme Hand auf meine. Ein elektrischer Funken durchzuckt mich kurz und kräftig, während meine Augen erspähen, wer mich berührt. Mit erleichtertem Lächeln stelle ich fest, dass es Jared ist. Als ich an mir hinabblicke, um mich zu orientieren, stelle ich verdutzt fest, dass ich Jareds Pullover trage. Den übergroßen tintenfarbenen mit dem Spruch darauf. Ich kuschle mich ein wenig in den Pulli, sauge seinen Duft auf. Er riecht nach Himbeeren und Schweiß, fühlt sich wie heimkommen an.

»Warum habe ich deinen Pulli an?«

»Du hast gefroren.« Achselzuckend beobachtet Jared mich.

Meine Finger greifen an die pochende Rückseite meines Kopfes, fühlen eine Bandage, die sich um meinen Kopf schlingt. Jared hat mich also auch noch verbunden. Eigentlich könnte diese Situation friedlich sein. Fast schön. Und dennoch schwebt da etwas bei uns im Raum. Es ist die Art, wie Jared mich ansieht. Er hat einen Blick drauf, als ob man einem Kind sagen müsste, dass sein bester Freund gestorben ist. Unbehaglich rutsche ich im Bett umher, Hitze kriecht in mir hoch.

»Was ist los?«, stoße ich gequält hervor, bereue aber sofort, gefragt zu haben.

Jareds Blick sinkt zu Boden, Tränen schwimmen in seinen Augenwinkeln. Irgendwie weiß ich, dass ich seine Antwort nie vergessen werde. Dass alles anders wird. Dass wir anders sein werden. Es ist nur ein Satz, den Jared vor sich hin murmelt. Dahingehaucht und fast überhört. »Sie wissen es, glaube ich«, raunt er mit aufgerissenen Augen.

Die Wucht seines Gestammels treibt mir Galle hoch, schüttelt mich und lässt mich instinktiv zurückweichen, bis ich mit dem Rücken gegen eine Wand stoße.

»Nein, nein, nein«, wiederhole ich mechanisch in der kindischen Hoffnung, das würde auch nur das kleinste bisschen ändern.

»Hör zu«, Jared rückt näher und umklammert mein Handgelenk, »Rebellen stürmen gerade das Dorf. Nicht mehr lange und hier bricht die Hölle los. Sie haben dem Heer eine Nachricht überbringen lassen, dass sie nur nach Lou Sawyer verlangen, dem Legendenmädchen. Wenn wir dich ausliefern, bleiben Kinder und Frauen verschont. Der Kampf hört sofort auf. Der ganze Hof sucht nach dir. Wie Bluthunde.«

Das macht doch alles keinen Sinn. Adam schrieb, es würde noch dauern, bis sie angreifen. Und warum sollten nun plötzlich die Rebellen nach mir verlangen? Adam und mein Vater würden mich doch kaum töten wollen. Oder?

Plötzlich zieht mich Jared vom Bett, reißt mich auf die Füße. Seine Finger bohren sich fester, grober in meine Haut. Mit dumpfen Glimmen starrt mich Jared an.

»Verstehst du?«, faucht er. »Mit dir hat das Morden ein Ende. Sie wollen nur dich. *Nur dich.*«

Mit roher Gewalt zerrt mich Jared aus dem Zimmer in den Flur. Das Licht schimmert schummrig und vereinzelt tanzen Schatten über die Wände. Panik greift nach mir, als ich hinter Jared über den Boden stolpere. Was hat er vor? Immer schneller hetzen wir durch die Gänge und ich frage mich, wohin er eigentlich will. Ab und zu wirft er mir einen Blick über die Schulter zu. Starr und entschlossen, voller Pein. Als ob … als ob er mich ausliefern würde! Vor Entsetzen schlage ich die Fersen in den Boden und bleibe mit aller Kraft stehen, stemme mich gegen Jareds ganzes Körpergewicht. Der taumelt zwar ein bisschen, kann sich aber noch rechtzeitig fangen. Mit Gift in den Augen wirbelt er herum, lässt mich dennoch nicht los.

»Was hast du vor, Jared?«

Die Angst in meinen Worten entzündet beinah die Luft zwischen uns. Zwar trennen uns nur wenige Zentimeter voneinander, es hätte aber genauso gut ein ganzer Abgrund zwischen unseren bebenden Körpern liegen können. Eine unüberwindbare Schlucht, in deren Tiefe ein berstender Ozean wütet.

»Na, was wohl?«, schnauzt er mich ungeduldig an. »Die Bluthunde suchen dich überall. Und zwar NUR dich.«

Mein Kopf dröhnt, mein Herz gleicht einem hinabstürzenden Lift. Ohne Halt. Ohne Rettung. Dafür mit einem großen, finalen Schlag.

»Du musst mich nicht zu ihnen bringen«, erkläre ich tonlos und lasse meine Schultern hängen, »ich geh freiwillig. Ich will nicht, dass auch nur eine Seele wegen mir stirbt. Das würde mich so unglaublich wütend machen, ich würd glatt dran ersticken.«

Entsetzt starrt mich Jared an, als wäre ich ein Segelschiff im All.

»Tickst du noch richtig?«, fährt er mich heiser an. »Diese Hunde suchen nach dir. Wir hauen natürlich ab, bevor sie dich schnappen können.«

Voller Selbsthass schweige ich. Wie konnte ich auch nur eine Sekunde lang denken …

»Tut mir leid. So leid.«

»Du bist doch mein Licht«, grinst Jared und zieht mich an sich.

»Trifft sich gut«, entgegne ich, während ich mich auf die Zehenspitzen stelle und Jared einen Kuss auf die Lippen presse. »Schließlich bist du der eine Schatten, über den ich nicht springen kann, Jay.«

»Spinnerin«, lacht er kopfschüttelnd.

»Ich spinne, wenn du es auch tust.«

»Gut«, brummt er achselzuckend. »Verrückt?«

»Verrückt, wenn du es bist.«

Und so stürzen wir uns kopfüber in den Tod.

Nach wenigen Minuten Schweigen fällt mir etwas ein, was ich nicht länger für mich behalten kann.

»Ach übrigens, ich habe darüber nachgedacht, was du gesagt hast, als ich dich ins Bett getragen habe.«

Meine Stirn runzelnd versuche ich mich zu erinnern, was ich da im Halbschlaf vor mich hingemurmelt habe. Aber ich stoße auf eine Wand aus Nebel, eine Unmenge an Gedächtnisfetzen bleibt mir verschlossen.

»Was genau habe ich denn gesagt?«

»Du hast eher gestammelt«, amüsiert lässt Jared seine Mundwinkel zucken. »Von Drogen und Essen gesprochen. Ich glaube, du wolltest darauf hinaus, dass mir jemand etwas untergejubelt hat.«

Geistesabwesend kratze ich mich am Kopf.

»Wäre doch möglich, oder?«, überlege ich laut.

Das schwache Leuchten der Laternen zuckt um Jareds zynisches Grinsen.

»Hast du was zu gestehen, Sawyer? Wolltest du mich gefügig machen?«

»Witzig«, feuere ich mit zusammengekniffenen Lippen zurück.

»Reg dich ab. Das war ein Scherz«, nuschelt er verlegen darüber, zu weit gegangen zu sein.

Aber in mir rotiert es bereits. Wer außer mir war noch in der Küche, um das Essen zuzubereiten? Wer hatte Dienst? Ein paar Zofen und Diener und … Emil. Warum läuft eigentlich alles immer auf dieses Wiesel von einem Menschen hinaus? Er würde doch nicht ernsthaft …? Verängstigt verfängt sich mein Blick an Jareds Schlüsselbein. Dort blitzen Kratzer auf. Tiefe Linien ziehen sich vom Hals bis zum Ausschnitt seines Shirts. Sie zeugen davon, zu wie viel Abwehr er mich gezwungen hat, als er mich angriff. Ist Emil wirklich in der Lage, uns auf so brutale Weise gegeneinander auszuspielen? Ich hatte nie das Gefühl, Jared und er wären besonders gut miteinander ausgekommen, aber reicht das, um solch ein Unheil anzurichten? Doch bevor ich einen weiteren Gedanken fassen kann, erhebt sich Kampfgebrüll aus den Tiefen des Schlosses. Sie sind hier. Gekommen, um mich zu holen.

Lou

»Nichts bringt mich leichter ins Gleichgewicht, als mit dir zu fallen.«

Das Wispern von Blut strömt auf uns ein. Das Ende ist gekommen. Und bevor die Soldaten oder die Rebellen das Schloss durchkämmen, drückt Jared meine Hand. Er weiß es auch. Der Tod klopft an unsere Herzen. Einen von uns wird er mitreißen und bei Gott – ich will dieser jemand sein. Wenn ich mit meinem Ableben dafür sorgen kann ... Wenn ich Gewissheit habe, dass es Jared sein kümmerliches Leben rettet, ich würde den Tod mit Freuden begrüßen. Und da weiß ich, was zu tun ist. Er wird mich hassen, aber das ist okay. Ich drücke seine warme Hand in meiner. Wie sich seine Finger in meine graben, fühle ich nichts außer purer Sehnsucht. Bitteres und honigzähes Bedauern bläst meine Lungen auf.

»Komm, ich habe eine Idee«, flüstere ich und ziehe Jared mit mir.

Dass er nicht mal fragt wohin, lässt mich schaudern. Jared vertraut mir. Und ich ...

Schnell eile ich mit ihm geduckt die Gänge entlang, bis wir vor einer Abstellkammer der Küche landen. Schreie und Schüsse folgen uns.

»Rein da«, zische ich.

»Wirklich? Da willst du dich verstecken? Ist das nicht –«

Doch bevor er den Satz zu Ende gesprochen hat, zerre und schiebe ich ihn in die Kammer.

Als ich einen Schritt zurückgehen will, packt er mich am Handgelenk.

»Was hast du vor, Sawyer?«, knurrt er und seine Unterlippe zittert gefährlich.

Ich kann ihm nicht in die Augen blicken. Stattdessen zieht meine freie Hand den Revolver unter dem Pullover hervor. Jared konnte ja nicht wissen, dass ich überhaupt einen besitze. Egal, ob er mir einen Pulli übergestreift hat oder nicht. Und doch hatte ich mordsmäßig Glück, dass er ihn nicht bemerkt hat.

»Lass mich gehen, Jared. Oder ... oder«, stottere ich.

Na gut, das mit dem Drohen üben wir noch. Ein manisches Flackern spült um Jareds Augen.

»Oder was? Wirst du mich abknallen? Töten? Als ob!«

Er lacht mir mitten ins Gesicht. Meinen Kopf schüttelnd hebe ich den Revolver an und ziele auf seine Schulter.

»Neeeiin«, schlottere ich, »aber ich schieß dir sonst wohin. Ich will dich natürlich nicht umlegen. Nur verletzen, damit du hier bleibst. Hauptsache, du Pfeife wirst nicht mit mir gefunden. Was glaubst du wohl, was die mit dir machen, wenn sie dich mit dem Mädchen erwischen, nach dem alle suchen? Denkst du ernsthaft, du hast noch mal so viel Glück wie bei der Aktion mit Charlie?«

»Mit Charlie hatte ich kein Glück, sondern nur einen Menschen weniger, der ein Freund fürs Leben hätte sein können. Und das lasse ich nicht schon wieder zu.«

»Ach, du weißt doch, wie ich das meine. Sie vertrauen dir nicht mehr. Und ich werde dafür sorgen, dass man dich nicht hinrichtet.«

Voller Entschlossenheit reiße ich meine Hand von ihm los und ramme sie ihm in den Bauch. Überrascht von meiner plötzlichen Bewegung, taumelt Jared und stößt gegen ein Regal in der Kammer. Es sind nur ein paar Sekunden, die er abgelenkt ist, aber sie reichen vollkommen aus. Ich stolpere rückwärts in die Küche, knalle die quietschende Holztür zu und drehe den Schlüssel. Keinen Augenblick zu spät, denn schon hämmert Jared dagegen. Zitternd fische ich nach dem Schlüssel, ziehe ihn ab und schließe meine Finger darum.

»EEEEY«, brüllt Jared durch die Tür, »wirst du mich wohl wieder rauslassen, du dumme Kuh! Ich werde nicht zulassen, dass ich hier festsitze und du losziehst, um dich umbringen zu lassen.«

Tränen sammeln sich auf meinen Wangen wie seufzender Regen.

»Ich will mich doch nicht umbringen lassen«, schluchze ich, »aber du wirst nicht für mich sterben. Da du Blödmann aber zu stur dazu bist, nicht für mich draufzugehen … musst du wohl hierbleiben.«

Stille. Bebende und ohrenbetäubende Stille. Nach einigen Atemzügen spricht Jared in einem Ton, der mich frieren lässt.

»Ich komm hier mit oder ohne dich raus. Und wenn du dann nicht mehr bist. Ich schwöre, dass ich dich persönlich auferstehen lasse. Um dich danach so hart umzubringen, dass du zu Tode stirbst, Sawyer.«

So viel Hass, es kann nur Liebe sein.

»Ich liebe dich auch, du Pflaume«, seufze ich, bevor ich loslaufe.

Mein Herz blutet auf mehr als nur eine Weise. Verrat schleicht mit mir umher, Schreie und wirres Gestöhne folgen mir. Aber mit Angst darf ich mich nicht aufhalten. Ich muss rasch Adam finden und wissen, was zur Hölle hier gespielt wird. Mein eigener Bruder auf der Jagd, um mich kaltzumachen? Irgendetwas ist hier gewaltig faul. Auch wenn er mich gewarnt hat. Er würde mir nie Rebellen auf den Hals hetzen. Nicht nach allem, was wir durchgemacht haben. Er ist kein elender Verräter, denn dann wäre er nicht mehr als der Sohn unseres Stiefvaters. Ein Widerling. Tränen brauen sich in mir zusammen. Warum tut er mir das nur an?

Jared

Wenn es sonst niemand tut, werde ich Sawyer eigenhändig erwürgen! Wie kann sie mir das antun? Ein winziger Lichtpunkt tanzt durch die Kammer, er strahlt durch das Schlüsselloch. Staub wirbelt vor mir durch die Luft, alles schmeckt kratzig und schmutzig. Hustend drehe ich mich einmal im Kreis. Dunkel kann ich erahnen, dass sich hier nur ein paar Lebensmittel befinden. Vielleicht Dosen und ein paar Glasflaschen voll Wasser. Bei jeder Bewegung schießt Schmerz meine Wirbelsäule hinauf. Ich muss härter gegen das Regal geknallt sein als gedacht.

Wie um alles in der Welt soll ich wieder rauskommen? Denk, Hirn, denk! Viele der Gegenstände kann ich nur schwer erkennen, also fange ich vorsichtig an, Regale, Wände und den Boden abzutasten. Vielleicht liegt doch etwas herum, das ich gebrauchen kann. Erst schürfen sich meine Finger an der Wand ab, dann zerschneiden scharfe Kanten von Dosen meine Haut und fast will ich aufgeben, beschließe aber, mich hinzuhocken und auch die Ecken des winzigen Raumes abzusuchen. Und in der dritten von vier Ecken macht mein Herz einen kleinen Sprung, denn meine Finger stoßen auf etwas Hartes aus Metall. Das klirrende Geräusch rauscht hoffnungsvoll durch meinen Körper. Als ich näher rücke und meine Hände über das unförmige Ding gleiten lasse, bin ich ganz sicher. Ich habe einen Feuerlöscher gefunden! Die Zähne zusammenbeißend zerre ich das Ding in meine Arme und stemme mich hoch. Ein paar Sekunden lang rücke ich den Feuerlöscher so zurecht, dass ich ihn gut in Händen halte. Wenn ich es richtig ertastet habe, kann ich ihn wie einen Baseballschläger auf das Schloss niedersausen lassen. Und ohne zu zögern hole ich aus und schlage drei oder vier Mal kräftig auf den Lichtpunkt zu, denn irgendwo da muss die Klinke sein. Das unverkennbare Schallen von Metall, das auf Metall knallt, ertönt. Mein Kopf vibriert unangenehm von der Wucht meiner Schläge und ich taumle immer wieder zurück. Von Neuem festige ich meinen Stand und dresche unermüdlich weiter auf die Türklinke ein, bis endlich ein Klicken und Knarzen den stickigen Raum erfüllt und die Klinke polternd zu Boden fällt. Ich setze den Feuerlöscher ab und stoße die Tür mit einem letzten kräftigen Schlag meiner Schulter gegen das Holz auf. *LOU SAWYER! Gnade dir Gott, wenn du tot bist,* schreit es in mir, während ich blind vor Wut aus der Abstellkammer stolpere.

Lou

Eine Hand legt sich auf meine Schulter und erschreckt mich so heftig, dass ich herumwirble und der dazugehörigen Person eine Ohrfeige verpasse. Wäre das ein Soldat, es wäre mein sicheres Ende gewesen. Aber unglücklicherweise ist es jemand, mit dem ich absolut nicht gerechnet habe.

»Was zum Teufel machst du hier, Jared?«

»Halt doch einfach die Klappe und lass mich dich retten!«

Mit ungestümer Leichtigkeit wirft mich ein grummelnder Jared über seine Schulter. Wie um alles in der Welt ist er aus der Kammer entkommen? Und warum muss er immer den Helden spielen? Kann er nicht ein einziges verdammtes Mal vernünftig sein? Er darf nicht hier sein. Er darf nicht!

»Lass mich sofort runter, du … du …«, protestiere ich und trommle mit meinen Fäusten auf seine Schulterblätter ein. »Wie hast du mich überhaupt gefunden?«, setze ich fauchend hinzu, gebe es allerdings auf, mich befreien zu wollen.

»Glaub nicht, dass du dich vor mir verstecken könntest«, brummt Jared, dass sein Körper unter mir vibriert.

Überrascht starre ich durch die Luft, während er schaukelnd mit mir durchs Schloss schleicht.

»Wieso sollte ich nicht?«, reagiere ich trotzig und verschränke die Arme vor der Brust.

»Oh Sawyer, ich riech dich fünf Meilen gegen den Wind. Wie. Ein. Tier.«

»Du … du …«, rufe ich frustriert, aber Jared schneidet mir das Wort ab.

»Du bist unmöglich. Du bist der unmöglichste und komplizierteste Mensch, der mir je begegnet ist. Lou, nicht mal Holmes persönlich könnte dich dummes Rätsel lösen.«

Ich kann hören, wie Jared die Zähne aufeinanderschlägt und leise knurrt.

»Schön«, fauche ich. »Wenn ich anstrengend und dumm bin, warum bist du dann hier?«

»Weil«, Jared presst die Lippen aufeinander. »Wenn dir schon jemand wehtut, dann muss ich demjenigen *leider* auch wehtun.«

Ach, scheiß drauf. Ein bisschen Wahn ist es doch, was die Liebe braucht. Das Leben würzt. Wie ich über seinen Rücken baumle, schlinge ich meine Arme von hinten um Jareds Bauch und drücke mein Gesicht an ihn.

Vollidiot.

Aus irgendeinem Grund muss ich an meinen Bruder denken. Dass er mich als Kind auch ständig über seine Schulter geworfen und herumgetragen hat. Dass ich ihn für immer in meinem Herzen eingeschlossen habe, komme, was wolle. Dass ich ihn liebe. Natürlich nicht auf dieselbe Art wie Jared. Meinen Bruder liebe ich wie Sommertage, laue Nächte, Mondschein und Nutella. Jared hingegen, tja, den liebe ich wie diesen kurzen Augenblick vor einem Kuss. Bei dem das Trommeln des nahenden Kusses dir das Trommelfell zerfetzt. Oder wie jene raren Gelegenheiten, als wir uns noch einen Restaurantbesuch leisten konnten und der Kellner endlich mit meinem Essen um die Ecke kroch. Die Welt um uns versinkt in Blut und Gedärmen, macht Sinn, da über Essen und Liebe nachzugrübeln. Macht Sinn, Lou. Macht Sinn. Als das Toben der Schlacht erneut zu uns schwappt, setzt Jared mich ab.

»Wir müssen durch die Eingangshalle, wenn wir rauswollen. Aber da werden sie schon auf uns warten«, überlegt er laut.

»Ich weiß.«

Ein paar Diener und Zofen stürmen an uns vorbei, wissen vermutlich selbst nicht, wohin sie flüchten sollen. Aber wenn sie verfolgt werden, müssen wir schleunigst weg hier. Ein Blick auf Jared reicht, um zu wissen, dass er dasselbe denkt. Also stürzen wir den Dienern hinterher.

Als wir in die Nähe des Empfangsbereiches getrieben werden, ertönt ein unmenschliches Surren, aber zu spät bemerke ich, dass etwas nicht stimmt. Mit einem Schlag, einem Ziehen hinter meinem Nabel explodiert die Welt. Die Wucht der Explosion schleudert uns vom Schlachtfeld weg, meine Waffe fliegt im hohen Bogen aus meiner Tasche, schlittert über den Boden. Die Erde bebt, hat genug von der Last, den Kriegen und der Schande, die wir ihr auferlegen. Kann nichts mehr davon tragen. Weint. Während wir zu Boden stürzen und über uns ein Meer aus Scherben splittert. Glas zischt auf uns herab, schneidet in die Haut. Schreie panischer Menschen werden von dröhnender Dunkelheit verschluckt, die uns alle zu ersticken droht. Als das Pfeifen und Rauschen in meinen Ohren endlich ein wenig nachlässt, schreie ich nach Jared. Ich spüre ihn zwar auf mir liegen, aber kann seine Stimme nicht hören. Fühle kaum, ob er atmet oder nicht. Lieber Gott, bitte nicht.

»Brüll hier nicht so rum, ich lieg doch auf dir und nicht im Atlantik«, schnaubt Jared, während er sich langsam von mir hochstemmt.

Ich rolle mich vorsichtig auf den Rücken und als Jared mich ansieht, zischt er scharf.

»Du blutest aus dem Verband. Deine Stirn sieht übel aus, da ist ein übler Schnitt zu sehen.«

»Der ist nicht schlimm«, wehre ich ab. »Was zum Henker war das?«

»Eine Bombe, vermute ich mal stark.«

Er rappelt sich mühsam hoch, hält mir die Hand hin. Wenn ich am Boden liege, will ich eigentlich keinen Typen, der über mir steht. Auch keinen, der mir die Hand reicht und mich hochzieht. Ich will den Kerl, der sich neben mich wirft, um in den Himmel zu starren. Aber da ich mich inmitten von Blutscherben krümme, kann diese Einstellung wohl kaum angewandt werden. Überhaupt bestätigen Ausnahmen sowieso die Regel. Also zerrt mich Jared hoch und ich klammere mich an ihn, weil meine Beine drohen einzuknicken.

»Alles klar, Lou?«

Er streicht mir sanft über mein Haar, versucht mich zu beruhigen. Ruhe. Ruhe, wenn um uns der Tod wütet. Warum bringt er das nächste Mal nicht einem Huhn bei, zum Nordpol zu fliegen? Ich ziehe scharf die Luft ein. Der Geruch nach verbranntem Fleisch und Blut brennt mir Übelkeit in den Magen. Es grenzt an ein Wunder, dass wir nicht getroffen wurden. Eine Sekunde früher und wir wären auch in Fleischnebel verwandelt oder von Trümmern des Schlosses erschlagen worden. Nur mit Mühe kann ich den Brechreiz unterdrücken, welcher meinen Kiefer zusammenzieht. Ich wage es kaum, mich umzublicken. Zu sehr ängstige mich vor dem, was sich vor mir abspielt. Tote. Überall liegen reglose Körper mit zu großen, leblosen Karikaturen von dem, was mal Gesichter waren. Zerrissene Münder, geweitete Augen. Aus allen Ecken und Enden starren sie uns an. Als ich die Umrisse unnatürlich verrenkter Arme und Beine erkenne, kann ich nicht länger an mich halten, bücke mich in eine Ecke, die mir weit genug weg von allem erscheint, und übergebe mich. Eine Hand drücke ich auf meinen Bauch, während ich mir mit der anderen zittrig über den Mund fahre. Der Gestank nach Erbrochenem treibt mir Tränen hoch, Jared klopft mir auf den Rücken.

»Alles klar?«, fragt er, während er weiter sanft über meine Wirbelsäule reibt.

»Nein«, weine ich unter all dem Leid und der Trauer zusammenbrechend. »Absolut gar nichts ist okay. Und das wird es auch nie wieder sein.«

»Es ... ist ... grausam. Unmenschlich. Was für ein Monster würde ...«, stammelt Jared an meinem Ohr.

Ich stelle mich aufrecht hin, versuche nicht durch die Nase zu atmen.

»Wir müssen weiter. Sonst ...«, beteuert Jared.

»Ich weiß. Glaubst du, mir ist nicht bewusst, was sonst passiert?«

Er zieht mich leicht am Arm durch den Gang, hebt meine Waffe auf und will sie mir geben, aber ich schüttle nur den Kopf. Er umklammert sie weiter für den Fall, dass er schießen muss. Jared versucht sich in mein Blickfeld zu schieben, damit ich möglichst wenig sehen muss. Nichts fühlen muss. Nichts. Aufbauschendes *Nichts* füllt meine Lungen, meine Füße zerbersten mir beinahe. Wie gewöhnlich stolpere ich mehr, als dass ich laufe. Und plötzlich blitzt zwischen Drecknebel und Blut und Scherben ein Gesicht in unserer Nähe auf. So unverhofft, es könnte ein Donnerschlag sein, der die Luft zerreißt. Oder zumindest meine Brust.

»Adam?«, schreie ich heiser.

Sein Anblick prescht traurige Verlorenheit in mir auf. Während ich wieder, immer wieder seinen Namen brülle, wird mir bewusst, wie sehr ich ihn vermisst habe. Seit er verschwunden ist, fehlt mir etwas. Phantomschmerzen pochen dort, wo mal seine Liebe pulsiert hat. Immer wenn ich mich nach seiner Nähe sehne, bleibt mir nichts. Nichts Wirkliches zumindest. Seine Wärme umspült mich und lässt mich umso kälter zurück. Das zerbombt einem den Schädel. Ein winziger Teil in mir fürchtet, dass Adams Erscheinung einen Sinnesstreich verkörpert. Dass er eigentlich bei den anderen Rebellen sein müsste und keine Gebäude mit Bomben in die Luft jagt. Wahnvorstellungen vor lauter Erschöpfung. Blutverlust. Mein Hirn dreht ab.

»Kennst du ihn?«, knurrt Jared böse, zeigt auf die flüchtende Gestalt Adams.

»Du siehst ihn?«

Eine Sekunde lang hatte ich gehofft, dass ich mich irre. Ich wollte nicht, dass Adam sich in eine Schlacht in einem zerfetzten Schloss stürzt.

Irritiert runzelt Jared die Nase.

»Natürlich, du etwa nicht?«

Ich stürze meinem Bruder nach, doch nach einigen Laufschritten reißt mich Jared zurück, indem er seine Nägel in meinen Oberarm rammt.

»Wo willst du hin? Bist du wahnsinnig, der Soldatenbrut auch noch in die Arme zu laufen? Wenn du Selbstmord begehen willst, gibt's angenehmere Wege!«

Auf seine Finger einschlagend, rufe ich wild um mich.

»Lass mich los, ich darf ihn nicht verlieren.«

Als ich mich schließlich loseisen kann, achte ich kaum noch auf Jared, sondern eile an ihm vorbei. Ich kann spüren, dass er mir nachläuft und seine Hände nach mir fischen. Um die Ecke biegend, höre ich Schreie des wieder aufkeimenden Kampfes im Schloss.

»Du und dein dämlicher Hang zur Selbstzerstörung. Sawyer, dein Hintern gehört mir.«

»Na los, halt mich doch auf«, schreie ich außer mir, denke aber nicht eine Sekunde daran, das zuzulassen.

»Das ist mein Bruder«, erkläre ich mit brechenden Stimmbändern, Tränen kämpfen sich ihren Weg meine Wangen hinab.

Aber bevor Jared weiter protestieren kann, stürze ich mich mitten in die tobende Schlacht. Um mich herum schlagen sich Rebellen und Soldaten, doch ich springe über pfeifende Fäuste hinweg, ducke mich unter dröhnenden Schüssen hinfort. Irgendwo in der Ferne höre ich, wie auch Jared sich durch die Kämpfenden schlägt. In meinem Kopf prangt nur ein Gesicht, ein alles beherrschender Gedanke krallt sich in jede Pore meines Körpers. Adam. Ich. Muss. Adam. Finden. In meinem Rausch bemerke ich das Dröhnen kaum. Es vibriert in mir, die Gewissheit, dass Jareds Wärme weg ist. Als würde man mitten in der Nacht vor Kälte strampelnd aufwachen und halb schlafend realisieren, dass die Decke auf dem Boden liegt, ohne es wahrgenommen zu haben. An der riesigen Flügeltür am Eingang angekommen, sehe ich mich hastig um. Wo kann Adam hingerannt sein? Und warum hat er mich nicht gehört? Ehe mein Kopf sich einschalten kann, traben meine Füße ins Freie. Mein Instinkt treibt mich nach draußen. Nebenbei will ich anmerken, dass meine Instinkte ungefähr so sinnvoll sind wie Toast auf dem Klo. Denn ich Genie laufe direkt Ryan in die Arme, völlig auf mich allein gestellt. Wie alle anderen Soldaten würde der Typ sicher nichts lieber tun, als mich lebendig zu zerfleischen.

Ich habe es immer für einen schlechten Witz gehalten, wenn in Büchern und Filmen beschrieben wird, dass in den letzten Atemzügen des Helden sein ganzes Leben an ihm vorbeizieht. Doch als dieses zähnefletschende Monster seine Waffe hochreißt und grimmig auf mich zielt, schießen eben diese Bilder an mir vorbei. Bunt und grell. Zu laut, um sie zu malen. Sie festzuhalten. Es ist mein reißender Fluss der Erinnerungen, der sich aus den Tiefen meiner Gefühle in die Freiheit sprengt. Alles um mich explodiert und kreischt und schreit. Die Flut aus meinen Lebenssplittern rast so unbarmherzig voran; gleicht Himmelskörpern, die ich partout nicht einordnen kann. Sind es Sterne? Meteoriten? Oder doch Planeten? Sekunden zerfließen zu Jahren, als ich stocksteif auf den Tod warte. Dass er einschlägt, mich fortschwemmt. Es gibt zwei Möglichkeiten, wie man sich in einer Gefahrensituation verhält: Entweder man greift an oder rennt weg. Aber ich – ich bin natürlich die Bekloppte, die einfach stehen bleibt. Meine Füße werden durch Schwermetall ersetzt, fast will ich nachsehen, ob sie überhaupt noch an meinem Körper kleben. Ewigkeiten pressen sich aneinander, bis Ryan knurrend nach mir schreit:

»Endlich!«, ruft er triumphierend. »Das ganze verflixte Heer jagt dich, aber ich werde es sein, der dem Ganzen ein Ende bereitet. Der DICH beendet.«

Dem Tod bin ich geweiht, seit ich lebe. Ich hasse es, wenn die Leute sagen, das Leben wäre zu kurz. Es ist doch das Längste, was jeder von uns hat.

»Töte mich ruhig. Du sorgst nur dafür, *wann* ich sterbe, nicht aber dafür, *da* es sowieso passieren würde. Darauf hat niemand Einfluss. Niemand«, stelle ich ruhig fest.

Zu ruhig. Die Entschlossenheit meiner Worte überrascht mich. Es ist mir gleichgültig geworden, ob ich lebe, sterbe oder beides. Überleben ums Verrecken würde bedeuten, es gäbe noch etwas, das mich in dieser Welt hält. Eine Sache oder jemanden, der etwas in mir auslöst, an mir rüttelt und Gefühle weckt. Aber außer Jared ist da nichts. Wenn er es nicht durch die Schlacht schafft … Mein Herz ist bloß ein weiteres schwarzes Loch, das sich auf seinem Weg ins Universum in mir verirrt hat. Ein Stern, der gefälligst gen Himmel fahren oder einen tiefen Krater schlagen soll …

Ryans Finger drücken sich an das Gewehr, sie zucken vergnügt. Führen beinahe eine Art kranken Tanz auf. Der Wahnsinn strömt ihm aus jeder Körperöffnung. Verseucht mich und macht es mir schwer, mich zu konzentrieren. Wie soll man sich einem Wolf gegenüber verhalten? Die Frage kreischt wie eine Kreissäge durch den aufkeimenden Schrecken in mir. Laut in die Hände schlagen und in Ruhe rückwärtsgehen. Oh Mann, als ob mir das in dieser Situation helfen würde. Frustriert presse ich die Zähne aufeinander. Wind stürmt, peitscht nach uns.

»Aber vorher will ich noch wissen warum«, zische ich aufgebracht.

»Warum was?«

Mein kindischer Ausbruch hat ihn aus dem Konzept gebracht. Da wird mir klar, wie ich das Unvermeidliche zumindest hinauszögern kann.

»Warum du mich unbedingt umbringen willst. Was denn sonst?«, blaffe ich ziemlich ungehobelt, trete einen sachten Schritt vor dem Soldaten zurück.

»Du – du«, mit einem Grollen wie ein Erdrutsch in der Stimme schreitet er auf mich zu. »Du hast mir alles vermasselt. Ich wäre beinahe Erster Offizier geworden. In meinem Alter. Aber nein, dann hast du mich mit deinem dreckigen Blut veräppelt. Das hätte mich fast die

Stellung und meinen Status gekostet. Verstehst du, Göre? Wegen dir wäre ICH beinahe draufgegangen.«

Die schäumende Wut in seinen Worten dröhnt in meinen Ohren.

»Und wenn du mich erledigst, hoffst du, dass man dir deinen Schnitzer verzeiht?«

Ich ziehe eine Augenbraue hoch, verschränke die Arme vor der Brust. Ein zorniges Schaudern schießt durch seine kräftigen Arme und Beine, vor Wut stechen seine Fingerkuppen schneeweiß hervor, so fest klammert er sich an seine Waffe. Es kostet ihn wohl einen Berg an Kraft, nicht auf mich loszustürmen und mich zu Boden zu reißen. Anstatt mir zu antworten, nickt er steif vor unkontrollierbarem Ärger.

»Und du glaubst, du kannst damit leben, eine Sechzehnjährige auf dem Gewissen zu haben?«

Ich spucke ihm meinen Hass in Form meiner Worte vor die Füße. Viel lieber würde ich allerdings sehen, wie er dran erstickt. In mir beginnt es zu brodeln, vertreibt meine Angst.

»Ich bin nicht das System«, fahre ich ungerührt fort. »Ich bin nicht der Grund, warum man dich klein hält. Warum man dich fast dahingemeuchelt hätte. Ich bin NICHT schuld an dem, was man dir antut.«

Prickelnde Stille vernebelt die Luft. Meine Provokation scheint endgültig an seiner Entschlossenheit gerüttelt zu haben. Oder sollte es zumindest, würden in ihm nicht Manie und Größenwahn wüten.

»Natürlich kannst du was dafür«, brüllt er und lässt sein Gewehr zittern. »Deshalb habe ich doch alles dafür getan, dich endlich loszuwerden.«

»Wie, du hast alles dafür getan?«, frage ich bestürzt.

Ein Lachen – so unmenschlich, es könnte das Kichern eines Marsmenschen sein – lässt den Wolf beben.

»Wer glaubst du wohl, hat Charlie beim Diebstahl entdeckt und verraten? Wer denkst du, hat dafür gesorgt, dass man Jared Halluzinogene unterjubelt? Wer hat deinen Stiefvater an den Hof gezerrt? Wer der Armee von der Rebellion erzählt und eine gefälschte Nachricht überbracht, sie würden nach dir suchen? ICH. Ich war das alles. Zuerst habe ich gehofft, dein Stiefvater würde dich erkennen. Fehlanzeige. Da ich noch nicht zugeben wollte, dass ich es verbockt habe, musste ich eine andere Lösung finden. Dachte, wenn du Jared nach und nach zerbrechen siehst, würde es dich umbringen. Außerdem habe ich ihn beim Schnüffeln erwischt«, er zuckt gleichgültig mit den Achseln, »hat aber auch nicht funktioniert. Liebst ihn wohl doch nicht so sehr, wie ich mir eingeredet habe.«

Nein. Einfach nein. Nein zu allem, was er verbrochen hat. Nein dazu, dass er mir die Visage meines Vergewaltigers vor die Nase geklatscht hat. Und ein ganz großes, allumfassendes und fettes **NEIN** dazu, dass ich Jared nicht genug lieben würde. Mir egal, warum er das alles getan hat und wie er überhaupt dermaßen viel über mich rausfinden konnte. Alles, was ich nun spüre, ist abgrundtiefer Hass.

»Das war ein Fehler, Freundchen«, raune ich – kalt vor Mordlust. »Wenn ich etwas auf diesem gottverdammten Planeten liebe, dann Jared.«

Von blankem Hass getrieben stürze ich mich in seine Richtung. Alles um mich verschwimmt. Ich erkenne noch sein überraschtes Gesicht und wie sein Gewehr unkontrolliert in die Höhe gerissen wird. Im nächsten Moment feuert er auf mich, während neben mir ein Schuss losgeht. Die Welt explodiert in einem Blutnebel und ich knalle bäuchlings auf den Boden. Verwirrung rauscht in meinem Kopf. Warum bin ich gestürzt? Warum lebe ich noch? Als ich die Antwort, halb über mir liegend, einen Arm auf mich pressend, begreife, wünsche ich mir sogleich, es nicht mehr zu tun. Ein entsetztes Keuchen kratzt in meiner Kehle.

»Jared?«, rufe ich ungläubig und rolle mich unter dem schweren Körper hervor.

Ich rutsche auf die Knie, mühe mich ab, Jared auf den Rücken zu drehen. *Atme,* kreischt die Säge in mir. *ATME.*

»Wach auf«, schluchze ich, während sich meine Nägel in seine Schultern bohren, ihn schütteln.

Als er endlich unter geschlossenen Augen zuckt, verbrenne ich mich an meinen Tränen.

Am Rande bekomme ich mit, dass Ryan seine Waffe von sich schleudert und auf die Erde sackt. Immer wieder murmelt er auf seine Hände starrend: »Was habe ich getan?«

Nur gut fünf Meter entfernt liegt eine weitere Waffe am Boden. Die, welche ich geklaut habe. Jared muss auf Ryan geschossen und sich dabei eine Kugel eingefangen haben. Aber es könnte mich nicht weniger kümmern, ob Ryan verletzt ist oder nicht. Denn mein Blick schrammt über Jared und das Blut, welches aus seiner Brust strömt. Rasch ziehe ich meinen Jared-Pullover aus, werfe ihn neben mich. Mit dem unverkennbaren Geräusch zerreißenden Stoffes fetze ich einen riesigen Stofffllecken von meinem Hemd ab und drücke ihn mit all meiner Kraft auf die Wunde.

»Auuutsch«, heult Jared plötzlich auf. »Verdammt, Sawyer, willst du mir die Rippen brechen?«

Unter einem Strom an Tränen grinse ich ihn an.

»Das war der Plan. Weißt du nicht mehr? Wenn einer von uns stirbt, muss der andere ihn blöderweise für so viel Dummheit umbringen.«

»Verstehe, ich bin also dabei abzukratzen.«

Es sollte lustig sein. Leicht. Aber es zerreißt mir mein kleines Herz mit derselben Wucht wie ich eben mein Hemd.

»Nein, nein. Bist du nicht. Verstehst du? Du wirst mich nicht allein lassen.«

»Dein Kämpferherz kann einfach nicht verlieren«, stöhnt Jared traurig.

»Selbst wenn der Horizont rau wie Stein auf Stein knirscht, die Sterne Flammen fangen und Schweine fliegen können, werde ich dich nicht aufgeben, du Pflaume. Niemals. Hörst du? Nie.«

Das Heulen des Windes schaukelt sich hoch, wird immer lauter. Unerträglicher. Als würde er ebenso verzweifelt um Jared weinen wie ich.

Jared

Alle glauben immer, sie müssten die Person, die sie lieben, erst freilassen, damit sie wie ein Held im Regen zurückkommt und einem für immer gehört. Bullshit! Deine Person ist niemand, deren Besitzer du bist. Und ganz nebenbei: Mein Seelenhund soll nicht zurückkehren, sondern gar nicht erst gehen wollen. Denn Liebe ist es, trotzdem zu bleiben. Bleiben ist das, was ich will. Muss ich denn erst so laut schreien, bis die Sterne explodieren, damit es Lou endlich versteht? Ich. Will. Doch. Nicht. Gehen.

Bevor Lou in meine Welt platzte, hatte ich keine Angst vor dem Tod. Er war mir ein alter Verwandter, der mich irgendwann vom Bahnhof des Lebens abholen und mitnehmen würde. Mein Wunsch war es schlicht, ihm an der Endstation eine verrunzelte Hand entgegenstrecken zu können. Mit einem ebenso faltigen Lächeln. Jetzt, da mich nur noch wenige Atemzüge davon trennen, Lou nie wiederzusehen, ist aus dem liebevollen Opa Tod ein Scheißkerl geworden. Nicht mehr als ein Schulhofschläger, der mir die Fäuste in den Rücken rammte und mich auf die Gleise stieß. Aber wenigstens durfte ich für mein Mädchen vor den Zug springen. Das ist es, was mich Ruhe finden lässt und mich tröstet. In diesem letzten Sprung. Dem letzten Fliegen ohne Lou. Sie war mehr als ein Fallschirm für mich. Sie war ein Anker in der Luft. Zog mich rauf und runter. Mein Mädchen – sie wird für immer der Zeiger in meinem Kompass sein. Die Tasten auf meinem Klavier. Die Schoko in meiner Nutella. Alles, was ich noch will, ist, ein allerletztes Mal in ihre Augen zu blicken.

»Was ziehst du nur für eine schöne Fresse?«, jaule ich erschöpft, während die Luft um mich peitscht.

Lous Tränen tropfen mir auf die Nase, obwohl der Wind sie eigentlich verstreuen müsste. Aber anscheinend ziehe ich sie an wie ein Magnet. Taub bewegt sie ihre Lippen. War das ein *Ich liebe dich auch?* Bevor es zu spät ist, will ich es mir einprägen: Dieses letzte Gesicht, das ich auf Erden sehen werde. Und es ist das wundervollste von allen. Mit der Narbe und den Falten und dem lächerlichen Muttermal über der rechten Augenbraue. Sind es doch all die dämlichen Kleinigkeiten, die das große Ganze zusammenpappen. Denn was bringt dir schon *Art Attack* ohne Kleber?

Das Leben ist nicht schön, Lou Sawyer –
aber mit dir war es ein bisschen weniger hässlich.

Lou

»Ich liebe dich auch, du Idiot!«, schreie ich dem Wind entgegen.

Jared strömen Tränen über die Wangen. Lachtränen. Selbst im Sterben muss er noch lächeln. Bebend klatscht er eine kalte Hand in meinen Nacken und zieht mich zu sich. Mit leisem Grinsen haucht er mir ins Ohr: »Also doch durch und durch *meine* ...«

Wie ein Heißluftballon, der in die Welt davongleitet, fliegt Jared dahin, seine Hände werden schwächer, sein Atem verpufft und er sinkt zurück auf den Boden. Jareds letztes Lachen ist mein Happy End. Na ja, fast. Eigentlich nicht. Aber was weiß ich schon vom Glücklichsein und vom Ende? Das Ende ist nie glücklich. All den Pseudo-Optimisten, die einen auf *Am Ende wird alles gut und wenn es nicht gut ist, ist es noch nicht das Ende* machen, möchte ich am liebsten Tod und Trauer in den Hals rammen, bis sie daran ersticken. Nett zu wissen, dass ihr mit dem Leben klarkommt. Ich tu es nicht. Zumindest nicht ohne ihn. Automatisch fischt eine meiner Hände nach dem Pulli auf dem Boden. Als der weiche Stoff zwischen meinen Fingern reibt, ziehe ich ihn an mich. Drücke ihn an meine bebende Brust. Der Beerenduft brennt schlimmer als Säure.

Bis Jared statt meiner starb, war ich der Meinung, dass er für mich nicht mal ans Telefon gehen würde, geschweige denn bis ans Ende der Welt. Doch in Wahrheit würde er für mich fliegen lernen, nur um mich vom Mars oder *weiß-Gott-woher* zurückzuholen. Vermutlich würde er mich sogar aus dem Himmel stehlen. Während ich mit meiner Hand das Blut von den toten Lippen wische, schwöre ich mir, dass ich genau das für ihn tun werde. Ihn zurückholen. Den Pulli an mein Herz gedrückt, schmiege ich mich an Jareds Brust. Ich glaube ja fest daran, dass Herzen Geräusche malen. Besonders laut kann man es hören, wenn eines zerbricht. Ein bisschen wie das Knirschen und Kratzen von Ski auf Scherben.

Alles in mir knirscht und kratzt und bricht.

»Camper?«, schluchze ich und würge Worte hervor, die meine Hände zittern lassen, »deinetwegen werd ich schon wieder zu 'ner dreckigen Diebin. Aber du bist nun mal das eine Stück vom Himmel, das sich von da oben wieder verpissen muss.«

Epilog

Nachdem man mich grob von Jared hochzerrt, werde ich vorerst festgenommen.

Jemand brüllt mir ins Ohr, ich könne froh sein, wenn man mir *nur* bei lebendigem Leibe alle Zehen einzeln abhackt.

Da ich aber mit Jareds Blut getränkt bin, stößt man mich zunächst in ein Bad.

Damit ich das Königsblut von meinem dreckigen Körper wasche, etwas mehr wie ein Mensch aussehe.

Aber ein menschliches Wesen werde ich ohnehin nie wieder sein können.

Wie ironisch, dass ich zum Foltern schön anzusehen sein muss.

In weiter Ferne höre ich mich jaulen, dass sie mich töten sollen.

Ein Spiegel prangt vor mir, meine Rehaugen starren mich vorwurfsvoll an.

Scheinwerfer.

Kratzer und blaue Flecken.

Auf meiner Stirn ein tiefer Schnitt.

Bisswunden.

Blut unter den Nägeln.

Aber nicht meines.

Hatte ich nicht *gesagt*, dass das nicht der beschissene Plan war?

Danksagung

Mein Dank gilt diesmal einer Menge toller Menschen. Da hätten wir zum einen meine unangefochtenen Lieblingsmenschen – meine Familie und Freunde. Zum anderen meine Schreibmenschen: die Mädels von den *Fantasygirls* und die Drachenmädels und -jungs. Sowie die großartigen Leser von den *Zeilenspringern*. Nicht zu vergessen gilt ein riesiger Dank meinen Testlesern, meinem umwerfenden Verlag, meiner wunderbaren Lektorin Alex und der besten Drachenmama Astrid – ohne euch wäre Straßenkötergene niemals das, was es heute ist. Ihr seid der Grund, warum ich meinen Traum leben darf.

Zu den Menschen, die ich am meisten liebe, zählen meine Familie und Freunde. Meine bezaubernden Eltern Sabine und Gottfried *(Gott sei Dank seid ihr die Könige meines Herzens und nicht meines Buches*). Meine göttliche Schwester Melanie (*du bist mein Adam!<3)* und ihr Freund Pascal. Die besten Freunde, die man sich wünschen kann, wie etwa Lisi, Anja und Melanie C. Ich wüsste ehrlich nicht, was ich ohne Familie und Freunde machen würde. Um es mit Jareds Worten zu sagen: Mein Leben wär voll am Arsch ohne euch.

Ich liebe, liebe, liebe euch, Leute!

Ein herzliches Danke an die besten Leser, die man sich wünschen kann: Julia, Jule, Mel, Jenni, Nessi und Kira. Aber auch an meine süßen Schreibfreundinnen: Toni, Mary, Tascha, Amal, Laura, Anna und Dieter Paul Rudolph (*Und ob du auch ein Girl bist!*).

Mit diesem Buch geht ein riesiges Dankeschön an die Verrückten von den Zeilenspringern. Und zwar verrückt auf die beste Weise. Mit wahnsinniger Liebe für Bücher und die Autoren dahinter. Ich danke allen Hüpfern, aber ein besonders dickes Danke geht an: Kira, Nessi, Julia M., Ramona, Ju Cky, Jenny S. und Sabrina. Kira möchte ich danken, weil sie ein Fangirl der ersten Stunde war. Mit ihr hatte meine Geschichte einen Cheerleader gefunden, als sie immer wieder hingefallen ist und jemanden zum Aufstehen brauchte. Also danke fürs Ermutigen, für die Tränen, die Lacher, die wundervollen Gespräche über Gott und die Welt. DIE DIGIMON-SUCHT. Jenny danke ich, weil sie ein wunderbarer Mensch ist und mir immer ein Lächeln ins Gesicht zaubert. :)

Viele meiner Leser haben sich bestimmt gewünscht, dass Jared überlebt. So auch die bezaubernde Nessi. Was haben wir zusammen gelitten und gelacht. Hab vielen Dank für deine Motivation, deine Geduld und dein Mitfiebern. Aber vor allem für deinen göttlichen Schlachtruf:

»Lass die Pflaume leben. Bring ihn zurück zu seiner Bitch!«

Danke, dass ihr alle Teil eines irre tollen Irrenhauses seid, das sich mein Leben schimpft.

RAUBZUG DES
PHOENIX
D. B. GRANZOW
DRACHENMOND VERLAG

T.F. Sperling

Tiefenwelt – Zwei Leben

ISBN: 978-3-95991-342-3, kartoniert, EUR 14,90

»Tiefenwelt«: Eine Spritze. Zwei Leben.
Der 16-jährige Lenyo verlässt seine in Armut und Unterdrückung lebende Familie, um sich in einem geheimnisumwobenen Bunkerlabyrinth unter der Nordstadt mit den Rebellen auf den Kampf gegen das skrupellose Regime vorzubereiten. Doch Lenyo ahnt nichts von seiner schicksalhaften Gabe, von der wahren Identität der faszinierenden Tiefenwelterin Lielle und von dem tödlichen Virus, das seine Familie auszulöschen droht.

Anne-Marie Jungwirth

Superior

ISBN: 978-3-95991-211-2, kartoniert, EUR 14,90

Ein privilegiertes Leben und schier unbegrenzte Möglichkeiten –
das bietet die Superior Human Society ihren Mitgliedern.
Zumindest denen, die es wert sind …
»Du bist eine Superia, aber deine Gaben sind minderwertig.«
Unzählige Male hat die 20-jährige Amelia diesen Satz schon gehört.
Und jedes Mal war sie froh darüber.
Sie wollte nicht dazugehören.
Sie wollte nicht die Pflichten.
Sie wollte nicht, dass man ihr vorschrieb, mit wem sie sich paaren sollte.
Doch was Amelia will, ist für eine Andere bestimmt. Und was man
von ihr will, ist schlimmer als eine Zwangsheirat.

Marie Graßhoff

Kernstaub – Über den Staub an Schmetterlingsflügeln

ISBN: 978-3-95991-701-8, kartoniert, EUR 19,90

»Wir haben nach neuen Welten gesucht, aber keine gefunden. Also nahmen wir die unsere und versuchten, sie schöner und leuchtender zu machen. Doch je mehr Licht wir ihr gaben, umso tiefer wurden ihre Schatten.«

Mara hat vergessen, dass sie bereits seit Hunderten von Leben vor den Wächtern des ewigen Systems flieht. Durch den Mord an ihr wollen sie den Weg aller Seelen zur Perfektion ebnen.

Ihr Dasein wird in diesem Leben lediglich von ihrer immensen Angst vor Uhren bestimmt. Doch als die Wächter sie erneut aufspüren, um sie aus dem Kreislauf der Wiedergeburten zu tilgen, verschiebt sich das Gleichgewicht der Dimensionen: Uralte Erinnerungen kehren zurück, eine längst vergessene Liebe erwacht von Neuem und Kriege spalten den Planeten. Und über allem schwebt die Frage: Wenn die ganze Welt dich hasst, würdest du dich trotzdem für sie opfern?

Marion Hübinger

Water Love

ISBN: 978-3-95991-258-7, kartoniert, EUR 12,90

Der neunzehnjährige Bela erwartet nicht mehr viel vom Leben. Nicht, nachdem seine Eltern vor drei Jahren bei einem Flugzeugunglück umgekommen und sein Großvater Laszlo, ein berühmter Maler, aus Ungarn zu ihm gezogen war. Erst recht nicht in einer Zeit, in der jeder die drastischen Bedrohungen des Klimawandels nervös verfolgt und sich fragt, wie er überleben wird. Wer zu den Waters gehört, wird das Glück haben gerettet zu werden. Seit Bela zurückdenken kann, regieren die Waters das Land. Doch Bela ist ein Landers, einer, der dazu verdammt ist, an Land zu bleiben, sollte es zur Katastrophe kommen. Warum muss ausgerechnet er sich in eine Waters verlieben? Warum muss genau in dem Moment die Smogwelle über Kiel Alarmstufe ROT auslösen und ihn und Sintje viel zu schnell wieder trennen? Als Bela im Bunker festsitzt, fragt er sich jeden Tag, ob es eine Hoffnung für ihre Liebe geben wird …

LENA KLASSEN
WILD
DRACHENMOND VERLAG

DRACHENMOND VERLAG